KB180484

조연현 평전

조연현 평전

박 종 석

저자 박종석 (chpark650@hanmail.net)

- 경남 산청 출생
- 동아대학교 국어국문학과 및 동 대학원 졸업
- 문학박사
- 동아대, 울산대 강사

저서
- 『송욱문학연구』(2000)
- 『송욱평전』(2000)
- 『한국 현대시의 탐색』(2001)
- 『작가 연구 방법론』(2003년도 문화관광부 추천 우수학술도서)
- 『작가 연구 방법론』(수정판, 2005)
- 『비평과 삶의 감각』(2004)
- 『현대시 분석 방법론』(2005년도 제2회 울산작가상)

논문
- 「송욱 시 해설」(『문지현대시선집』, 문학과지성사)
- 「송욱의 『시학평전』 연구」(새미작가론총서 『송욱』 수록)
- 「고전시론과 현대시론의 한 접점 연구」(창간호 ≪한국시학연구≫ 수록)
- 「김수영의 성시론」(≪동남어문론집≫ 수록)
- 「윤흥길의 『장마』론」(≪작가시대≫ 수록) 외

조연현 평전

저자 박종석

인쇄 2006년 12월 11일
발행 2006년 12월 21일

펴낸곳 도서출판 역락
등록 1999년 4월 19일 제303-2002-000014호
펴낸이 이대현
편집 이태곤·권분옥·이소희·박소정

주소 서울 성동구 성수2가 3동 301-80
전화 3409-2058, 2060
팩스 3409-2059
홈페이지 http://www.youkrack.com
e-mail youkrack@hanmail.net

값 15,000원
ISBN 89-5556-520-8-93810

서문

울산에서 함안, 서울의 조연현을 찾아서

조연현은 해방 직후 조선문학가동맹의 좌익 문학 운동에 대항하여 김동리, 박목월, 조지훈, 최태응과 함께 한국청년문학가협회를 결성하는 데 '어깨에 풀통을 멘 체 스스로 벽보를 붙이는 노력'(김동리)을 했고, 문단의 소용돌이의 한 가운데 선 '군복을 벗을 틈이 없는, 이를테면 최전선의 사단장'(서정주)이었다. 뿐만 아니라 '칼날처럼 예리한 논리'(박종화)를 펼쳤던 비평가였다. 그는 '우리 문학계에서 특히 비평의 권위를 세우는 데 관심을 높이한 주역'(백철)이었다. 그리고 '비평이란 무엇인가라고 묻고, 이 물음에 온몸을 던졌던 최초의 비평가가 조연현'(김윤식)이었다.

한국문학사의 성립 근거는 하위 문학사인 시문학사, 소설문학사, 희곡문학사, 비평문학사로 나뉘어질 수 있다. 한국문학사의 초석이 되는 이와 같은 하위 문학사 가운데 비평문학사의 정립이 다소 미진한 것이 사실이다. 문학사가나 연구자들이 시, 소설, 희곡과 같은 작품 중심의 문학사 기술 때문에 비평문학사에 소홀했던 것이다.

비평 문학에 대한 정리는 비평가들의 정리와 동시에 이루어져야 한다. 따라서 비평사의 근간이 되는 비평가에 대한 연구가 부족한 것을 본다면 이에 대한 연구가 시급함을 알 수 있다. 비평가에 대한 연구는 비평문학사 기술의 뿌리이기에 가치를 부여할 수 있다. 기존에 산발적으로 연구되었던 비평가들에 대한 재정리가 필요하고, 또 이들을 통시적으로 정리하는 것도 중요한 일이다. 이는 올바른 비평문학사의 정립을 위해서도 필요한 것이다.

문학은 분명 작가가 만든 언어 코드이다. 단순한 문장이 아니라 작가의 메시지가 담긴 코드이다. 이 코드를 풀어서 작품의 의미를 파악하는 것이 비평가이다. 그렇다면 비평가 의식이 담긴 비평집들은 비평가가 만든 언어 코드이다. 그 언어 코드는 곧 비평가의 삶이며, 철학이다. 따라서 비평가에 대한 연구는 곧 비평사이며 문학사의 코드를 정리하는 정신적 암호다. 비평가의 연구 가치는 여기에 한 몫이 있는 것이다.

필자가 비평가에 관심을 가진 것은 이 같은 문학사적 의의 외에 개인적인 욕망 때문인 것도 사실이다. 필자는 나름대로 비평과 연구를 하면서 삶의 방식과 문학의 본질을 찾고 있었다. 그러나 문학을 연구하면서 나의 삶보다는 주변적인 성찰을 한다는 생각이 들었다. 필자는 비평가의 삶을 사는데, 작품 분석에 매달리는 것이 아닌가 하는 생각이 들었다. 비평가의 삶을 산 선학을 연구하는 것이 비평과 삶의 감각을 파악할 수 있다는 생각을 가지게 된 것이다.

필자의 비평적 관심이 본격화된 것이 송욱(宋稶)(『송욱문학연구』·『송욱평전』, 2000)이었다. 1950년대 시인, 비평가로 활동한 송욱은 한국문단사에서 소외되었지만 조연현(趙演鉉)은 이와 반대로 해방 전후부터 1970년대까지 문단 중심에 있었던 비평가였다. 해방 이전의 대표적 순문예지인 ≪문예≫를 통해 서정주의 추천을 받은 송욱과 이 잡지의 주간을 맡았던 조연현 사이에서 필자는 여러 가지를 생각하게 되었다. 그럼에도 불구하고 이들이 주고받은 문학적 사실은 알려지지 않으니 필자는 궁금하기도 했다. 어쩌면 서로 양극에서 문학을 고민했던 비평가라는 점에서 필자는 더욱 관심을 가지게 되었다.

이 졸저의 내용은 다음과 같다.

제Ⅰ부는 조연현 비평 세계를 탐색할 이유들을 찾았다.

제Ⅱ부는 고향 함안과 서울, 그리고 인생 방랑의 전기적 국면들을 정리했다.

제Ⅲ부는 조연현 비평의 논쟁을 검토하였다.

제Ⅳ부는 문예지 창간과 문단 형성의 역할을 검토하였다.

제Ⅴ부는 실제 비평을, 제Ⅵ부는 『한국현대문학사』를 검토하여 가치와 문제점을 짚고, 비평문학사와 문단에 끼친 그의 명암(明暗)을 정리하였다.

끝으로 조연현의 관심의 정도를 볼 수 있는 '연대별 목록'과 비평가들의 주요 비평글들을 정리하였다. 또한 조연현 사후에 이루어진 글을 통해 인간적 면모를 볼 수 있도록 '부록'에 첨부하였다.

위와 같은 검토는 궁극적으로는 조연현의 삶과 비평의 정체성을 한국비평문학사에 위치시키기 위한 목적이다. 또한 1940년대(『문학과 사상』, 1949)에서 1960년대(『한국현대문학사』, 1969 개정판)까지 비평 문학의 흐름을 파악하는 계기가 된다. 그래서 조연현은 한국비평문학사의 한 길목임을 부인할 수 없다. 길목일 뿐 아니라 그는 분명 한국현대문학사의 숲인 것이다.

작가 연구는 주변의 증언과 조언, 수많은 자료의 수집이 필연적이다. 유족을 대하면 많은 자료를 얻는 대신에 붓끝이 부드러워질 수밖에 없다. 작가의 본질을 찾는 과정에서 필요한 냉철함을 버려야 할 수 있다는 뜻이다. 대상 작가를 냉철하게 기록하다 보면 자연히 무미건조하여 독자들에게는 문학이 갖는 흥미를 잃게 된다는 점이 작가 연구의 어려운 점이기도 하다. 조연현을 찾기까지 함안에서 서울로 수차례 탐방했지만 아직도 조연현을 온전히 찾지 못했다. 조연현을 알기 위한 모든 여건을 다 갖추지 못했기 때문에 필자의 조연현 연구는 끝나지 않았다. 그래서 많은 동학들과 후학들은 관심을 가지고 새롭게 조명하기를 바란다. 분명 조연현은 문제적 비평가(批評家)이자 문학사가(文學史家)이기 때문이다.

현대문학 전공자들은 이론 비평을 넘어 현장 비평, 이보다 한국문학의 가로줄과 세로줄을 엮은 절묘한 한국현대문학사를 정리하는 것이 꿈이다. 필자도 이러한 꿈을 가지고 있지만 정작 꿈을 이루려는 시도는 쉽지가 않았다. 그래서 필자는 조연현의 『한국현대문학사』가 부럽다. 이러한 부러움은 비단 필자에게만 국한된 것이 아닐 것이다. 이 땅의 수많은 문학 연구자들이 필자와 같은 생각일 것이다.

아둔한 식견과 안목으로 한국비평문학사를 정리한다는 전제에서 이 글은 출발했다. 하지만 비평적 삶의 도정에 있는 필자 자신에 대한 반성과 비평적 안목을 갖추려는 의도가 깔려 있음을 부인할 수가 없다. 왜냐하면 비평 속에 삶이 살아 있음을 생각하기 때문이다.

이 책을 집필하는 데 많은 도움을 주신 조연현의 부인 최상남 여사와 유족들에게 감사의 마음을 표한다. 또 정명환 박사, 함안의 조재식 씨, 함안 예총 지부장 이상규 시인, 함안면사무소 관계자들에게도 고마움을 느낀다. 특히 이상규 시인에게서 건네받은 조연현 관련 자료가 많은 도움이 되었음을 밝힌다.

2006년, 울산 無鄕山房에서

차례

부록 I

부록 II

I

비평문학사의 길목

1. 조연현이라는 문패
2. 문패를 읽는 방법

1. 조연현이라는 문패

석재(石齋) 조연현(趙演鉉, 1920~1981)[1]은 해방 전후에서 70년대까지 문단의 중심에 있었다. 그래서 조연현에 대한 연구는 한국문학사의 한 축을 읽을 수 있다는 의미이기도 하다. 조연현의 『문학과 사상』(세계문학사, 1949)은 김동리의 첫 평론집 『문학과 인간』(백민문화사, 1948)과 함께 해방 이후 혼란한 문학 풍토에서 순수문학론을 주창한 대표적 평론집이다.[2] 이들의 비평서는 순수문학론의 견고한 입장에 서 있다. 또 조연현의 『문학과 사상』과 김동석(金東石, 1913~?, 경기도 부천군 출생, 시인・비평가)의 『뿌르조아의 인간상』(탐구당 서점, 1949)은 해방 이후 최초의 대립된 평론집이다. 그리고 1950~60년대를 거쳐 진행된 조연현과 정명환(鄭明煥, 1925년 서울 출생, 서울대 불문과 교수 역임)의 실존주의(實存主義) 대립만 보더라도 그의 비평에 대해 읽을 가치가 있는 것이다. 이처럼 그는 해방 이전부터, 또 당대의 비평적 논객으로 적극적인 활동을 했다. 그래서 조연현을 통해 한국문학 비평계의 흐름을 파악할 수 있다는 점에서 그를 비평문학사의 길목이라 할 수 있는 것이다.

해방 이후의 순문예지 ≪문예≫와 ≪현대문학≫ 창간을 통해 한국문단의 중추적 작가들을 배출한 그의 문단 이력을 주목하지 않을 수 없다. 또 한국문학사를 예리하게 분석하면서 방대한 자료를 체계적으로 정리한 『한국현대문학사』는 그의 이름에 값하는 역저이다. 조연현은 한

1) 경남 함안 출생. 본관은 함안, 호는 석재(石齋). 조문태(趙文台)와 김복선(金福善)의 맏아들로 태어났다. 1938년 배재고등보통학교 졸업(『국어국문학자료사전』, 한국사전연구사, 1994, 2715~2716쪽 참고).

2) 김윤식, 『한국근대문학사상연구2－문협정통파의 사상구조』, 아세아문화사, 1994, 235쪽.

국문단사의 발전과 굴절이라는 궤를 같이한 작가이다. 따라서 작고한 조연현은 한국비평문학사와 문단의 영역을 파악하는 데 필연적인 문패이다.

조연현에 대한 논의 가운데, 김동리와 서정주·조연현 등이 문협을 나란히 이끌었다는 점을 주목한 김윤식의 『한국근대문학사상연구2－문협정통파의 사상구조』(아세아문화사, 1994)와 한국문단의 중심 권력에 있었던 조연현을 탐구한 김명인의 『조연현－비극적 세계관과 파시즘 사이』(소명출판, 2004)는 주목을 요하는 논저이다.[3] 그리고 조연현에 대한 목록을 보면 그의 연구 가치는 이미 증명된 것이라 할 수 있다.[4]

---

3) 조연현에 대한 선행 연구를 검토한 목록을 인용(김명인, 「조연현에 대한 평가들」, 『조연현－비극적 세계관과 파시즘 사이』, 소명출판, 2004, 20~40쪽)하면 다음과 같다.
이상로, 「문단공개장－부일문인청년의 말로」, ≪국제신문≫, 1948. 10. 12~14.
김동리, 「책 뒤에 부치는 말」, 『문학과 사상』, 세계문학사, 1949.
최인욱, 「비평의 비평－주관비평의 새로운 형성」, ≪경향신문≫, 1950. 1. 18~19.
김윤식, 「비평이란 무엇인가」, ≪현대문학≫, 1977. 7.
______, 「근대성 또는 주인과 노예의 변증법」, ≪현대문학≫, 1991. 11.
박철희, 「논리와 생리의 시학－조연현의 비평세계」, ≪문학사상≫, 1986. 9.
조연현 10주기 추모특집, ≪현대문학≫, 1991. 11.
류덕제, 「해방 직후 조연현 비평 연구 서설」, 『국어교육연구』, 경북대학교, 1993.
송희복, 「반근대 이념과 구경적 형식」, 『해방기 문학비평 연구』, 문학과지성사, 1993.
김 철, 「순수의 정체－붓과 칼의 일치」, 『청산하지 못한 역사 2』(반민족문제 연구소 편), 청년사, 1994.
최원식, 「민족문학의 근원적 전환－근대문학 기점론을 중심으로」, 『민족문학사상강좌』(하), 창작과비평사, 1995.
학위 논문의 참고는 다음과 같다.
김백희, 「조연현 초기 비평 연구」, 국민대 석사학위논문, 1985.
임옥인, 「조연현 비평연구」, 홍익대 석사학위논문, 1994.
송왕섭, 「조연현 문학비평의 연구」, 성균관대 석사학위논문, 1994.
전용호, 「조연현 문학비평 연구」, 고려대 석사학위논문, 1996.
정명중, 「조연현 문학비평 연구」, 전남대 석사학위논문, 1996.
김명인, 「조연현 연구」, 인하대 박사학위논문, 1998.
위의 참고 문헌에서 보듯이 1950년 전후로 3편, 1970년대 1편, 1980년대 2편(학위논문 1편), 1990년대 9편이고 대부분 석사학위논문이다. 김명인만 박사학위논문이다. 1993년 이후 조연현에 대한 연구와 관심이 많아졌음을 알 수 있다. 그리고 시인, 소설가 연구와 달리 비평가 연구가 다소 미진한 것이 사실이다.

4) 조연현의 비평에 대한 관심이 1990년대 이후 지속적으로 부각됨을 알 수 있다(남원

2. 문패를 읽는 방법

한국비평사는 일종의 논쟁사라고 해도 과언이 아니다. 왜냐하면 모더니즘/리얼리즘 논쟁, 민족문학론과 전통론 논쟁 등등이 지금도 진행형의 비평사이기 때문이다. 가령 1930년대 이헌구와 임화 논쟁, 1950년대 최일수와 오상원의 실존주의 논쟁, 1960년대 이어령과 김수영의 순수/참여 논쟁, 민중/민족주의 논쟁 등이 대표적인 경우이다. 이처럼 문학비평에 대한 연구가 이런 쪽에만 경도되었다고 볼 수도 있다. 따라서 연구 방법과 대상에 따라 다양하게 조망될 수 있다는 전제에서 비평문학사는 씌어져야 한다.

문학에 대한 연구는 작품을 연구할 것인가? 작가를 연구할 것인가? 비평가를 연구할 것인가에 따라 비평의 성격이 달라진다.[5] 연구 방법의 경우 등단 경로, 작품집, 사제지간, 비평 경향, 활동 연대 등에 따라 달라진다. 기본 자료에는 출생연도, 작품집, 비평의 특징, 비평사의 평가 등이 고려된다. 뿐만 아니라 작가의 활동 연대, 생몰 연대, 중요 비평집을 중심으로 정리하는 것이 타당하다. 이와 같은 방법의 접근은 작가를 입체적으로 조명할 수 있다는 이점이 있다. 그래서 필자는 조연현에 대한 입체적인 접근을 시도하고자 한다. 왜냐하면 조연현은 한국비평문학

진, 「작가 연구 목록－조연현」, 『남북한비평연구』, 역락, 519~521쪽).

5) ① 해방 이전－김동인, 이광수, 김기진, 박영희, 김동리, 조연현, 임화, 김남천, 한흑구, 최재서, 김기림, 이양하 등.
② 해방 이후－송욱, 이어령, 유종호 등.
③ 1960년대－김종길, 정한모, 이상섭 등.
④ 1970년대－김현, 김윤식, 구중서, 반경환, 백낙청, 염무웅, 김우창 등.

사의 입체적 인물이기 때문이다. 한국비평문학사의 길목에 위치한 조연현의 문패를 읽는 방법을 다음과 같이 정리할 수 있다.

첫째, 작가의 전기는 문학적 성과와 맞물려 있다는 점에서 이를 유의 깊게 고찰할 필요가 있다.

둘째, 비평 논쟁에 대한 검토이다. 비평가 정신이 반영된 비평문을 통해 논쟁을 검토하는 것은 타당하다. 따라서 조연현의 비평 활동을 통해 해방 전후의 비평 흐름을 파악할 수 있다.

셋째, 문단 형성과 문예지에 대한 검토이다. ≪문예≫와 ≪현대문학≫을 통한 문단의 형성, 이를 통해 한국문단사와 문학사를 파악할 수 있다.

넷째, 그의 비평 문학의 극점을 보여 준 『문학과 사상』(세계문학사, 1949), 『한국현대문학사』(현대문학사, 1957 / 개정증보판, 1969), 『한국현대작가론』(청운출판사, 1964 / 『한국현대작가론』, 정음사－改編, 1974)을 검토하겠다.

다섯째, 위와 같은 비평 문학과 삶을 통해서 그의 문학사적 명암을 정리하겠다.

Ⅱ

삶의 방랑과 비평가의 운명

1. 함안에서 서울, 그리고 방랑

석재(石齋) 조연현(趙演鉉)은 경남 함안군 함안면 봉성동 1202번지 1호에서 부(父) 조문태(趙文台)와 모(母) 김복선(金福善) 사이 1남 2녀 중 장남으로 1920년 9월 8일(음력 7월 26일) 출생했다. 함안 공립 보통학교를 졸업(1933년, 당시 13세)하고, 서울 보성 고등보통학교에 입학했다. 그러나 적응하지 못하고 곧바로 10월 경에 학업을 중단했다. 또 중동중학교를 2학년에 편입학(1934년, 당시 14세)했지만 다음 해에 자퇴하고 만다. 그리하여 다시 배재중학교 3년에 편입하여 온전하게 졸업하게 된다. 조연현에게 문학적 열정과 애정을 가진 시기는 바로 이 배재중학 시절이었다.[1] 그가 "인생의 즐거움과 슬픔을 깨달은 시기"였기 때문이고, 생애에 있어 중요한 결정을 내린 시기이기 때문이다. 중요한 결정이란 바로 문학의 꿈이었다. 조연현은 이 시기부터 독서하고, 시를 창작하여 신문이나 잡지에 발표하는 즐거움을 누리기 시작했다.

함안사립유치원 졸업 사진. 맨 앞줄의 오른쪽이 조연현

함안에서 그는 소년기를

1) 그의 생애에 관한 상당 부분이 『남기고 싶은 이야기들』(부름, 1981)에 집중적으로 기록되어 있다. 필자는 이를 바탕으로 하되, 유족과 주변의 인물들을 통해 그의 삶의 여정과 문학적 행위를 기록하였음을 밝힌다.

보냈다. 함안 조씨들이 모여 사는 동네에서 할아버지는 마을 유지이면서 재산가였다. 이 마을에서 "야망에 불타고 있으면서도 자녀들만 국외로 유학시키고 자신은 마을의 왕자로서 지내고 계신 할아버지의 슬하"[2]에서 자랐다. 50평 내외의 넓은 사랑채에는 마을 사람들이나 친척들이 모여서 바둑을 두거나 시를 읊조리는 일이 많았다. 조연현은 어릴 때 이런 풍경을 많이 보고 자랐다. 자신이 성장해서는 바둑을 두거나 시를 쓰는 것도 이에 연유한다고 술회하고 있다. 할아버지 조현욱(趙顯旭)의 집은 한 필지로 주변이 넓은 규모였던 것으로 보인다. 가야읍에서 함안군청, 파출소, 함안 공립 보통학교로 들어가는 입구 도로변에는 조현욱을 기리는 면장기념비가 세워져 있다. 6·25 동란 중 함안 일대가 불타 없어졌기 때문에 현재는 군청이 가야읍으로 옮겨져 있다.

조현욱의 면장기념비

동란 중에 완전히 전소된 사랑채는 현재 조재식(趙在植, 1946년생으로 현재 61세)[3]이 살고 있다. 이 곳이 조연현의 출생지로 알려져 있지만[4] 사실은 이 사랑채에서 조금 떨어져 있는 본채(현재 주소지는 봉성리 1145번지)가 그의 출생지라는 것이다. 이는 조연현의 작은아버지인 조규섭(趙圭

2) 「내가 고향에서 살 무렵」, 『남기고 싶은 이야기들』, 258쪽.
3) 2006년 2월 18일과 20일 조연현의 고향인 함안 봉성동에서 두 차례 인터뷰를 했다. 현재 조현욱의 사랑채에 거주하고 있다(함안군 함안면 봉성리 1166번지 거주, 연락처는 016-9610-7009).
4) 동국대 한국문학연구소 엮음, 「함안군」, 『한국문학지도』(하), 계몽사, 1996, 274쪽.

變)의 증언을 토대로 조재식이 언급한 것이다. 동란 중에 집 주변이 불타고 없어졌지만 본채의 기둥은 당시 그대로인 채 외곽만 보수했다.5)

조재식은 현재 함안 조씨 통판 공파의 문중을 지키고 있는 사람으로 조연현과는 친척이며, 조연현이 자신의 조카뻘이라고 밝히고 있다. 그는 어릴 때 서울에서 양복을 입고 골목을 들어오는 유학생 조연현의 모습을 보았다고 한다. 그 당시는 어릴 적이라 모르지만 지금은 그때의 생각을 떠올리면, 크지 않은 키에 양복을 걸친 조연현의 모습은 할아버지 조현욱의 모습을 많이 닮았다고 증언한다.6) 그가 비교적 몸이 약했다는 것은 여러 사람들의 기억에 남아 있다. 1980년 말 쯤으로 기억하는 신진(辛進, 시인, 동아대 문창과 교수)은 문학 강연 초청 때 잠시 대화를 나누었는데, 조연현은 바람이 불면 날려갈까봐 전봇대 뒤에 숨는다고 농담을 하더라는 것이다.7) 또 그를 가까이서 모셨던 김시철은 "오척단구(五尺短軀)에 몸무게가 고작 37킬로로, 아무리 후하게 봐줄래도 어른 체구답지 못한 함양 미달"8)이라고 술회한다.

하늘 같았던 할아버지 조현욱의 사랑채

5) 문화관광부에 조연현 문학관 건립 기금이 조성되어 있으나 친일문제와 관련한 시민단체의 여론으로 현재 중단 상태임.

6) 함안군청에서 열린 '석재 조연현 문학 업적 세미나'(2001년 5월 26일, 주최 : 함안문인협회)에 참석하여 조연현의 사진을 보고서야 어릴 적 조연현의 모습이 뚜렷하게 떠올랐다고 한다(2006년 2월 20일 인터뷰).

7) 박재삼, 「대범한 삶의 행적」, ≪문학사상≫, 1986. 9, 328쪽.

8) 김시철, 「김시철의 내가 만난 문인들－18」, ≪시문학≫, 2006. 3, 166쪽.

본채. 조연현의 출생지

그러나 이러한 "작은 체구에 그야말로 범인들로서는 감히 엄두도 못 내고 상상조차 할 수 없는 대범성과 대담성을 보일 때가 적잖았다."고 한다. 백철은 조연현에 대해 "인간으로서 날카롭게 모진 데가 있고 일하는 데 솔선해서 일을 주장하고 일에 대한 판단이 빠르고 처리하는 민첩한 결론을 내리고 해서 그때마다 나는 그의 知的인 능력에 대해 인정"[9]한다고 말했다. 그의 체구와는 달리 날카로움과 앞장서는 행동, 판단은 그가 한국 문단과 문학에서 이루어 놓은 일과 무관한 것이 아님을 알 수 있다.

긴 수염의 할아버지 조현욱은 한복 차림으로 기차를 타고 서울로 올라가는 일이 있었다고 한다. 지금도 그의 생가에서 함안의 역사를 보관한 가야박물관 가는 길목에 철길이 남아 있다. 함안의 철길을 따라 현대문학의 방향이요, 표준인 서울로 간 조연현은 지금 어디에 있는지…… 철길을 지나는 길목에서 필자는 조연현과 한국비평문학사를 생각하고 있다. 손자를 만나러 가는 할아버지 심정처럼……

함안 공립 보통학교(현재 함안초등학교)를 졸업하고,[10] 서울 보성중학을

9) 백철, 「질서와 대의명분을 존중하였다」, ≪현대문학≫, 1982. 1, 50쪽.
10) 전쟁으로 불타 없어지고, 그 터인 함안초등학교(현재 함안면 북촌리 1004번지)로 증개축되어 남아 있다. 1908년 7월 1일-사립 찬명 학교 설립, 1911년 6월 1일 함안 공립 보통학교 개칭 개교, 1996년 3월 1일 함안초등학교 명칭 변경. 이후 현재까지 93회 졸업생 9,955명 배출함. 조연현의 학적부는 학교에 기록이 남아 있지 않다(2006년 2월 20일 인터뷰).

함안초등학교. 현재 함안군 함안면 북촌리 1004번지로 증개축했다.

입학했는데 방학 때면 고향에 내려와 조진대, 강학중과 어울렸고, 이들과 함께 마산에 거주하고 있던 아동문학가 이원수(李元壽, 1911~1981, 경남 양산 출생) 집에 자주 들렀다 한다. 이원수는 당시 마산상고를 졸업(1931)하고 함안금융조합에 있었기 때문에 자주 만나서 포도주를 마시며 유행가를 불렀다.[11] 조연현이 최순애(崔順愛)와 결혼한 신혼부부의 집에 놀러갔다는 시기는 대략 1937년경으로 보인다. 동기생인 강학중(姜鶴中, 1920~1998)은 조연현, 채낙현과 고향에서 문학 활동을 했던 인물이다. 「강학중 연보 · 시 · 소설」(≪함안문학≫, 함안문인협회, 1999, 16~17쪽)[12]에 따르면, 1948년 조연현과 조진대(趙眞大, 1920~ , 경남 함안 출생, 소설가)[13]와 함께 <탐구> 동인 활동을 했다고 한다.

배재 고보를 졸업(1938년, 당시 18세)하고 만주를 몇 개월 동안 방황하면서 시간을 보냈고, 고향에 돌아와서는 하동 세무서에서 6, 7개월 동

11) 이원수는 마산상고 졸업 후 1931년 함안금융조합에 취직했고, 1935년 문학서클을 조직했다는 이유로 일제 치안 유지법으로 1년 가까이 옥중 생활을 한다. 1936년 최순애와 결혼하고 1937년 다시 함안금융조합에 취직한 것이기 때문에 마산에 거주할 당시는 이 시기로 추측된다(「이원수 타계 20주년 기념 문학 세미나」, 2001년 5월 2일, 창원 성산아트홀, 주최 : 창원문인협회).

12) 「등잔불」(≪문예≫, 1949. 3호), 단편 「春愁」(≪영문≫, 1949), 조규섭, 구제옥, 홍구범과 함께 동인지 ≪파문≫ 발행. 「창을 열고」(≪예술부락≫, 1950), 「그늘」(≪협동≫ 37호, 1952 겨울호), 「密語」(≪협동≫, 50호, 1955) 등을 발표함.

13) 창작집 『별빛과 더불어』를 출간했다. 도스토예프스키의 영향을 받은 작가로서 침울한 심리적 분위기가 그의 작품의 특색이다(『국어국문학자료사전』, 한국사전연구사, 1994, 2727쪽 참고).

안 근무했다. 그가 배재 고보를 졸업하고 만주로 간 것은 상급 학교에 진학하기 싫어서였다고 한다. 또한 일제 말기의 절망적인 현실에 대한 일종의 도피도 한 이유인 것이다. 그는 만주 생활에서 누린 자유의 만끽도 무의미하다는 것을 깨닫고 대학에 진학하게 된다. 그는 중앙불전(中央佛專, 지금의 동국대학 전신) 2학년까지 다니다가 학생 사건으로 연루되어 퇴교당하게 된다.

중앙불전 시절에 조선문학연구회를 조직하여 시 낭송회와 웅변 대회를 개최하면서 두 달간 유치장 신세를 지게 되었다. 대학 당국에서 일어로 행사를 진행하라는 지시가 내려졌는데, 학생회 측과 조연현은 일어로 하되 행사 내용은 자유롭게 하자는 결론을 내렸다. 그때 행사는 다분히 민족적인 내용을 발표하였다. 이 때문에 이에 관여한 몇몇 학우들과 함께 유치장에 갇히게 된 것이다. 이 일로 인해 일인 지도교수의 권유로 자퇴하게 된다. 그리고 고향에 내려와 면서기를 10개월 정도 하다가 해방되면서 서울로 다시 올라가 만년까지 살게 된다. 그가 서울로 올라간 것은 서울이 하나의 표준이요, 하나의 방향이라고 생각했기 때문이다. 그 방향과 표준인 서울에는 박종화, 김동리, 서정주, 조지훈 등과 같은 한국문학의 표준이요, 방향이 기다리고 있었다.

보성중학에 입학한 나는 곧 중동중학교로 옮겼고 다시 또 배재로 옮겼다. 내가 학교를 이렇게 전전하게 된 것은 주로 당시의 나의 정신적, 심리적 방황에 원인이 있었던 것이지만 어쨌든 나는 배재를 졸업했고, 졸업 후 만주에 가서 몇 개월 지내다가 고향에 다시 돌아왔다. 고향에서 잠시 놀다가 그냥 놀고만 있을 수 없어 하동세무서에 6, 7개월 동안 취직을 했으나 그것도 곧 그만두고 중앙불전(현재의 동국대학)에 들어갔다. 2학년까지 다니다가 학생 사건에 원인이 되어 퇴교를 당하고 고향에 돌아와 면서기가 되었다. 면서기 생활 10여 개월 만에 해방이 되어

서울로 와버렸지만 중학을 졸업한 이후부터 면서기를 하다가 해방을 맞이하기까지의 4, 5년 동안 나는 주로 고향인 함안이 아니면 부산에서 또는 하동에서 지냈다.

—「내가 걸어 온 길」, 『남기고 싶은 이야기들』, 259~260쪽

청소년기의 방황에서 그는 시인의 길로 들어서게 된 것이다. 여러 학교를 거치면서 특히 중동중학교 2학년 때(15살) 담임이었던 김광섭 시인의 영향을 받기도 했다. 김광섭 시인은 매우 겸손한 사람이었다. 중동중학교 교사 시절 창씨개명을 반대하는 말을 했는데, 학생이 그 말을 일기에 쓴 것이 문제가 되어 붙잡혀 가 옥고를 치렀다.[14]

조연현은 1973년 문협 회장 선거에서 자유문협의 실질적인 지도자였던 이산(怡山) 김광섭(金珖燮, 1905~1977)[15]의 도움으로 상대편 김동리 측을 밀어내는 데 성공하게 된다. 이후로 그는 문협 회장직을 연임하면서 문단의 실질적인 힘을 가지게 된다. 이로 인해 김동리와 조연현은 평생 견원지간(犬猿之間) 사이가 된다.

그의 친일에 대한 논란은 바로 고향에서 면서기를 했다는 점이다. 그는 중앙불전에서 퇴교당하고 고향에 내려와 면서기를 한 것은 징병과 징용을 피하려는 방법이라고 고백하고 있다. 친일 문제를 어떻게 볼 것인가는 한국문인과 한국문학사의 주요한 관건인 것만은 사실이다. 비단 조연현에게만 국한한 문제는 아닐 것이다.

14) 김규동, 「내가 만난 해방 무렵 문인들」, 『문단유사』, 월간 문학 출판부, 2002, 33쪽. 김광섭 자신이 옥고를 치렀던 당시의 상황을 기록한 글 「사상범」(『나의 옥중기』, 창작과 비평사, 1976, 197~227쪽)을 참고하면 상세하다.

15) 함북 경성군 어대진 출생. 일본 와세다 대학 영문과 졸업. 1927년 창간한 순수 문학 동인지 ≪해외문학≫과 1931년 창간한 ≪문예월간≫ 동인 활동함. 제 4시집인 『성북동 비둘기』는 그의 대표적 시집이라 할 수 있다. 1958년 서울시 문화상, 1965년 5·16 문예상, 1969년 문공부 예술문화대상, 1970년 국민훈장 모란장 수상.

조재식은 "일제 말기에 무식한 사람들은 모르지만 조연현은 글을 쓰는 사람이기 때문에 살기 위해서는 할 수 없었지 않았느냐"는 입장이다. 마광수(馬光洙, 1951년생, 연세대 국문학과 교수)는 그가 친일 평론을 썼다는 점에서 친일파 문인으로 분류된다는 입장이다. 함안의 지역 문인으로서 조연현의 문학관 건립[16]에 앞장섰던 함안 예총 지부장인 이상규(李相圭, 1945년생)[17]는 당시 대부분의 농민이 쌀 공출을 했던 만큼 이것도 친일로 보아야 하느냐라고 반문하는 입장이다. 조연현은 당시 글을 대신 공출당한 것이 아니냐는 항변이다. 당시는 직업이 없으면 징병을 가야하는데 징병을 피하기 위해서 면서기를 했던 것이라는 입장이다. 당시 함안에는 함안 구씨들이 많이 살고 있었는데, 면사무소[18](현재 면 보건지소와 의용소방대 위치)의 면장은 구 모씨(조규섭의 증언)였는데, 면서기는 면장의 권한으로 주어지는 직책이었다. 또 그가 보성중학 시절 '왜 천황 앞에서 경례를 해야 하느냐' 하면서 흥분했다는 조연현의 고향 후배인 구제옥의 증언을 예로 들고 있다. 이런 조연현의 행동을 친일적 성향으로 보아야 하느냐의 입장이다.

삼촌인 조규섭은 자신의 기억에는 조카 조연현의 친일 행적이 없는

16) 조규섭은 600평(조현욱의 집 앞 터 위치)을 기념관 건립을 위해 기부하겠다고 했다. 조연현 문학 조명 세미나에도 100만 원을 후원함(2006년 2월 18일, 20일에 함안면 조재식, 가야읍의 이상규와 인터뷰함).

17) 경남 함안 출생. ≪문학세계≫(임영창, 홍진기 추천), 한국문인협회 함안 지부장 역임(1998~2001), 시집으로 『응달동네』(1997), 『사랑 가꾸기』(2004) 등이 있음. 현재 한국예총함안지부장. 법수면장(2001. 1~12)과 함안군청 문화관광과장(2003. 1~12) 역임. 함안군 가야읍 말산리 284번지 금강 아파트A 가-303번지 거주. 연락처 011-874-2760. 2006년 2월 20일 한국예총지부 사무실에서 인터뷰함.

18) 1914년 읍내면으로 명명·면정 개시.
1918년 함안면으로 개칭.
1950년 6·25전쟁으로 면사무소 소실.
1955년 봉성리 1195-2번지 면사무소 신축.
1986년 북촌리 943번지로 면사무소 신축이전.

것으로 기억한다고 했다. 배재중학 시절 글을 쓰게 되면 당시 상황으로는 자연히 친일의 색채가 짙게 되는 것이 아닌가하는 입장이다. 그러나 함안 지역의 역사를 연구하고 보존하는 단체인 아라가야향토사연구회 회원인 이순일은 조연현의 일본어로 된 「아세아부흥론서설」(≪동양조광≫, 1942. 6, 일문)의 친일 내용[19]을 들어 친일 문제를 제기하고 있다.[20] 그래서 조연현을 존경하는 문인들의 개인적 차원에서 기념관 건립은 문제없지만, 국민의 세금으로 한 기념관을 건립하는 것은 반대하는 입장이다.[21]

6 · 25동란 중에 불탔던 함안면사무소의 위치.
현재는 면 보건지소와 의용소방대가 위치하고 있다.

현재 함안면사무소

임종국(林鍾國)의 『친일문학론』(평화출판사, 1966)에 따르면 근현대문학가들이 대부분 일제시대와 무관한 것은 아니다. 『친일문학론』의 친일시인

19) 김병걸 · 김규동 엮음, 「자기의 문제로부터」, 『친일문학작품선집』, 354~356쪽(≪국민문학≫, 1943. 8, 일문)
「아세아부흥론서설」, 앞의 책, 356~263쪽(≪동양지광≫, 1942. 6, 일문)
「문학자의 입장」, 앞의 책(≪동양지광≫, 1943. 1, 일문)
20) 조연현의 문학성과 삶의 궤적을 놓고 논쟁이 벌어졌다. 지난 2001년 조연현 기념사업으로 마련한 「석재 조연현 업적 재조명 세미나」를 보도한 ≪경남도민일보≫, 2001년 5월 28일, 함안 조재영 기자 jojy@dominilbo.com 참고. 결국은 논의만 있었지만 기념관 건립과 선양 사업은 무산되었다.
21) 현재 의령 화정중학교 국어교사. 2006년 2월 21일 통화 인터뷰함.

명단에는 김종한(金鍾漢, 1916~1944, 함북 경성군 출생, 평론가), 김해강(金海剛, 1903~1987, 전주 출생, 소설가), 서정주, 임학수 등이 빠져있다. 특히 친일시의 논의에 중요한 비중을 차지하고 있는 서정주가 빠져 있다는 것은 문제적이라 할 수 있다.[22] 그러나 이 책이 친일문학 연구에 주춧돌이라는 데는 이의를 제기하지 못한다. 이재복(1966년 충북 제천 출생, 한양대 국문과 교수)[23]은 친일문학에 대한 관심과 연구의 토대가 되는 작품집조차 구비되어 있지 않는 것이 사실이며, 우선 시급한 친일문학작품에 대한 선정 기준과 객관적이고 실증적인 자료의 완비가 중요하다고 한다.[24] 요산(樂山) 김정한(金廷漢, 1908~1996)의 친일 작품 「隣家誌－이웃집 이야기」(≪春秋≫, 1943)를 확인한 박태일(경남대 국문과 교수)은 친일문학을 분별하는 기준을 '표기 언어, 일본의 문학 양식을 따왔는가, 작품의 주제, 발표 매체, 뚜렷한 사회 활동이나 공개적 입장 표명의 유무' 등을 고려해 종합적으로 따져야 한다는 입장이다.[25] 김재용(1960년 경남 통영 출생, 원광대학교 한국어문학부 교수)[26]은 친일문학의 성격을 논의할 때, 1) 편

22) 이재복, 「친일시의 현황」, ≪시인세계≫, 문학세계사, 2006 봄호, 38쪽.
23) 제5회 젊은 평론가상 수상 『몸』, 『비만한 이성』, 『현대 문학의 흐름과 전망』 등.
24) 이재복, 앞의 책, 40쪽.
25) 요산은 1936년 일제시대 소작농의 참혹한 현실을 다룬 「寺下村」으로 등단했으며, 반독재 운동에 앞장선 문인 단체인 자유실천문인협의회의 고문 등을 지낸 참여적 작가로 알려져 있다. 특히 1940년 일제에 의해 한국어 교육이 금지되면서 한동안 절필한 것으로 알려져 친일문학과는 전혀 관계가 없는 작가로 여겨져 왔다(「소설가 김정한 친일 작품 발견－박태일 교수」, ≪중앙일보≫, 2002. 4. 18, 우상균 hothead@joongang.co.kr). 아들을 결혼시킨 뒤 일제 지원병으로 전장에 내보내려는 아버지와 이웃 처녀의 부모 사이에서 일어난 일을 다루고 있다. 박태일은 '지원병 가족을 힘써 도와줘야 한다는 뜻을 분명히 하고 있어 이른바 국민총력운동 실천에 이바지하고자 한 국책극이었다.'는 것이다.
26) 1960년 통영에서 나고 연세대에서 한국근대문학 전공으로 학위를 받았다. 주요 저서로 『민족문학운동의 역사와 이론(1, 2)』(한길사), 『북한문학의 역사적 이해』(문학과지성사), 『한국 근대민족문학사』(공저, 한길사), 『분단 구조와 북한 문학』(소명출판) 등이 있다(『협력과 저항－일제 말 사회와 문학』, 소명출판, 2004, 저자 소개란).

협한 언어 민족주의, 2) 일제 말 사회 단체의 참여 여부로 친일을 규정하는 태도, 3) 창씨개명을 친일의 지표로 삼는 태도를 고려해야 한다는 것이다.[27] 김재용의 논의는 시대 상황에 따른 일본어 표기의 문학[28]이

27) 김재용, 「친일문학의 성격」, 앞의 책, 51~57쪽. "친일문학을 이야기할 때 한일합방을 전후한 시기의 것과 중일전쟁 이후의 것을 모두 합하여 부르곤 하는데 이 둘을 구별할 필요가 있다. 한일합방을 전후하여 이루어진 친일과 중일전쟁 이후 친일 사이의 가장 큰 차이는 외적 강요의 여부이다. 전자의 경우, (…중략…) 중일전쟁 이후에는 일제의 강요가 외적으로 강고하게 이루어지고 있던 상태이다. 어떤 것을 금지하는 것이 아니고 이러이러한 것을 쓰라고 요구하던 시대였다. 한일합방을 전후한 시기에 일제는 특정 작품을 출판 금지시키면서 특정 경향의 작품을 못 쓰게 강제하였지만 그렇다고 이런 것을 쓰라고 강요하지는 않았다. 그러나 중일 전쟁 이후에는 작품을 금지시키는 것은 물론이고 이러저러한 경향의 작품을 쓸 것을 주문하고 강요하였으며, 이에 순응하지 않았을 때에는 가혹한 탄압을 하였다. 이런 상황이기 때문에 이 시대를 산 작가들은 글을 쓰는 경우 어떤 방식으로든지 이러한 외적 강요로부터 자유롭지 못하였다. 그렇기 때문에 이 시기에는 망명을 하거나 혹은 시골에 묻혀 절필하지 않는 한, 시대적 색채가 작품에 묻어날 수밖에 없다."(김재용, 앞의 책, 50~51쪽).

28) 김윤식 서울대 명예교수가 최근 일제강점 말기 조선 문인들의 이 같은 이중어(二重語) 글쓰기 태도를 분석해 연구서 『일제 말기 한국작가의 일본어 글쓰기론』(서울대 출판부, 2003)을 내놓았다. 김 교수에 따르면 특히 조선총독부가 이른바 '혼(魂)의 과제'라고까지 부르며 주도했던 창씨개명이 작가들의 '이중어 글쓰기' 태도를 구별하는 데 주요한 잣대가 되었다. 김 교수는 이중어 글쓰기의 행태를 3개 '형식'으로 분석했다. 제1형식인 유진오, 이효석, 김사량 등은 일본어를 단지 도구로만 여겼다. 언어를 '혼의 문제'로 생각하지 않았기 때문에 창씨개명을 할 필요도 느끼지 못했다. 이들은 '작가는 단지 자기만의 개성적인 작품을 쓰면 그만'이라는 임화의 '기술원론주의'의 연장선에 있었다. 유진오와 이효석은 어떤 언어로든 열심히 문학활동을 하면 된다는 입장이었고, 김사량은 "일본어로 슬픔이나 욕지거리 같은 조선의 감정을 표현할 수는 없지만 조선의 문화를 일본 동양 및 세계에 알린다."는 동기 때문에 일본어로 창작했다.
이들과 완전히 구별되는 지점에 제2형식의 이광수가 있다. 그는 창씨개명이 발표된 직후 40년 2월 제일 먼저 참여했고 가장 철저히 반응했다. 춘원이 일본식 이름(香山光郎)과 한국어 본명으로 발표한 글은 각기 '혼'이 달랐다. 일본식 이름으로 쓴 글에서 '내선일체의 합리화 및 선동의 나팔수' 역할을 했지만 같은 시기 본명으로 쓴 글에서는 조선인이 일본인보다 낫다는 자존심과 식민지 지식인의 굴욕감을 드러냈다.
한편 김 교수는 제1형식의 논리적 단순성과 제2형식의 복잡한 심리가 뒤엉켜 나타나는 제3형식군의 작가로 소설가이자 평론가인 최재서를 꼽았다. 그는 창씨개명제가 시작된 지 3년 후에야 이름을 바꿨지만 그 이전에도 본명으로 '내선일체'를 열렬히 외치는 글을 썼다. 김 교수는 "1944년 강제적인 조선인 징병제가 실시되자 뒤늦

나 사회 단체 참여 여부나 창씨개명 등이 친일문학의 기준은 아니라는 입장이다. 김사량[29](金史良, 1914~1950, 평남 평양 출생, 소설가)은 일본어로 창작(가령 『태백산맥』)했지만 조선 독립 연맹에서 항일 전선에서 직접 총칼을 들고 싸웠다는 것과 김사량이 중국 연안으로 망명하기 위해 재지 조선 출신 학도병 위문단에 소속되어 중국 북경으로 가게 되었는데, 이는 탈출을 위한 임시방편이었다는 것이다. 또 유명한 극작가 유치진(柳致眞, 1905~1974, 연출가)[30]은 창씨개명을 하지 않았지만 친일을 했고, 윤동주는 일본 유학을 위해 창씨개명했던 점을 고려한다면[31] 이는 어느 면에서나 신중해야 한다는 것이다. 김재용은 "대동아 공영권의 전쟁 동원과 내선일체의 황국식민화라는 두 가지 입장을 글에 담아내면서 선전한 문학이 바로 친일문학이고, 이런 작품을 쓴 이들이 친일문학가이다. 이렇게 친일문학의 성격 규명을 할 때만이 이 시기에 나온 작품 중에서 단순히 시대적인 것과 친일적인 것 사이를 구별할 수 있다."[32]는 주장이다.

친일문학의 작품을 찾아서 분류하고 그 기준을 세운 김병걸·김규동에 따르면, "국민문학(친일문학)의 일본 정신에 입각한, 일본 정신을 선양하는 문학"[33]이라고 정의하면서 그 구체적인 네 가지 요소를 제시하고

게 자기 모순이 격화돼 창시개명을 한 것이라고 분석했다. 최재서는 또 본명이 아닌 필명(석경우, 石耕牛)을 변형해 일본식 이름(石田耕造)을 지었다.

김 교수는 "친일문학 여부를 따지기 전에 그 내용을 분석해야 한다."며 "일본어 뉘앙스 해독이 가능한 내 세대의 연구자가 해야 할 봉사라는 심정으로 집필했다."고 덧붙였다(≪동아일보≫, 2003. 10. 9, 조이영 기자, lycho@donga.com).

29) 안우식·심원섭, 『김사량평전』, 문학과지성사, 2000.
30) 경남 통영 출생으로 유치환과 형제이다. 대표작으로는 『토막』이 있다.
31) 송우혜, 『윤동주평전』, 열음사, 1988.
32) 김재용, 「친일문학의 성격」, 앞의 책, 59쪽.
33) 김병걸·김규동 편, 「친일문학의 경우와 의미」, 『친일문학선집(2)』, 실천문학사, 1986, 411쪽.

있다. 1) 일본 정신을 근간으로 한다는 것, 2) 일본 정신에 입각한다는 것－천황제 파시즘에 무조건적 통합과 귀일(歸一)한다는 것, 3) 일본 정신의 외적 표현인 일본의 국민 생활을 내용으로 한다는 것, 4) 일본 정신을 선양한다는 것－긍지를 가지고 표현함, 5) 황민적자적 자각과 긍지를 갖고 일어로 창작한다는 것을 근간으로 할 때, 친일문학이라고 할 수 있다는 논의이다. 여기서는 조연현의 평문 네 작품을 들고 있다. 최근에 친일문학에 대한 논의를 한 한수영(1962년 경북 문경 출생, 동아대 한국어문학부 교수)은 "식민지 경험과 그 반영물들이 얼마나 제대로 '이해'되고 '인식'되어 왔는가"[34]를 반문하고 있다. 결국 조연현이 살았던 식민지 시대와 그의 몇 편의 친일 관련 평문들이 얼마나 그의 비평 문학에 관류하는가를 짚는 것이 중요한 것이다.

최근 친일문학에 관한 소견을 밝힌 유종호는 미당 서정주에 대한 평가를 다음과 같이 던졌다.

> 열 편 정도의 민망한 시와 잡문으로 평생 곤욕을 치른 이로 우리는 미당을 들 수 있다. 그가 각별이 곤욕을 치르게 된 것은 시인으로서 높은 성취를 보여주어 젊은 날의 흠집도 덩달아 크게 보였다는 사정과 연관될 것이다. 또 유혈 참극의 원죄를 안고 등장한 집권자에 보낸 가당치 않은 칭송과도 관련될 것이다. 그러나 그의 친일 문서가 아무런 울림이나 영향력을 갖지 못했으리라는 것은 분명하다. 문단 일부에서 알려지기는 했으나 당시 그는 사실상 20대의 무명인사였다. 유명한 『화사집』도 단 100부를 찍었을 뿐이다. 그의 글을 읽고 군인이나 군속으로 지원해 간 사람은 아무도 없었을 것이다. 이 점에서 그는 육당이나 춘원과는 차원이 아주 다르다. 더구나 창씨명으로 발표한 글도 있는데 그의 창씨

34) 한수영, 『친일문학의 재인식 : 1937~1945년 간의 한국 소설과 식민주의』, 소명출판, 2005.

> 명을 알아본 사람이 과연 있기나 했을까? 물론 시인이나 지식인으로서 저지른 비행은 정신의 자기 훼손으로서 냉엄한 비판을 받아야 한다고 말할 수도 있다. 그러나 대중적 상상력 속에서 친일 문건 작성자가 공출이나 징용 문제에서 가혹했던 관리보다 더 큰 죄인으로 낙인찍혀 있다는 것은 아무래도 공정한 일이 아니다.
>
> —「안개 속의 길—친일 문제에 관한 소고」, ≪문학과 사회≫, 2005 겨울호, 349~350쪽

미당에 대한 엇갈린 평가는 관점의 차이라고 하지만 유종호의 논의는 친일문학에 대한 방향과 판단을 제시한 것이기 때문에 참고 사항일 뿐이다. 이러한 논의[35]는 결국 조연현의 비평사적 위치에서 그를 어떻게 볼 것인가에 대한 기초적인 문제점을 들여다 볼 수 있다는 점에서 암시적인 것이다.

조연현이 면사무소에서 한 일은 '총력계'인데, 일제 당시의 총력계는 "국민 저축, 부인회 관계, 국민총동원 관계, 정부 시책 선전 관계"[36] 등이었다. 그러니까 면(面) 행정의 일반 업무보다는 전쟁을 협력하는 말단 업무였다. 법수면장을 지냈고, 시인인 이상규는 조연현이 한 일이 잠업(蠶業) 지도였을 것이라는 것이다. 면서기 시절에 뽕나무 심는 일을 감독하는 것인데 감독보다는 시나 쓰고 책을 읽는 정도였다고 한다. 총력계의 또 하나의 임무는 한 달에 한 번 신사참배의 사회를 보는 일이다. 이러한 행위는 친일파 논란의 문제에 놓이지 않을 수 없다. 이 당시 면

35) 친일시 문제에 관한 참고 논의는 다음과 같다. 이런 논자들의 입장은 친일문학에 대한 판단이나 접근 방법의 유형을 파악하는 데 도움이 된다.
유종호, 「친일시에 대한 소견」, ≪시인세계≫, 2006 봄호(15호), 22~37쪽.
이재복, 「친일시의 현황」, 위의 책, 38~45쪽.
이경호, 「친일문학론의 맹점—서정주 시세계의 경우」, 위의 책, 46~53쪽.
박수연, 「일제말 전시기의 친일시」, 위의 책, 54~64쪽.
심원섭, 「조선인일 쓴 일본어 시」, 위의 책, 65~75쪽.

36) 「내가 고향에서 살 무렵」, 『남기고 싶은 이야기들』, 266쪽.

서기를 했다는 것은 시대 상황 속에서 개인의 행동을 어떻게 규정할 것인가와 관련된 문제이기 때문에 신중하지 않을 수 없다. 사실 이 문제를 놓고 그가 친일 논란에 휩싸일 수 있다는 점과 해방 이전 친일 평문을 썼다는 점에서 그는 현대문학사에서 자유롭지 못했다.[37]

조연현의 문학사적 평가의 부정적인 한 이유는 그의 표현대로 '문학적 외도' 때문이었다. 해방 이전의 친일 평론 활동과 면서기, 그리고 1960년대 '인간 만송' 사건[38]과 관련된 일이다. 해방 이전의 평론과 면서기의 문제와 달리 해방 이후에는 김동리와 함께 국가의 운명을 먼저 생각한 우익을 대변하는 비평가 활동을 하게 된다. 좌익의 조선문학가동맹에 대항하여 한국청년문학가협회를 결성하면서 어깨에 풀통을 멘 채 스스로 벽보를 붙이는 수고를 아끼지 않았다. 그의 신념에 찬 행동과 성향은 그의 동향인 구소현의 만남을 통해서 뚜렷하게 엿볼 수 있다.

조연현은 면에서 근무하는 동안 동향인 구소현을 만나게 된다. 박헌영(朴憲永, 1900~1955, 충남 예산 출생, 공산주의 운동가) 계열로 편입시키려는 구소현의 의도에 반대해서 조연현은 그와 많은 이야기를 나누었다.

> 구씨와 나의 비밀 회합이 계속되던 어느 날 갑자기 8·15 해방이 왔다. 구씨와 나는 서로 얼싸안고 눈물을 흘렸지만 우리 두 사람이 걷는 길은 그 순간부터 서로 달랐다. 구씨는 해방이 되자 곧 농민조합을 결성했고 나는 곧 자치위원회를 결성했다. 이 두 조직은 해방 이후 전국 모

37) 이경훈, 「백철의 친일문학론 연구」, ≪연세대 원우논집≫(제21집), 연세대 대학원, 1994.
임종국, 『친일문학론』, 평화출판사, 1966.

38) 이승만 정권 하의 만송 이기붕의 영향력을 보여 주는 단서를 소개한 책(김진동, 『장미와 씨날코』, 2006)이 최근에 발간되었다. 이 책의 내용은 1959년 1월 4일부터 1959년 12월 30일까지 '전 국회의장 이기붕가 출입인 명부'에 적힌 당시 실세들의 출입 시각과 선물 목록들이 적혀 있다. 이를 통해 이기붕의 영향력을 짐작할 수 있다.

> 든 곳에서 다 그러했던 것처럼 우리 고향에서 벌어진 좌우익이 대립한 최초의 시발이 되었다. 농민조합을 만든 구씨는 곧 서울로 가고 뒤이어 나도 서울로 갔다. 구씨는 공산당 영등포 지구의 책임자로 활약하다가 나중에 사노당으로 분파 행동을 해서 6·25 때 공산당에게 희생되었다는 소식을 들었지만 서울로 온 나는 정치와는 상관없는 문화 전쟁에 몸을 맡겼으나 한결같이 공산주의는 거부해 왔다.
>
> —「내가 고향에서 살 무렵」, 『남기고 싶은 이야기들』, 273쪽

조연현의 말처럼 '고향에서 좌우익의 대립'의 행동을 보였다고 고백한 점은 그의 비평 문학관과 궤를 같이한다는 점에서 주목을 요한다. 조연현은 좌익에 대항하는 이론적 기반을 갖추는 비평가였다는 점이 이를 증명한다.

조연현은 해방(1945년, 당시 25세) 후 한 달 동안 고향 함안에 있으면서 서울에 대한 궁금증 때문에 상경한다. 그는 왜 그토록 상경하고 싶어했는가? 그 이유는 간단하다. 그는 서울이 하나의 표준이요, 방향이라고 생각하기 때문이다. 서울이 죽으면 우리는 모두 죽고, 서울이 살면 우리 모두가 산다고 생각했다. 서울에 올라 온 조연현은 혼란스러운 서울한 복판 "서울이 하나의 표준이요, 방향이 아니라면 누군가가 서울이 그렇게 될 수 있도록 해야만 할 것"[39]이라는 신념을 가지게 된다. 그가 하나의 표준으로, 방향으로 잡은 것이 청년문학가협회의 결성이다. 그래서 그는 좌익과 우익의 대결 양상에서 가장 빛나는 역할을 하게 된다.[40] 상경 후 줄곧 원고 쓰는 일, 잡지 편집, 대학 강의 등으로 생활을 보냈다. 해방 직후 ≪예술부락≫의 동인 활동을 했고, 1949년에는 순문예지 ≪문예≫를 주관했고, 1955년에는 ≪현대문학≫을 창간하면서 오

39) 「해방과 함께 서울로」, 『남기고 싶은 이야기들』, 15쪽.
40) 김명인, 앞의 책, 223쪽.

랫동안 문학 잡지 관련 생활을 했다. 이 뿐만 아니라 동국대, 연세대, 서울대, 충남대 등에서 문학사를 강의했다. 1961년(당세 41세)에는 동국대 전임강사가 되면서 20여 년 동안 머물게 된다.

동국대 시절 최재서를 만나게 된다. 그가 애착을 가지고 집필했던 『한국현대작가론』(「최재서」, 148~151쪽)에는 시인, 소설가가 대부분이지만 비평가는 최재서뿐이다. 그에 대한 애정이 묻어나는 글을 기록한 셈이다. 세 번의 만남을 통해서 가진 최재서에 대한 인상은 '무뚝뚝하고 사무적'이라고 했지만 그가 처신한 행동과 연구 업적에 대해서는 대단히 높이 평가했다. 6·25 동란 후 서울로 환도하여 『한국현대문학사』를 집필하기 위해서 최재서가 주간했던 ≪인문평론≫(후에 ≪국민문학≫으로 바뀜)을 빌리고, 또 ≪현대문학≫의 원고 청탁을 위해서 만났다. 그러나 이 두 가지를 다 얻지 못했다. 문예잡지를 가지고 있지 않았고, 일제 말기의 친일 관련 글로 인해서 공식적으로는 절필하면서 대학 강의만 몰두했기 때문이다. 10년 동안의 절필 시기에 셰익스피어 연구로 그는 동국대학교에서 박사학위를 받았다.[41] 그래서 최재서가 "자신의 지난날의 과오에 대해서 자신을 엄격하게 처벌하고 있다."는 점을 조연현은 높이 평가했다. 이는 조연현 자신의 친일 평론에 대한 반성을 어떻

41) 『문학원론(文學原論)』 평론집. 1960년 춘조사(春潮社) 발행. 저자의 다른 저서 『셰익스피어예술론』과 더불어 중대한 학문적 성과를 보여준 이론서(理論書)이다. 이것은 최재서 평론의 주조저류(主潮底流)를 이룬 기본적인 질서의 논리(論理)이다. 또한 문학을 가치 있는 체험의 기록이라 정의한 심리학적인 문학의 해석방법이다. 이 경우의 체험은 아리스토텔레스의 「시학(詩學)」, 윌리엄 제임스의 「심리학의 원리」, 리처드의 「문예비평원리」 등에 의거한 것이다. 그리고 감성과 이성의 조화(調化) 및 심화를 위해, 전공인 키츠·셸리 등을 주축으로 한 18세기 낭만주의의 감성과 이것에 대립·상충되는 신고전주의의 이성(혹은 지성)을 결합시키려고 한 노력의 결정적인 저서다. 이런 관점에서 볼 때, 이 『문학원론』은 문학이론의 균형을 취한 한국 유일의 개론서(槪論書)로 평가된다. 그러나 이 저서는 지나치게 심리학적 균형(equilbrium)에 치우쳐져 있고, 또 영문학 일변도의 이론에 연결되어 있다는 비판을 받고 있다(『국어국문학자료사전』, 2923쪽).

게 해야 하는지를 스스로가 답한 셈이다. 조연현은 동국대 시절 이후에는 한양대(1978년, 당시 58세)로 옮겨 강의를 하게 된다.

그는 청년문학가협회와 문필가협회, 한국문학가협회, 문총 등 여러 단체와 학술원, 예술원의 장을 거치게 된다. 그리고 4・19와 5・16을 거치면서 1961년 12월 30일 새로 결성된 한국문인협회의 이사장 4선, 한국문학평론가협회 회장 등의 직함을 가지게 된다. 이외에도 많은 직책을 맡으면서 "문단의 최정상에 올랐다. 작은 사람이 감투 욕심이 너무 많다."[42]는 소리를 들으면서까지.

조연현은 1972년부터 성북구 정릉으로 이사와서 말년까지 살았다. 증조부는 경남 함안의 대지주(만석꾼)였다고 한다. 그러나 조연현의 아버지 조문태(조정흠으로도 부름)는 한량으로 호화 생활을 했다. 아버지는 가족에 대한 애정보다는 한량으로 지냈기 때문에 조연현은 가족에 대한 애정이 많았다고 막내딸은 전한다.[43]

↗ 부인 최상남과 막내딸 조혜령. 현재 서울시 성북구 정릉 거주

42) 김시철, 「김시철의 내가 만난 문인들－18, 평론가 석재 조연현」, ≪시문학≫, 2006. 3, 170쪽.

43) 현재 이 곳에는 부인 최상남(崔祥南, 1925년생)과 막내딸 조혜령이 함께 살고 있다. 필자는 이곳에서 조연현을 취재했다(2005. 12. 9. 토).

제적부(除籍簿)와 함안조씨통판공파보(咸安趙氏通判公派譜, 현재 조재식 소장)에 따르면 그의 가족은 다음과 같다.

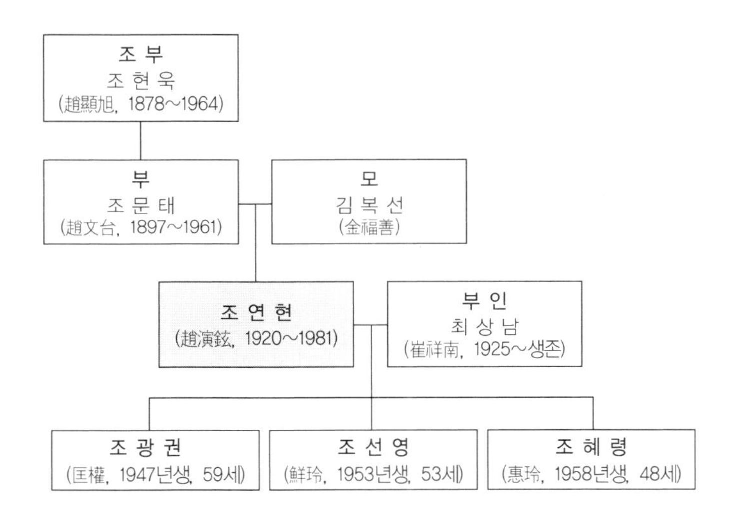

조연현이 존경했던 할아버지 조현욱(趙顯旭)은 언양군 주사를 거쳐 함안 면장을 지낸 인물이다. 그리고 조문태는 함안조씨통판공파보에는 '子 圭章－字 文台'로 기록되어 있다. 조연현은 '子 演欽－文學博士 字 演鉉'으로 기록되어 있다.

부인 최상남은 고향 진주에서 진주여고를 거쳐 이화여전에서 공부를

44) 1947년 서울 출생. 보성고등학교, 고려대 법학과를 졸업하고 연세대 행정대학원에서 도시행정학 석사, 한국학중앙연구원 한국학 대학원에서 정치학박사학위를 받았다. 1973년 제13회 행정고등고시에 합격한 이래 서대문구청장, 서울시 보사환경국장, 교통국장, 공보관 등을 역임했다. 청계천 복원 사업의 입안 단계로부터 참여해 2002년 9월 청계천 복원 사업의 시작과 함께 청계천 복원 시민위원회 상임 부위원장으로 활동했다. 현재는 서울특별시 교통연수원장으로 재직하면서 서울시립대학 도시행정학과 도시과학대학원 겸임교수로 있다. 논문으로 「도심 부적격 상업 기능의 정비 방안 연구」(연세대 행정대학원), 「조선 왕조 준천(濬川) 과정에 나타난 위민(爲民) 담론 분석」(한국학중앙연구원)이 있다(『청계천에서 역사와 정치를 본다』, 여성신문사, 2005, 지은이 소개).

했다고 한다. 사촌 동서가 조연현을 소개해서 만나 1947년(조연현은 당시 27세) 성균관 명륜당에서 결혼식을 했다. 첫째 딸은 이화여대 물리학과를 졸업했고, 며느리인 김백희는 1985년 국민대 대학원에서 「조연현 초기 비평 연구」로 석사학위를 받았다. 막내딸 조혜령은 국민대 건축학과를 거쳐 건축 관련 일을 하고 있다.

조혜령은 아버지에 대해서 '문단의 중심'이라는 자부심이 대단했다고 한다. 그리고 형식을 싫어하고 본질을 중시한다고 했다. 생활 습관에서도 자주 하시는 말씀 가운데 하나는 '본론만 말하라'고 하신다. 어린 시절 아버지 조연현은 항상 신기(新奇)한 것, 새로운 것을 매우 좋아하셨다고 한다. 지금 정릉의 이층 가옥에는 조연현이 김윤성(金潤成, 서울 출생, 시인)[45]과 함께 바둑을 두었던 바둑판과 그의 문학 관련 서적들이 세월

1947년 조연현(당시 27세)의 결혼식 사진. 성균관 명륜당

과 함께 빛 바래고 있다. 유작들과 만년필, 그리고 문학적 열정이 담긴 그의 사진도……

그는 결국, 1981년 일본 체류 중 사망하게 된다. 부인과 함께 회갑 기념으로 홍콩으로 떠났다가 일본 동경에 살고 있는 시인 강상구(姜尙求)의 집에 머물면서 온천욕하던 중 심장마비로 객사했던 것이다. 그의 객사와 함께 한국비평문학사의 한 대목은 끝이 나버렸다. 그가 남긴 저서에는 그의 삶과 문학이 담겨 있다. 그의 삶과 문학은 1940년대부터 1970년대까지 한국문학사의 전철과 함께였다. 그래서 조연현을 한국현대비평문학사의 한 길목이라 할 수 있는 것이다.

조연현이 말년에 거주했던 정릉 저택

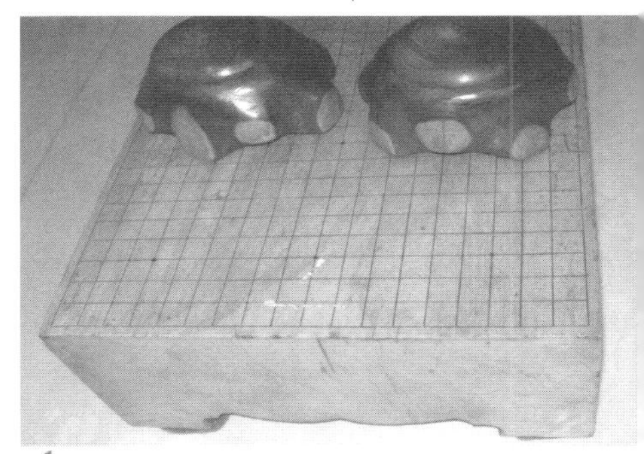
조연현이 바둑을 두었던 바둑판

2. 비평의 운명, 그리고 '청문협'의 김구(金九)

조연현은 성장 과정에서 많은 방황을 했다. 이러한 방황은 그의 가정 상황과 관련이 있는 것으로 보인다. 그의 부친과 모친 사이가 원만하지 못했기 때문에 그는 성장 과정에서 사랑을 받지 못하는 대신에 할아버지의 많은 사랑을 받고 자랐다. 그래서 하늘처럼 기대 온 할아버지의 죽음을 슬퍼했던 것이다. 원만하지 못한 가정 생활과 함께 그의 타고난 방랑 의식은 학교 생활의 부적응으로 나타났다.

> 아버지는 일본으로, 만주로 유랑하고 다녔기 때문에 중학교에 입학할 무렵 서울에서 아버지를 만난 것 외에 나는 아버지와의 접촉이 거의 없었다. 아버지의 얼굴을 확실히 기억하게 된 것도 그때라고나 할까. 이 때문에 나는 할아버지의 영향은 많이 받았지만 아버지의 영향은 거의 받지 못하고 자랐다.
>
> —「내가 걸어 온 길」, 『남기고 싶은 이야기들』, 258쪽

그의 방황과 방랑은 가정의 문제도 작용했지만 그가 속한 일제 강점기라는 시대적 상황에 대한 고민도 많았다.

> 내가 배재에 다니던 시절은 일제 말기라서 우리 민족의 가장 고통스러운 시기였을 뿐만 아니라 어떠한 개인적인 자유도 행락도 허용되지 않았으며 모든 생활은 전시체제로 개편되어 일본의 전쟁 목적에 우리를 희생시켜야만 했다. 이러한 상황 속에서 장래의 목적을 전할 수 없었던 젊은이들의 고민이 어떤 성질로 형성되어 나갔는지는 지금의 학생들에게는 상상이 되지 않을 것이다. 한 인간으로서의 생의 즐거움을 가질 수 없었던 우리들에게 학생으로서의 장래가 또한 있을 수 없었다. 특히 몸이 쇠약했던 나로서는 스포오츠로서 자신을 잊어버릴 수 있는 그러한 방법도 없었다.
>
> —「나의 중학 시절」, 『남기고 싶은 이야기들』, 244~245쪽

그는 가정과 시대 상황에 놓인 자신의 방황 시기에 "도서관에서 책을 읽거나 교정 북쪽의 성벽 위에 서 있는 느티나무 아래에서 어제 읽은 책의 감동을 조용히 되새겨 보는 것이 그때의 나의 유일한 위안이었다. 때때로 노우트에 적어 둔 한두 편의 시가 신문이나 잡지에 발표되면 그보다 더 큰 즐거움은 없었다. 이러한 나의 위안과 즐거움은 결국 동인 잡지를 만드는 대담한 행동에까지 발전되었다."[46]고 했다. 배재

시절의 독서와 창작, 문학 동인지 편집 등은 그의 문학적 모태가 되었다. 조연현 문학의 첫 출발은 시인이었고, 이후에 평론가로 활동하였고, 1955년 ≪현대문학≫ 창간 이후에는 문학사가로 활동하였다. 그리고 말년에는 수필가로 여러 영역을 넘나들었다. 하지만 그는 한국문학사에서 비평가의 위치를 점하고 있다. 그가 비평가로 들어서게 된 경위를 자신의 운명으로 받아들이고 있는 것 같다.

해방 전후의 문단 상황과 시대의 운명에서 비평의 길로 들어서게 된 것이다. 그러나 그는 결코 시인의 길을 버리지 못했다. 해방 전후까지 열심히 시를 썼다고 하면서 남긴 시 한편에는 "지나친 감상적 서정적인 주조(主調)가 지금도 마음에 들지 않는다. 아마 이 때문에 나는 시에서 멀어졌는지 모른다."[47]고 하면서 좋은 시를 대할 때마다 가장 즐겁고 행복하다고 술회한다. 그가 적은 시 한편을 인용하면 다음과 같다.

> 진달래는 먹는 꽃
> 먹을수록 배고픈 꽃
>
> 한 잎 두 잎 따먹는 진달래에 취하여
> 쑥바구니 옆에 낀 채 곧잘 잠들던
> 순이의 소식도 이제는 먼데
>
> 예외처럼 서울 갔다 돌아온 사나이는
> 조을리는 오월의 언덕에 누워
> 안타까운 진달래만 씹는다.

46) 「나의 중학 시절」, 『남기고 싶은 이야기들』, 245쪽.
47) 「내가 처음 시를 썼을 때」, 앞의 책, 257쪽.

진달래는 먹는 꽃
먹을수록 배고픈 꽃.

—「진달래」, 『남기고 싶은 이야기들』, 257쪽

특히 3연에 나타난 "예외처럼 서울 갔다 돌아온 사나이"는 자신의 처지를 빗대어 표현한 것으로 보인다. 서울에서 적응하지 못하고 고향 함안으로 돌아 온 현실은 "조을리는 오월"에 안타까운 진달래만 씹는 처지를 상징적으로 보여 주고 있다. 이는 물론 배고픔을 달래는 것으로 보기 어렵다. 할아버지가 당시에 만석꾼이었기 때문에 그가 처한 현실의 어려움, 혹은 정신적 공허감을 이렇게 표현한 것으로 보인다.

40대에는 50이 넘어서 다시 시를 써 보겠다는 욕망을 가지고 있을 만큼 시에 대한 애착이 많았다. 하지만 시를 쓰기보다는 40대부터는 수필 창작에 많은 시간을 보냈다. 그래서 그는 10대는 시 창작, 20대와 30대, 40대는 비평, 그리고 40대 후반부터 수필을 창작한 것이다.

조연현은 「과제」(≪시건설≫ 7호, 1935. 10), 「비나리는 밤의 애수」(동인지 ≪芽≫ 1호, 1937), 「무제」(동인지 ≪芽≫ 2호, 1937), 「밤」·「무진정」·「비봉산」(동인지 ≪詩林≫, 1938), 「고민」(≪조광≫, 1939. 2) 등을 발표하고,[48] 배재중학교 5학년 때인 1939년 ≪조선일보≫ 발행 ≪조광≫의 기성란(旣成欄)에 「하나의 享樂」이라는 시를 발표했다. 당시 편집을 맡았던 노자영(盧子泳, 1898~1940)[49]을 통해서 ≪조선일보≫ 신춘문예에 낙방된

48) 김명인, 「생애 및 비평 연보」, 『조연현』, 소명출판, 2004, 247쪽.
구모룡, 「분리주의 비평의 한 양상」, 제2회 경남 작고 문인 문학심포지엄 주제 발표 원고, 2002. 11. 23, 각주 2) 참고.

49) 현대시인, 수필가. 호는 춘성(春城)이고 황해도 장연 또는 송화군으로 전해지고 있지만 정확하지는 않다. 평양숭실중학교 졸업. 고향의 양재중학교에서 교직생활을 한 적이 있으며, 1919년 상경하여 한성도서주식회사에 입사하였다. 이때 ≪서울≫, ≪학생≫의 기자로 있으면서 감상문 등을 발표하였다. 1925년경 일본으로 건너가 니혼대학에서 수학하고 귀국하였으나 폐질환으로 5년간 병상 생활을 하였다. 1934년 ≪신인문

시를 싣게 된 것이다.[50] 이후로 그는 해방 이후까지 시를 계속 썼는데 ≪예술부락≫(1945)을 창간한 이후부터 평론을 쓰게 된 것이다.

해방 이후 조연현은 명동에 종형의 사업장 2층을 빌려서 ≪예술부락≫을 내고, 여기서 서정주, 김동리, 조지훈, 곽종원, 박목월, 이한직 등과 함께 어울렸다. 이들은 곽종원이 주관했던 종로의 ≪생활문화≫에 먼저 모였고, 이 곳에서 작품 합평회를 했다. 조연현, 김동리는 곽종원과 1945년 9월 초 명동의 갈채다방에서 만났다. 이후에 10월경부터는 이용악, 김상훈, 유진오 등과 어울리면서 공산주의 이론까지를 토론했고, 급기야 이론의 격렬한 논쟁으로 결투 직전까지 가는 일도 있었다. 그러나 저녁 무렵이면 이들은 모여 명동의 '명천옥'이라는 술집에서 시를 읊고, 노래를 불렀다.[51] 격렬한 논쟁이 "공적 대결로 이론화하여 터진 것이 김동리와 김동석을 중심으로 한 민족 순수 문학 논쟁"[52]이었다. 이 논쟁은 "이현구·김광섭의 지원을 받은 김동리가 김병규(金秉逵)에 연결되는 김동석을 공격한 것은 '정치적 목적 달성을 위한 한 개 도구'로 전락하는 문학을 구출하여, 문학의 자리에 환원시키는 '본격 문학'을 수립하자."[53]는 것이었다.

> ≪예술부락≫을 창간한 이후부터 평론을 쓰게 되었다. 이것은 청년문학가협회가 발족되었을 때 시, 소설, 평론 등 문학의 각 부분에 관한 보고 강연이 있었는데 평론 분야를 맡을 사람이 없어 모두들 나에게 그것

학≫을 간행하였으나 자본 부족으로 중단하고, 1935년에는 조선일보사 출판부에 입사하여 ≪조광≫을 맡아 편집하였다. 1938년에는 기자 생활을 청산하고 청조사(靑鳥社)를 직접 경영하기도 한 바 있다(『국어국문학자료사전』, 690쪽).

50) 「내가 처음 시를 썼을 때」, 앞의 책, 255~257쪽.

51) 곽종원, 「갈채다방, 명천옥 그 아련한 시절」, 『김동리』, 웅진출판, 1995, 101~106쪽.

52) 김병익, 「시련과 격동의 소용돌이」, 앞의 책, 253쪽.

53) 김병익, 앞의 책, 253~254쪽.

을 맡아라 해서 그것이 계기가 되어 그 후부터는 주로 평론을 쓰게 되었다. 청년문학가협회의 발기인들이 평론 분야의 보고를 나에게 맡긴 것은 그 해의 ≪경향신문≫의 신춘 현상에 내가 조석동이란 익명으로 투고한 평론이 당선된 것을 알고 있었기 때문이다. (…중략…) 이렇게 해서 나는 차차 평론 쪽으로 기울어져 갔다. 이것은 좌익 문단의 이론적 우세에 대처할 반좌익적 문단의 이론적 빈곤이 나 같은 사람으로 하여금 비평의 붓을 잡게 한 것이 아닌가 싶다. 그러니까 내가 비평 쪽으로 나서게 된 것은 나의 원래의 문학적 기호에서였다기보다는 해방 이후의 사회적 문단적인 요구에 기인한 것으로 볼 수도 있다.

—「나의 첫 평론집」, 『남기고 싶은 이야기들』, 28~29쪽

≪예술부락≫을 창간한 이후부터 평론을 쓰게 되었다는 그의 고백은 본격적으로 평론을 썼다는 의미이다. 그는 1942년 '덕전연현(德田演鉉)'으로 창씨개명하면서 다수의 일본어 평론을 발표했다. 이때 「亞細亞復興論序說」(≪동양지광≫, 1942. 6)을 비롯하여 10여 편을 발표한다.[54] 그런데 그가 남긴 책들은 친일 관련 평론들에 대한 언급들이 전혀 없다. 물론 시대 상황에 대응하는 자신의 부끄러운 논리를 정당화할 수는 없었기 때문에 자신의 글들을 발표했다고 스스로 말하기에는 부끄러웠을 것이다.

조연현의 이와 같은 태도를 어떻게 볼 것인가? 작가의 전기적 오점과 작품의 창작 당시의 작가 연보를 비교해서 창작 심리를 파악할 수도 있다. 뿐만 아니라 작가 전기를 집필할 때, 그 객관성과 증거 자료로 활용할 수도 있다.[55] 그의 연보(부록—조연현 연보 참고)에 따르면 그는 중앙불

54) 김명인, '생애 및 비평 연보', 앞의 책, 247~248쪽.
55) 가령 서정주가 친일시를 썼을 당시, 즉 일제 강점기의 상황과 작가 연보를 정리해서 참고하면 그의 창작 심리나 작가 전기를 기술하는 데 도움이 될 뿐만 아니라 객관적 자료로도 활용할 수 있다(졸고, 「Ⅲ. 연보의 작성」, (수정판) 『작가연구방법론』,

전 시절(1940~1941, 당시 20~21살)에 다분히 민족적인 생각에서 우러난 행동을 하게 된다. 그가 학생 시절 조선문학연구회를 조직하며 웅변 대회에 참여한 것을 보면 그의 의식에는 민족이라는 매개체가 그의 정신 한 가운데 있었음을 짐작할 수 있다. 그가 이 웅변 대회 사건으로 퇴교 당한 것이 1941년인데, 얼마 후 1942년에 창씨개명하면서 「亞細亞復興論序說」을 비롯하여 일본어로 된 10여 편을 발표한다. 이 당시 상황을 고려해 보면 그의 현실 체제 순응 주의의 표출이 평론 작품으로 나타난 것으로 볼 수 있다. 즉 그의 시각이 민족적인 저항이라기보다는 체제 순응으로 변화되었다는 것이다. 이런 일련의 체제 순응과 평문의 발표를 통해 민족의 개념과 체제의 강압이 가지는 힘을 분명 느끼고 있었을 것이다. 외압적인 역사적 상황에서 그가 겪은 내면의 심리는 국권 상실에 대한 고통이 내재했음은 당연한 것이다. 그래서 그는 해방 이후 그가 좌익에 맞서는 행동에 앞장섰던 것이다. 역사적 상황을 고려해 보면 그의 우익의 비평 태도를 자연히 읽을 수 있는 것이다. 그의 체제 수호의 방향 전환이 이루어진 것은 바로 해방 이후의 그의 삶과 문학의 방향으로 이어지게 된다.

조연현이 밝힌 바에 따르면, 청년문학가협회의 발족으로 평론 분야를 맡아야 할 문단 상황과 좌우 이데올로기 문단의 상황 때문에 스스로 평론의 위치를 정한 것이라고 한다. 여기서 그는 자의반 타의반으로 평론에 대한 관심을 기울였다는 것이다. 시대 상황 외에도 일본인 비평가

역락, 2005, 130쪽). 서정주는 일제시대에 조선인 지원병 송가를 쓰는 등 매우 다양한 친일 활동을 했다. 강요당한 것도 아니다. 시인 김춘수에 따르면, "그는 그때 겨우 문단에 발을 디딘 젊은 신진에 지나지 않았다. 그가 대일본 제국을 위하여 시를 쓰지 않았다고 해서 박해가 가지도 않았을 것이고 총독부나 기타 기관에서 그에게 어떤 시를 쓰도록 압력을 주며 강요하지도 않았을 것이다."라고 술회했다(졸고, 앞의 책, 각주 18)와 강준만, 「미당 서정주를 이용하는 사람들」, 『한국 문학의 위선과 기만』, 개마고원, 2001, 76쪽 참고).

해방 직후 청년문학가협회를 결성하던 무렵의 소장 문인들. 왼쪽부터 박용덕(朴容德), 조연현, 최태응(崔泰應), 김동리(金東里), 홍구범(洪九範).

소림(小林)의 영향도 그가 비평가의 길로 들어서게 된 한 계기가 된다. 혼란기에 "석재 형이나 내가 해방 후 문학가 동맹에 휩쓸리지 않고 또 시에서 평론으로 기울게 되는 데에는 소림(小林) 문학의 영향이 상당히 컸다."[56]는 유동준(兪東濬)의 회고가 뒷받침한다. 1946년 4월 4일 당시 종로의 YMCA 강당에서 청년문학가협회가 결성되고, 김동리의 개회사로 시작된 이 대회는 각종 보고 강연이 있었다. 소설에는 최태응(崔泰應, 1916 ~?, 황해도 은율 출생, 소설가),[57] 시에는 조지훈(趙芝薰), 평론에는 조

56) 「투고 시절부터 8·15까지」, ≪현대문학≫, 1982. 1, 52쪽.

57) 휘문고보(徽文高普)를 나와 경성제대(京城帝大) 예과 중퇴. 그후 도일(渡日), 니혼대학(日本大學)에서 수학 중 귀국했다가 관절염 탈구(脫臼)로 불구가 되었다. 이것이 계기가 되어 독서와 문학수업에 정진, 1939년 ≪문장(文章)≫에 단편 「바보 용칠이」와 「봄」이 추천되고, 다음해 ≪문장≫에 「산 사람」과 「취미(趣味)와 딸과」를 발표했다. 1941년 도쿄(東京) 아테네프랑세 예과와 니혼대학 문과 수료, 일제(日帝) 말에는 고향의 사립 중여학교(重興學校)에서 교편을 잡았다. 8·15 해방 직후 단신으로 월남, 민주

연현이었다. 이 보고 대회에는 "임시정부 주석의 자격으로 축하차 참석했던 김구 선생은 축사를 끝내고 곧 돌아갈 예정이었으나 그 보고 강연에 감명되어 시종 그 자리에 앉아 계셨다."[58]는 조연현의 기록은 그에게 이 대회가 얼마나 중요한가를 알 수 있게 해 준다. 또한 내빈 자격으로 참석한 김광섭 시인도 김구 선생의 감동을 다시 한번 회상하는 자리였다.

해방 공간 조연현이 참여한 청년문학가협회가 조직적인 모임이라기보다는 시대 상황에 따른 비조직적이며 급조된 조직이었다. 이런 전후 사정으로 "단 하루에 끝난 점, 토론 과정도 간략하다는 점"[59]을 지적할 수 있다. 이 모임 또한 정치적인 색채가 짙다는 것을 김윤식은 지적한다. 문학가 동맹측이 주최한 전국 문학자 대회에는 조선 인민 공화국(건국준비위원회)의 대표격인 여운형이 참석한 데 맞서 우익 진영의 중앙문화협회는 전국문필가협회 결성에 김구가 참석하게 된다. 또 이승만의 축사가 낭독되었다는 점에서도 이 대표회가 얼마나 정치적 성격을 띠었는가를 알 수 있다. 문학가 동맹측이 민족 문학 건설 목표가 뚜렷했지만, 문필가협회는 그러한 방향 제시가 없었다는 점에서 보면 문필가협회가 일층 비문학적 또는 정치적 성격이 뚜렷했다고 볼 수 있다.[60]

당시의 상황을 그는 다음과 같이 말하고 있다.

일보(民主日報) 정치부장(1941), 민중일보(民衆日報) 편집부장(1948), 부인신보 편집국장(1949) 등을 지내고, 6·25 동란 때는 종군작가단의 일원으로 참가하면서 단편 「까치집·소동」(1951), 「고지(高地)에서」(1951) 등을 발표했다. 1952년 처녀장편 「전후파(戰後派)」를 ≪평화신문≫에 연재했다. 동부전선 종군 중 부상으로 입원, 그후 장편 「슬픈 생존자(生存者)」(1957), 단편 「여로」(1959), 「서울은 하직이다」(1967) 등을 발표했다(『국어국문학자료사전』, 2934쪽).

58) 「<문협>의 발족과 문단의 통합」, 『내가 살아 온 한국문단』, 현대문학사, 1968, 53쪽.

59) 김윤식, 「해방공간의 남북한 문학 단체 변화 과정」, 『해방 공간 문학사론』, 서울대학교 출판부, 1989, 15쪽.

60) 김윤식, 「해방공간의 남북한 문학 단체 변화 과정」, 앞의 책, 15~16쪽.

> '민족적 주체'라는 말이 김동리 씨의 개회사 속에 여러 번 나타났는데 지금은 일종의 유행어처럼 된 이 말이 최초로 발언된 것도 그때가 아닌가 생각된다. (…중략…) 그것은 문학가 동맹이 그 결성 대회에서 행한 각종 보고가 우리 문학을 그릇 인도하는 씨앗을 이미 뿌려놓았기 때문에 우리들은 이 보고에서 그것을 바로 잡으려 했던 것이다. 그래서 각종 보고 담당자들은 미리 초고를 작성하여 준비위원회의 수정과 가필을 받기로 했던 것이다. 5, 6일 동안이나 각종 보고 초안을 준비위원회에서 검토한 다음 그날의 대회에서 발표한 것이었다. 이러한 신중한 검토 끝에 행해진 그 날의 보고 강연은 그것이 문학가 동맹 측에서 내세운 우리문학의 방향을 최초로 바로 잡는 일종의 집단적 의사 표시의 형태였기 때문에 그 날 모인 청중들에게 큰 감명을 주었다.
>
> —「〈문협〉의 발족과 문단의 통합」, 『내가 살아 온 한국문단』, 현대문학사, 1968, 53쪽

청년문학가협회의 결성을 통해서 해방 전후의 문단 상황을 재편하는 동시에 우익 문단의 결집을 보이는 결과를 가져왔다. 여기에 김동리가 회장으로 피선되고, 서정주와 함께 문단의 '주체 세력'으로 조연현은 급부상하게 된다.

50, 60대의 진부한 문필가협회에 대한 불만과 당시 문단 상황에 대응하는 이 단체의 결성은 한국문단에 지대한 영향을 미치는 결과를 가져왔다. 해방 전후 혼란 시기에 임화(林和, 1908~1953, 서울 출생, 문학평론가)를 중심으로 하는 좌익의 대표적 문인 단체인 조선문학건설본부(1945. 9. 8)가 1년 뒤인 1946년 2월 24일에는 조선문화단체총연맹으로 개칭되면서 좌익 문단의 세력을 확대해 가는 상황이었다. 임화는 1921년 보성중학교에 입학했다가 1925년에 중퇴하였고, 1926년부터 시와 평론을 발표하기 시작했으며 영화와 연극에도 뛰어들었다. 그리고 1953년 8월 북한 정권의 최고 재판소에서 '미제 간첩' 혐의로 사형을 선고받고 처

형당하였다.[61] 당시 임화를 중심으로 한 좌익 문단은 노동 계급을 중심으로 하는 문학이었지만, 우익 문단은 순수 문학을 기치로 삼았다. 조연현은 이념 중심의 문학보다는 순수 문학을 우위에 놓고 자신의 입지를 강화하게 된다.

조선문화단체총연맹에 대항할 만한 우익 단체인 전조선문필가협회(1946. 3. 13)가 실질적인 활동을 하게 되는데, 이 단체 이전에는 조선문예협회(1945. 9. 8)와 대한문예협회(1945. 9. 11)가 있었지만 적극적인 활동을 하지 않았다. 이런 와중에 청년문학가협회가 결성되어 적극적으로 대항하게 된다. 기존의 우익 단체에 불만을 지닌 "소장 문인들은 자신의 의욕과 포부를 실천할 수 있는 다른 모임이 필요하다고 생각하고, 당시 생활문화사에 자주 모이던 '토요회'라는 문학 단체의 주동적인 인

61) 1928년 박영희(朴英熙)와 만났으며 윤기정(尹基鼎)과 가까이하면서 카프(KAPF)에 가담하였고, 1929년에는 「우리 옵바와 화로」·「네거리의 순이(順伊)」 등의 시를 써냄으로써 일약 대표적인 프로 시인의 자리를 차지하게 되었다. 1930년에 일본으로 가서 이북만(李北滿) 중심의 '무산자' 그룹에서 활동하였고, 1931년에 귀국하여, 1932년에는 카프서기장이 되었다. 카프전주사건이 터진 그 이듬해인 1935년에 카프해산계를 낸 이후 해방이 될 때까지의 시집 『현해탄(玄海灘)』, <조선신문학사> 서술, 출판사 '학예사' 우영, 일제신체제문화운동에의 협조 등으로 점철되었다. 해방 이틀 후에 '문학건설본부'의 간판을 내걸어 좌익문인들을 규합하였고, 1946년 2월에는 '조선문학가동맹'의 결성을 주도하기도 하였다. 1947년 11월에 월북하기 전까지는 박헌영(朴憲永)·이강국(李康國) 노선의 민전의 기획차장으로 활동하였으며, 월북 후에는 6·25까지 조·소문화협회 중앙위 부위원장으로 일하였다. 6·25 때는 다시 서울에 왔다가 그뒤 낙동강 전선에 종군하기도 하였다. 그리고 휴전 직후 1953년 8월에 남로당 중심인물들과 함께 북한정권의 최고재판소 군사재판부이 법정에 서게 되었다. 그의 옆에는 이원조(李源朝)·설정식(薛貞植) 등의 문인도 있었다. 19세부터 시·평론을 발표하였던 임화가 남긴 시집으로는 『현해탄』(1938)·『찬가(讚歌)』(1947)·『회상시집(回想詩集)』(1947)·『너 어느 곳에 있느냐』(1951) 등이 있고, 평론집으로는 『문학의 논리』(1940)가 있으며, 편저로는 『현대조선시인선집』(1939)이 있다. 생전에 80편에 가까운 시와 200편이 넘는 평론을 쓴 것으로 집계되고 있으며, 한국현대시사와 비평사에서 중요한 위치를 차지하고 있다. 특히 1920~1930년대의 프로문학과 해방 직후의 좌익문학을 논할 때 필수적으로 살펴보아야 할 존재이다. 뿐만 아니라 그는 진보적 문학운동사 또는 문학단체사 등으로서의 한국현대문학사에 있어서는 핵심적인 인물이 되는 것이라고 하겠다(『국어국문학자료사전』, 2475쪽).

물로 조연현, 김동리, 서정주, 조지훈 등을 포함하여 임서하, 곽하신 등은 모두가 적극적인 문학 활동을 전개해 나갈 수 있는 순수문학 단체가 필요하다는 데 의견의 일치"[62]를 보았다. 그리하여 조연현은 "문학을 정치의 도구로 삼으려는 것이 강력히 요구되고 있었던 그 당시에서 문학을 정치의 예속에서 해방시키고 진정한 문학 정신을 옹호"하고, "문학을 정치의 이름 아래 파괴하려는 일군의 정치적인 문학자들이 단결과 조직의 힘으로 이 땅에서 문학을 말살하려고 할 때 문학을 지키기 위하여 우리들도 조직과 단결로써 이에 항거"[63]하지 않을 수 없었다고 술회한다. 이러한 시대적, 문단적인 요청에 의해서 청년문학가협회가 결성되었다.

그는 이런 상황에서도 시를 계속 썼다. 그러나 그는 스스로 "만족하기 이전에 이미 남에게 보여서 부끄러운 몇 편의 시를 세상에는 내놓아 보았으나 남의 평가를 기다리기 전에 내가 먼저 그러한 작품 행동을 집어치우고 말았던 것"[64]이다. 이런 차에 청년문학가협회가 결성되고 이론적인 대항이 필요했던 것이다. 그는 "좌익 문단의 이론적 우세에 대처할 반좌익적 문단의 이론적 빈곤이 나 같은 사람으로 하여금 비평의 붓을 잡게 한 것"이라는 상황 논리를 내세우고 있다. 문제는 이러한 관점이 그의 생활 속에서도 나타나게 됨으로써 비난의 화살을 맞기도 했다는 데 있다. 그는 우익 문학을 지키고자 하면서 문학 관련 단체의 장을 맡게 되는데, 이는 상황 논리와 함께 개인적 욕심도 자리했던 것이다.

해방 전후의 문단과 시대 상황에서 출판한 『문학과 사상』(문학세계사,

62) 배경열, ≪국어국문학≫(112), 1994. 12, 253쪽(김정숙, 「1. '청년문학가협회'의 결성과 민족 문학 수호」, 『김동리 삶과 문학』, 집문당, 1996, 209쪽 재인용).
63) ≪白民≫, 1949. 4(「문학적 산보」, 『조연현 전집 ①』, 109~110쪽 재인용).
64) ≪白民≫, 1949. 4(앞의 책, 110쪽 재인용).

1949)은 당시에 상당히 주목을 받은 비평서였다. 그의 말에 따르면, "『문학과 사상』은 당시 좌익 문학 평론가였던 김동석의 『부르좌와의 인간상』과 함께 해방 이후 문학 평론집으로서는 처음의 것"이었고, 그 최초의 두 평론집이 좌우 대립의 시대 상황과 문단 상황을 표현하고 있다는 점에서 해방 전후의 비평사에서 중요한 텍스트인 것만은 분명하다. 이러한 상황에서 그가 평론의 길을 걷게 됨으로써 그의 대표적 평론집이라 할 『문학과 사상』, 『한국현대문학사』, 『한국현대작가론』과 같은 역저들이 나올 수 있었던 것이다.

해방 전후 시기에 한국비평사의 요구에 따라 자신이 평론가의 역할을 맡은 것에 대해 그는 운명으로 받아들이고 있다. 한국문학사와 함께 한국정치사의 소용돌이 속에서 비평가의 운명이 주어졌다고 생각한 것이다. 이러한 운명 속에 놓인 자신의 문학적 경향에 대해 나름대로 고민이 깔려 있었던 것이다.

> 내가 이 세상에서 제일 싫어하는 인간적 특성과 제일 싫어하는 사회적 직능이 있다면 그것은 남을 항상 비평하는 사람과 남을 비평함으로써만 스스로의 존재 이유를 갖는 비평가라는 직종이다. (…중략…) 내가 평론가를 싫어하는 이유는 따지고 보면 퍽 단순한 곳에 있었던 것인지도 모른다. 남에게 대해서는 엄격하고 자기에 대해서는 관대한 것, 자기에 등한하면서도 항상 남에게 관심을 가져야 하는 것, 심판 받는 겸손한 자세보다도 남을 심판하는 우위의 자세를 갖는 것, 사물의 긍정적 가치의 발견보다는 부인적 요소의 발견에 더 많이 주력하는 것. 그리고 아무리 훌륭한 비평이라 할지라도 그것은 창작된 예술품이 아니라는 것. 이런 것이 나는 싫었던 것 같다.
>
> —「나와 나의 비평」, 『남기고 싶은 이야기들』, 275~276쪽

그가 비평가의 길로 서게 된 것은 "원래 문학적인 기호에서였다기보다는 해방 이후의 사회적 문단적 요구에 기인한 것으로 볼 수도 있다."는 자신의 고백은 문학의 사회적 기능을 염두에 둔 것이다. 그러나 이런 사회적 필요 때문에 자신의 문학 창작을 딴 방향으로 간 것에 대한 그의 고민은 비평에 대한 부정적 판단으로 이어지게 된다. 이런 고민은 위의 인용에서 보듯이 비평의 부정적 인식이다. 그의 비평에 대한 부정적 인식은 바로 비평이 '창작된 예술품'이 아니라는 데 있다. 그는 "평론가가 문학에 있어서의 직접적인 창조적 직능의 인간이 아니라는 점에 있어서도 나는 원통한 슬픔을 지니고 있다."[65]는 점에서 그의 비평의 세계가 열리는 것이다. 그래서 그는 비평의 불행한 운명을 개척하려는 노력을 기울인다. 그 운명을 개척하려는 노력이 바로 "비평 형식을 통한 창조에의 길…… 이것이 내가 나의 운명을 개척해 가는 길"이라고 하면서 자신을 "길은 아직도 멀고 나는 이미 인생의 한 고비를 넘어가고 있다."고 자탄했던 것이다. 그는 운명을 개척하듯이 비평의 부정적 인식을 넘어서서 창조적 비평을 갈망하던 비평가였다.[66] 그래서 그는 비평의 운명에 자신이 놓여 있음을 부정하지 않았다.

그렇다면 그가 말하는 '창조적 비평'이란 무엇인가? 그의 이런 추상

65) 「나와 나의 비평」, 『남기고 싶은 이야기들』, 275~276쪽.

66) 그러나 창작성의 추구에 대한 의욕이 아무리 강하다고 해도 비평이 곧 시나 소설 같은 창작문학이 될 수는 없다. 그것은 비평과 창작문학의 특성의 차이에 기인하는 현상이다. 그 차이는 크게 두 가지로 지적될 수 있다. 첫째로 창작문학은 허구를 내용으로 하는 데 반해 비평은 허구를 배제한다. 그리고 둘째로 창작문학은 자연과 인생의 그 전부를 작품의 소재로 다룰 수 있지만 비평의 경우는 원칙적으로 문학에 관한 문제만을 논의의 대상으로 삼고 있는 것이다. 이러한 특성의 차이는 비평과 창작문학의 가치론적 우열을 결정하는 기준이 아니다. 그러나 그 점을 아무리 강조해도 그 특성의 차이에 기인하는 비평과 창작문학의 구분은 비평의 창작성을 추구하는 조연현 같은 사람에게 있어 커다란 아쉬움이 아닐 수 없다(이형기, 「조연현 문학의 감성의 논리」, ≪현대문학≫, 1991. 11, 42쪽).

적인 개념에 대해 그가 말한 것에서 유추할 수 있을 것이다. "J M 말리의 『기독록』이나 『도스토예프스키론』과 같은…… 남에의 관심을 통하여 자신의 철학을 논리화하는 것이 아니라 예술품처럼 형상화하는 그 놀라운 능력! 나도 이런 능력을 갖출 수만 있다면 평론가로서 나는 또 얼마나 영광스러운 창조자가 될 수 있을까."라고 고민하게 된다. 그의 이러한 고민은 비평의 본질을 규명하려는 노력인 것이다. 그러한 노력을 그는 예술품처럼 형상화한 비평을 실제 작품 분석을 통해 보여주었다. 그 창조적 비평의 실천은 바로 김동리로부터 받은 생의 구경, 그리고 자신이 세운 생리 비평인 것이다.

조연현은 호불호가 분명한 사람이다. 그래서 그는 비평뿐만 아니라 자신의 생활에서도 어떤 뚜렷한 자세나 기준을 세워두었다. 삶의 자세는 성찰을 바탕으로 한다. 이는 자신을 들여다보지만 자칫 타인의 삶과 결부될 때 또 다른 문제점이 노출되기 마련이다. 자신의 30년 문학 생애를 돌이켜 회고하면서 수많은 비난과 칭찬에 대해서도 자신의 입장을 분명히 밝히고 있다. 이는 그를 바라보는 부정적 시각에서 보면 자신의 강한 변명일 수도 있지만 그에게 비친 모습과 관련한 자신의 솔직한 심정을 밝힌 것이라 할 수 있다.

> 나는 내가 살아온 이 30년의 세월을 결코 잊지 못할 것이며, 어떠한 견딜 수 없는 수모와 고난의 기억이 있다 해도 나는 이 30년 동안의 나의 생활을 후회하지 않을 것이다. 그것은 정직하게 그리고 열심히 나의 인생을 살아온 나의 30년의 세월이었으며, 또한 대한민국과 운명을 같이해 온 나의 생활이기도 했기 때문이다. 이 30년 동안 나는 한 번도 정권에 관여된 일이 없고, 관직에 몸을 둔 일이 없는 언제나 무관(無冠)의 한 시민이었지만, 나는 언제나 대한민국과 호흡을 같이 해왔다. 때로 정권은 병들고 실수와 부패는 있었지만, 그러면 그럴수록 대한민국의 공

기를 맑게 하는 백의종군은 더욱 중요한 일이었다.

―「나와 광복 30년」, 『남기고 싶은 이야기들』, 280쪽

조연현은 자신의 말처럼 어떠한 견딜 수 없는 수모와 고난에도 자신은 대한민국과 운명을 같이 한 삶을 살았다고 자부하고 있다. 이러한 인식의 바탕에는 그가 정권에 관계한 일이 없는 무관(無冠)의 시민이었다는 점과 대한민국의 운명을 걱정하는 백의종군의 삶을 살았다는 생각이 깔린 것이다. 그럼에도 불구하고 그는 문학과 관련해서는 문단 권력이나 해방 이전의 문단 활동과 고향에서의 면서기 생활이 항상 함께였다. 삶을 살다보면 자신의 생각과 행동이 보기에 따라 달라 보이는 것 같지만 평가의 이면에는 나름대로 근거가 자리하고 있기 마련이다. 그렇기 때문에 어떤 오해든지 불식시키기 위해 조연현은 분명 자신이 겪은 수모와 고난에 대한 생각을 뚜렷하게 함으로써 자신의 입장을 분명하게 하려고 했던 것이다.

3. 희유(稀有)의 만남, 김동리 · 서정주

해방 전까지는 부산의 김정한, 통영의 유치환[67] · 김춘수, 하동의 김동리, 마산의 조향(趙鄕, 1917~1984, 경남 사천 출생, 시인)[68] 등과 어울렸다. 이 당시 함안에서 유치원 보모 생활을 했던 최정희(崔貞熙)[69]도 알고

67) 문덕수, 『청마 유친환 평전』, 시문학사, 2004.
68) 『조향전집』(1, 2), 열음사, 1994. 조향 관련 논의는 신진의 「무연의 순수어와 전위적 병치구조」와 구연식의 「초현실주의 신봉자, 조향」(≪문학지평≫, 1996. 5)을 참조.
69) 두 편의 평문을 쓴다. 「삼맥의 윤리―『천맥』을 통해 본 최정희」, ≪평화일보≫, 1948. 2(『문학과 사상』, 세계문학사, 1949, 119~126쪽)와 「최정희」, 『한국현대작가론』, 104~110쪽.

지낼 만큼 그는 문단에 발이 넓었다. 중학교 시절부터 친하게 지낸 인물은 정태용(鄭泰榕, 1919~1972, 진주 출생, 시인)이다. 정태용은 1937년 ≪조선일보≫에 「憤怒」라는 시를 발표하면서 조연현과 교유(交遊)한 시인이었다. 1945년에는 김용호(金容浩, 1912~1973, 경남 마산 출생, 시인)[70]와 함께 ≪시인부락≫(1936~1937 사이 통권 5호로 종간한 문예 동인지) 동인으로 활동했다. 조연현은 그의 사후에 문학비 대신에 주변의 도움을 받아서 그의 유고집(『한국현대시인연구 · 기타』, 어문각, 1976)을 출판할 만큼 애정이 깊은 사이였다. 제1부는 「현대시인론」, 제2부는 「문학평론」으로 나누어 조연현이 선집으로 출판했다.

절친했던 정태용과 중학교 동향 친구인 조진대(당시 이들은 진양 군청에서 근무)를 중앙불전에 입학하도록 권유하고서 자신은 퇴학당하고 만다. 그리고 다시 고향에 돌아와 면서기를 했는데, 이는 징병과 징용을 피하려는 방법이었다. 재학 시절 방학 때면 고향의 강학중, 조진대와 함께 문학 이야기를 나누면서 어울려 다녔다.

고향에서 문학활동을 했던 강학중과 부인 김정자. 김학중은 1948년 조연현 · 조진대와 함께 ≪탐구≫ 동인 활동을 했고, 1949년에는 홍구범과 함께 동인지 ≪파문≫을 출판했다.

하동에 있는 동요 시인 남대우(南大祐) 씨와 함께 곤명(昆明)에 있는 김동리 씨를 처음 찾아가 본 것은 아마 내가 중학을 졸업하고 H전문학

70) 광복 후 한때 좌익문학단체에 관여한 일도 있었으나 완전히 전향하여 한국자유문학가협회에 가담하였고, 1962년 펜클럽한국본부 부회장을 역임하면서 한국문단의 발전에 기여하였다. 1956년 제4회 아시아자유문학상을 수상(『국어국문학자료사전』, 553쪽).

교에 들어가기 전의 방랑 시절이었을 것이다. 폐(肺)가 나쁘다고 하며 깨를 씹고 있는 그 당시의 김동리 씨의 모습이 퍽 인상적으로 나에게 기억되고 있다. (…중략…) 을지로 4가 국립극장 뒷골목의 어느 여관에서 이정호(李正鎬)를 기다리는 병철이와 내 앞에 나타난 『화사집』의 시인 서정주 씨를 처음으로 만나게 된 극적인 일장면을 여러 가지 의미에 있어 나는 영원히 잊지 못할 것이다. 술이 잔뜩 취한 이 너무나 오랫동안 열모(悅慕)해 온 시인과의 해후는 ― 그렇게도 우연히 그렇게도 용이하게 만났다는 단순한 사건이 그대로 나에게 흥분과 감격을 던져 줄만한 치 희유(稀有)한 충동을 주고도 남음이 있었던 것이다.

―「나의 문학적 산보」, 『문학과 사상』, 1949, 301~302쪽(≪白民≫, 1949년 4월)

이때 다솔사(多率寺)에서 작품을 쓰고 있었던 김동리(金東里)를 찾았다. 1941년 봉계리(鳳溪里)에서 김동리는 조연현을 만날 당시(김동리는 혜화 전문학교를 자퇴하고 난 뒤 조연현을 만났던 것으로 회고한다)를 다음과 같이 회고한다.

어느 날 저녁 때 얼굴이 샛노랗고 몸이 바짝 마른 청년 한 사람이 나를 찾아왔던 것이다. 스무 살 가령 되어 보였다. 걸어서 하동으로 가는 길이라 했다. 집은 함안이라 했다. 술은 못한다고 했다. 병은 없다고 했다. 하동엔 친구가 있다고 했다. 반찬 없는 저녁을 함께 들었다. 자고 가야겠다고 했다. 물론 그러자고 했다. (…중략…) 이튿날 아침을 먹자 이내 그는 하동으로 떠났다. 그런지 오 년이 지난 뒤, 1946년 겨울에 그를 서울서 만났고, 이듬해인 47년 봄부터 조선문학가동맹의 공산주의 노선에 대항하여 자유 세계를 지키려는 몇몇 동지들과 함께 한국청년문학가협회를 결성하는 일에 그와 나는 열렬한 동지로 만나 함께 헌신하게 되었다.

―「자유와 순수 문학에의 신념」, ≪문학사상≫, 1986. 9, 325쪽

이때 동행은 동요시인 남대우(南大祐)였고, 김동리는 유망(有望)한 소설가라고 하여 홍구범(洪九範)을 자랑삼아 소개하였다. 이런 인연 때문에 8·15 해방 이후 청년문학가협회 결성뿐만 아니라 문단의 일에는 항상 김동리와 함께했던 것이다. 이 무렵 그는 진주의 설창수(薛昌洙, 1916~1998, 경남 창원 출생, 시인)도 만났다. 그는 영남 일대의 문인들과 자주 어울렸고, 이런 문인들과 교류는 후에 그가 문단과 문학 잡지를 창간하는 데 많은 힘이 되었다. 이 무렵 그는 평생 문학의 동지였던 서정주와 김동리를 만났다. 그리고 그들은 한국 현대문학의 입법부, 사법부, 행정부를 만들게 된 것이다.

1973년 문협 회장 선거 때문에 김동리는 사생결단의 관계가 되어 조연현 사후까지 거리를 두게 된다. 그러나 김동리는 지난날을 회고(≪문학사상≫, 1986. 9)하면서 먼저 타계한 조연현에게 천지 신령께서는 그의 영혼을 위로해 주시고 평안한 곳으로 인도해 주실 것을 기원했다. 수많은 시간을 문학의 동지로서, 혹은 갈등과 함께 문학사의 산 증인으로 지내면서 조연현의 생의 마감 순간, 김동리는 따뜻한 영혼으로 그를 보내고 이승에 남았던 것이다.

9·28 서울 수복까지 숙명여대 교수 김삼수의 집에 숨어서 지내는 동안 "문학가동맹이 그 간판을 걸고 문인들을 모으는데, 사회주의 문인들이 서울로 모여들어 ≪서울신문≫과 기타 각 언론 및 문화기관을 점령했으며 사회주의 정치보위부 및 각 기관에서 박종화, 김동리, 조연현 등의 민족 진영 문화계 인사를 지명 수배"[71]했다. 이런 위기 상황의 시절을 보내면서 조연현은 문단의 생명을 보전하기 위해 더욱 굳건하게 우익의 편에 서게 된다. 부산 피난 시절 조연현은 동광동 김안과 안쪽

71) 김정숙, 「제7장 전란의 광풍 속에서」, 『김동리의 삶과 문학』, 집문당, 1996, 233쪽.

적산 가옥 2층에 방을 하나 얻어 살았다. 김안과의 원장과 조연현은 잘 아는 사이였다. 이때 이봉구(李鳳九, 1916~?, 경기도 안성 출생, 소설가)가 조연현의 집을 단골로 드나들었다. 김동리는 대신동에 살았는데, 김안과에서 김동리와 조연현은 자주 만났던 것이다. 그리고 부산 문인들의 모임 장소였던 밀다원 다방을 출입하였다. 이때의 고달픈 생활을 부산에서 김동리와 함께 하게 된다.

> 밀다원 다방은 당시 갈 곳 없는 문인들의 안식처였고 찾기 힘든 동료의 연락처였으며 작가들의 사무실이었고 시화전의 전시장이기도 했다. 이들은 여기서 원고를 썼고 약간의 고료가 생기면 차나 가락국수를 시켜 먹고 선창가의 대포집에 들어가 피난살이의 시름과 허탈감과 자괴감, 그리고 울분 등을 동동주에 띄우며 예술대회(유행가 부르기)를 열기도 했다. 그들은 밀다원 다방 아래나 동사무소에 짐을 부려놓고 다방에서 살다시피 했다. 당시 조연현은 동광동 김안과, 안쪽 적산 가옥 2층에 방을 하나 얻어 살았다. 피난 시절의 어둡고 절망적인 생활과 거기에서 솟아나는 인간애는 김동리의 「밀다원 시대」에 실감나게 그려진다.
>
> —김정숙, 「제7장 전란의 광풍 속에서」, 『김동리의 삶과 문학』, 집문당, 1996, 242~243쪽

김동리의 「밀다원 시대」(1955. 4)는 고달픈 부산의 생활을 배경으로 그린 소설이었고, 등장인물들 가운데 김말봉(金末峰, 1901~1962, 부산 출생, 여류소설가), 조연현, 오영수(吳永壽, 1914~1979, 경남 울주 출생, 소설가)가 등장하게 된다.[72] 우리 문단의 대중소설의 독보적 작가인 김말봉과 천상병에 대한 재미있는 일화가 있다. 1926년 초, ≪조선일보≫에 인기리 연재되었던 김말봉의 『푸른 날개』를 중앙방송국(오늘의 KBS의 전신) 라디오에 작가의 허락도 없이 연속 낭독하는 조건으로 거액의 술값을 받았

72) 김정숙, 「제7장 전란의 광풍 속에서」, 앞의 책, 243쪽.

던 '현우(김말봉의 아들)와 천상병의 사건'은 당시를 떠들썩하게 했다. 두 사람은 이 돈으로 명동에서 수많은 사람들에게 술좌석을 마련해 주고, 돈이 떨어지자 몇 달 만에 거지 행색으로 명동에 나타났던 것이다.[73]

문인들이 많이 모였던 밀다원 다방 시절에 젊은 시인 전봉래(全鳳來, 1923~1951, 평남 안주 출생, 시인)[74]는 1951년 2월 16일 26세의 나이로 남포동 구둣방 골목 지하실 스타 다방에서 음독 자살했다.[75] 이 충격적인

부산 피난 시절의 문인들. 뒷줄 왼쪽부터 김광주(金光洲), 김동리(金東里), 서정태(徐廷太), 앞줄 왼쪽부터 김말봉(金末峰), 유치환(柳致環), 김팔봉(金八峰), 조연현.

73) 권용태, 「천의무봉의 순수한 악동을 그리며」, 『천상병을 말하다』, 답게, 2006, 10~17쪽.

74) 일본 동경부립(東京府立) 제4중학교를 거쳐 1944년 동경·아테네와 프랑스에서 수학하다가 광복 직전에 귀국하였다. 소년시절 철봉을 하다가 척추를 다친 것이 원인이 되어 평생 건강이 안 좋았다. 프랑스의 상징주의 문학을 전공하여 그 계통의 작품을 상당수 번역했으며, 특히 발레리(Valery, P.A.)를 좋아하였으나 그 원고는 6·

사실 하나로도 피난 중 부산의 실상을 짐작하고도 남을 것이다. 더 이상 갈 수 없는 땅끝의 부산, 이 땅끝에서 일어난 일을 겪으면서 조연현은 고달픈 생활을 끝으로 서울로 올라오게 된다.

25 중에 분실되었다. 창작시는 10여 편을 썼을 뿐인데, 그 중 「전선(戰線) 스냅」 한 편만이 동생 시인 봉건(鳳健)에 의하여 보관되고 있다. 그러나 시적 재능은 6·25 전에 이미 문단 일각의 인정을 받고 있었으므로, 1950년 봉건이 ≪문예(文藝)≫에 시 「원(願)」을 처음으로 추천받았을 때 편집자가 그의 작품일 것이라고 짐작하여 그의 이름으로 발표한 일이 있다. 고전 음악에 대한 조예도 깊어 음악 감상을 즐겼다. 6·25 때 피난지 부산의 어느 다방에서 다량의 수면제를 먹고 자살하였다. 그때 그가 남긴 짤막한 유서는 "찬란한 이 세기에 이 세상을 떠나고 싶지는 않았소. 그러나 다만 정확하고 청백하게 살기 위하여 미소로써 죽음을 맞으리다. 바흐의 음악이 흐르고 있소."라고 적고 있다. 이 유서와 함께 그의 자살은 당시 피난 문단에 큰 충격을 던져주었다(『국어국문학자료사전』, 2579~2580쪽).

75) 「제9화 문화 활동」, 『임시수도천일』, 부산일보출판국, 1985, 764쪽.

III

비평가의 민감성과 유식 콤플렉스

1. 실존주의 시각과 민감성

비평가는 시대 조류에 민감한 작가이다. 따라서 비평가는 문학 논쟁의 한 가운데 있는 경우 그의 비평관이 극명하게 드러난다. 조연현의 비평 문학은 해방 전후 순수문학론 옹호와 1950년대 전후한 실존주의(實存主義)의 시각에서 그의 비평관이 드러난다. 특히 1950년대 한국문학의 주류를 형성했던 실존주의에 대한 그의 비평 검토는 부족한 상태이다. 이러한 검토는 그의 비평 문학의 태도와 성향을 엿본다는 점에서 중요한 것이다.[1)]

조연현이 한국현대비평사를 통해 보여준 그의 시각은 해방 전후 격렬한 논쟁의 문제점과 비평 태도의 변화를 함께 읽을 수 있다는 점에서 의미가 있다. 조연현은 해방 전후 좌우익 논쟁에서 가장 빛나는 비평가라는 평가를 받는다. "청문협(청년문학가협회, 회장 김동리, 평론분과 조연현)이 결성된 1946년 4월부터 이승만 단독 정부가 들어선 이후 문화계에 좌익 인명이 일소되는 계기가 되는 '민족 정신 앙양 전국 문화인 총궐기 대회'가 열린 1948년 12월 말경까지의 약 3년간 조연현"은 "이 시기는 그 내용을 어떻게 평가하는가와는 상관없이 조연현 비평이 우리 문학사에서 또한 그의 개인사에서 가장 눈부시게 빛난 시기"[2)]라고 할 수

1) 이 같은 관심은 다음과 같은 의미를 가진다.
① 실존주의 문학에 대한 논의 ② 문학사적 검토를 통한 조연현의 논쟁적 시각을 검토 ③ 둘째와 관련하여 실존주의 논쟁의 시각을 검토 ④ 위와 같은 방법을 통해 그의 비평사적 위치와 비평관을 정리할 수 있다.

2) 김명인, 「제3장 정치와 문학과 순수성」, 『조연현－비극적 세계관과 파시즘 사이』, 소명, 2004, 107쪽.

있다. 이 비평 활동은 그의 비평가 기질도 있지만 시대 상황에 처한 그의 비평 태도를 보여 준 것이기도 하다.

한국에서 실존주의가 유입된 시기는 1930년대 초기이며,[3] 주로 1948년 이후에 본격화되었으며 미국과 일본을 통해서 들어왔다.[4] 실존주의에 대한 연구 성과[5]가 없는 바는 아니나 실존주의 논쟁에 대한 검토는 미비한 편이다. 실존주의의 관심은 ≪신천지≫(1948. 10)에 실존주의 특집이 실리면서 양병식(梁秉植, 1919~?, 함북 성진 출생, 평론가 · 시인)이 싸르트르를, 손우성(孫宇聲, 1904~?, 충북 청원 출생, 불문학자)은 까뮈를 소개하면서 본격적으로 한국문학에 영향을 끼치게 된다. 1950년대 한국문학과 비평사에서 실존주의 논의는 빠뜨릴 수가 없다.[6] 따라서 비평의 주

3) 이대영, 「Ⅲ. 실존주의 소설의 수용 양상」, 『한국 전후 실존주의 소설 연구』, 국학자료원, 1998, 37쪽.
4) 전기철, 「해방 후 실존주의 문학의 수용 양상과 한국 문예 비평의 모색」, 『한국 전후 문예 비평 연구』, 서울, 1994, 238쪽.
김영민은 "실존주의 문학론이 우리 문단에 소개되기 시작한 것은 1940년대 후반"(「제5장 1950년대 실존주의 문학론」, 『한국현대문학비평사』, 2000, 195쪽)이라고 한다.
실존주의 문학론의 목록은 위 책의 「실존주의 문학론의 수용 실태(신문 / 잡지)」(283~289쪽) 참고.
5) 이대영은 위의 책에서 전전 실존주의 소설과 전후 실존주의 소설로 나누어서 연구하였다.
6) 실존주의 비판(김동석), 싸르트르의 실존주의(박인환), 싸르트르의 사상과 그의 작품(양병식), 최근 불문학의 제문제(양병식), 현대 불문학의 방향(손우성), 불안의 해소와 문학(유동준), 싸르트르의 철학과 문학(양병식), 싸르트르의 문학론(양병식), 실존주의 해의(조연현), 실존문학으로서의 과정(손우성), 실존문학의 총화적 비판(최일수), 니힐의 본질과 초극정신(최일수), 가꿔지는 인간문학의 새싹(손우성), 실존주의 문학의 철학적 기반(이환), 언어예술의 실존적 의미(박정옥), 불안과 실존주의(고석규), 휴머니즘과 실존주의(이환), 불문학 산책(김붕구), 인간존재의 탐구(이교창), 실존주의 문학의 내용과 형식(이교창), 문학과 저항정신(손우성), 작가의 책임의식(양병식), 세계문학과 행동성(홍순민), 실존주의와 휴머니즘의 관계(이철범), 까뮈의 작품세계(박광선), 부조리 인간(손우성), 관념과 주관(손우성), 실존주의와 휴머니즘(정명환), 불문학산보(김붕구), 실존주의 문학(김붕구), 반항적 인간의 자유(장백일), 실존과 문학의 형이상학(원형갑), 실존주의와 불안(정태용), 문학과 앙가쥬망(최일수), 실존주의 문학의 길(이어령), 실존주의의 정체(김태관), 실존주의(백철), 까뮈의 자유 개념과 그 비판(이문우), 4 · 19 이후의 문학적 전망(최일수), 실존주의 문학과 인간(정명환), 실존주의와 문학(정명환) 등의 참고 자료는 최예열의 「실존주의 문학론」(『1950년대 전후 비평 자

체성을 확립하고자 했던 조연현도 이 논의에 관심을 보였다. 당시 실존주의에 대한 논의가 많았지만, 이를 거론한 조연현의 불분명한 논의를 반박한 글을 정명환은 발표한다. 어떤 계기라기보다는 정명환이 바라본 실존주의에 대한 뚜렷한 태도에서 비롯된 것이었다.[7)]

조연현이 「實存主義 解義」(≪문예≫, 1954. 3)를 발표한 이후, 이 글은 그의 평론집 『休日의 意匠』(인간사, 1957)에 「現代와 實存主義」로 재수록되었다. 재수록되기 전에 『한국문학전집－평론 · 수필집』(민중서관, 36권)에 먼저 수록되었다. 정명환(鄭明煥, 1929～생존, 서울 출생)[8)]은 이 글을 읽고 난 뒤 「평론가는 이방인인가－우리나라 문예 비평의 입장에 관하여」(≪사상계≫, 1962. 12)[9)]를 발표하게 된다. 이 글에 대해 조연현은 「문학은 암호 이상의 것이다」를 ≪현대문학≫(1963. 1)에 발표하고, 이 글에 대해 다시 정명환은 「비평 이전의 이야기－조연현 씨의 평문을 반박한다」(≪사

료』, 월인, 2006).

7) 정명환이 발표한 실존주의에 대한 논의의 글들은 다음과 같다.
「배반 당한 절망」, ≪사상≫, 1952. 11.
「까뮈의 작품과 논리」, ≪사상계≫, 1958. 2.
「실존주의와 휴머니즘」, ≪지성≫, 1958. 6.
「현대소설의 고찰」, ≪세계≫, 1959. 2.
「현대 불문학의 윤곽」, ≪한국일보≫, 1956. 10. 23～24.
「참여와 창조－앙드레 지드를 중심으로」, ≪FRANCE≫, 1959. 12.
「실존과 유희의 교차」, ≪서울신문≫, 1960. 2. 12.
「성의 실존적 고찰」, ≪사상계≫, 1960. 8.
「사실과 가치」, ≪사상계≫, 1962. 9.

8) 서울대 불문학과 교수 역임. 현재 학술원 회원. 저서로는 『한국 작가와 지성』, 『졸라와 자연주의』, 『문학을 찾아서』, 『이성의 언어를 위하여』, 『20세기 문학과 이데올로기』(공저) 등이 있고, 알베레스의 『20세기 문학과 이데올로기』, 싸르트르의 『문학이란 무엇인가』 등의 번역서가 있다.

9) 최근에 나온 그의 저서 『문학을 생각하다』(문학과지성사, 2003)에서는 기발표된 내용을 수정하여 재수록하였다고 한다. 내용을 수록함에 있어 원색적인 표현이 그대로 전재되었다는 점에서 보면 그의 생각에는 변화가 없다는 의미로 해석된다(2006. 4. 26).

상계≫, 1963. 2)를 발표하게 된다.

조연현은 「實存主義 解義」에서 실존주의는 현대인의 어쩔 수 없는 숙명(宿命)이라고 전제한 뒤, 실존주의 그 자체를 해명하고자 했다. 실존에 대한 개념을 '칼 · 데뷧드'의 논의에 따라 "현존(現存)도 기능적 존재도 아닌 인간 특유의 존재 방식"이라고 정리한다. 여기에다 '하이덱카'의 '자기의 인간 특유의 존재 방식'이라는 논의를 첨가하면서 조연현은 다음과 같이 실존에 대한 개념을 정리하였다.

> 실존이란 보편적인 인간의 실존을 말함이 아니라 그러한 보편적인 인간 속에 '남에게 인도될 수도 없고 그것으로부터 벗어날 수도 없는' 어쩔 수 없는 특유한, 독특한 자기가 존재하고 있다는 사실을 말하는 것으로서 '개별자로서의 자기'가 혹은 '단독자로서의 자기'가 존재한다는 사실이다. 바꾸어 말하면 실존이란 보편적인 인간과는 아무런 공통성도 아무런 관계도 없는 개별자, 단독자의 존재가 현존이나 기능적 존재로서가 아니라 그 자신의 본성으로서 존재해 있다는 사실이다.
>
> —「實存主義 解義」, ≪문예≫, 1954. 3, 178~179쪽

그에 따르면 실존은 타 인간과는 달리 인간 본성의 개별자, 단독자라고 정의하고 있다. 이러한 개별자는 '실존의 속성인 무목적, 무근거, 부조리, 허무, 불안, 고독과 같은 실존 의식의 구체적인 내용'을 가지고 있다. 이러한 논거를 싸르트르의 「嘔吐」와 까뮈의 「異邦人」을 통해서 설명하면서 인간이 지닌 최초의 고독과 불안은 '코페르니쿠스'의 지동설이 계기가 된다는 것이다. 또한 '빠스칼'이 말한 '이 무한한 공간에 던져진 나'에게서 느낀 공포와 경악이 인간의 근대적 고독과 불안이며, '키에르 케고르'에게는 '신으로부터의 절연(絶緣)'이라는 불안이 '니체'에게서는 '신이 이미 죽었다'는 절대 고독으로 이어진다고 했다. 결국

그에 따르면 실존은 개별자, 단독자이며, 그리고 무목적, 무근거, 부조리, 허무, 불안, 고독과 같은 실존의 속성을 가진다는 결론이다.

1954년 발표된 이 글은 6・25동란이 종식된 시점이 얼마 지나지 않아서 씌어진 것이다. 전쟁이 갖는 상황 존재에 대한 보편적 속성이 불안과 공포인 점을 들면 그의 말대로 실존적 상황인 것이다. 정명환은 조연현의 「實存主義 解義」를 읽고 1962년 12월 ≪사상계≫(문예증간호)에 「평론가는 이방인인가」라는 평문으로 이 글에 대한 자신의 견해를 밝혔다. 이 내용은 4단락으로 정리할 수 있다.

1단락의 내용에서 중요한 부분을 인용하면 다음과 같다.

> 모 일간 신문이 「문단과 평단」이라는 제목으로 제시한 앙케이트에 대해서 거기에 응답한 분들의 글을 읽었을 때입니다. 앙케이트를 받은 거의 모든 작가나 시인이 우리나라의 비평이 정실적(情實的)이고 운동 심판적이고 심지어는 테러리스트적이라고 지적함으로써 평론가들에 대하여 극단의 불신을 표명하고 있는 것을 보았을 때 나는 새삼스럽게 놀랐으며, 방금 인용한 서기원 씨의 거만스러운 한 구절[10]이 다만 사감에서 나온 분풀이만은 아닐지도 모른다는 생각이 들었습니다.
>
> —정명환, 「평론가는 이방인인가」, 『문학을 생각하다』, 문학과지성사, 2003, 14쪽

정명환의 글에서 문제의 발단은 위 글에서 보듯이 작가가 가진 비평가에 대한 시각을, 즉 비평가에 대한 불신을 문제 삼고 있다. 이러한 불신은 우리나라 문학의 앞날에 어두운 그림자만 던져줄 것이라는 우려를 표명한 것이다. 그러나 작가와 비평가 양자 사이에 '고무적인 대화'

10) "작가가 비평에 대하는 태도를 세 가지로 나누어 본다. 첫째는 무관심이다. 다음은 묵살이고 그 중 하책(下策)이 어떤 반응을 표시하는 것이라 하겠다. 이것은 작년도(1961) ≪사상계≫ 문예 특집호에 서기원 씨가 쓴 첫 줄입니다"(정명환, 「평론가는 이방인인가」, 『문학을 생각하다』, 문학과지성사, 2003, 13쪽).

가 필요하다고 서두를 적었다. 그러면서도 그는 "평론가를 괴롭히도록 무언중에 작용하는 걸작이 몇이나 될까"라고 작가의 창작 태도에 대해 꼬집고 있다. 그러나 작가와 비평가는 서로 비난하기보다는 '가혹한 성찰'을 필요로 하며, 반성이 요청되는 쪽은 비평가라고 말한다. 그래서 "누구보다도 비평적이어야 할 비평가 자신이 자기가 모른다는 것을 모를 뿐 아니라, 모른다는 것을 의식적으로 아는 체 하려 한다는 폐풍(弊風)"까지 있다고 지적하고 있다.

2단락에서 이러한 지적의 대상으로 비평가 조연현을 삼았다. 정명환은 먼저 조연현이 1954년 ≪문예≫ 3월호에 「實存主義 解義」를 발표한 글을 대상으로 삼은 것이다. 제일급의 평론가인 조연현이 실존주의에 대한 개념의 오용을 지적하면서 이러한 오용에 대해 슬프다는 '묵어빠진 형용사' 이외에 감정을 적절히 표현할 길이 없다고 포문을 열었다. 그는 「實存主義 解義」에 대해 두 가지를 지적하고 있다. 첫째는 까뮈의 『반항적 인간』에서 '역사적 방관자'라고 명명한 것이 잘못이라는 것이다. 둘째는 실존주의에 대한 몰이해를 폭로했다는 것이다.[11)]

이러한 오류의 원인을 3단락에서 지적하고 있다. 그것은 구체성이 없는 개념의 유령만이 출몰하는 우리 비평계의 현상을 빚어낸 근본적인 이유는 비평가 자신에게 철학이 없었다는 점을 지적하고 있다. 4단락에서는 외국이론의 섣부른 소개와 접목의 한계와 형용사 한두 마디의 비평이 횡행하는 현실을 비판한다. 이는 문학 전통이 빈약하고 사상에 빈약한 우리나라에서 필요함을 강조하고 있다. 정명환이 말하고자 한 평론가는 이방인인가를 의미하는 부분을 인용하면 다음과 같다.

---

11) 여기서 백철은 손창섭에 대한 실존주의적 접근은 잘못이라는 것이다. 손창섭의 작품을 몇 편 읽었지만 실존주의의 요소를 찾아낼 수가 없다는 것이다(21쪽).

> 비평이란 곧 탐구의 한 형식이며, 비평의 대상이 되는 작품은 이 탐구의 과정에서 만난 벗입니다. 그 벗은 비평가 자신의 변신을 위한 한 중대한 계기를 베풀어 줄 수도 있고 또 반대로 비평가가 벗에게 자기의 입장을 이야기함으로써 그를 위한 암시를 던지거나 그의 반성을 촉구하는 수도 있습니다. 그리고 자기의 눈에 비친 이 벗의 모습을 남들에게도 보여주려고 합니다. 또한 비평가는 그렇게 함으로써 고독에서 벗어나 대화의 세계로 들어서고, 핀잔과 경멸을 받으면서 문학의 주변을 어슬렁거리던 이방인의 신세를 면하려고 애쓰는 것입니다.
>
> –정명환, 「평론가는 이방인인가」, 앞의 책, 2003, 29~30쪽

정명환은 작품과 비평가의 관계를 벗으로 비유하면서 부드러운 관계, 오랜 친구로 비유하는 모습을 통해 비평의 적극적인 행위(암시를 던지거나 그의 반성을 촉구)를 함으로써 고독에서 벗어나 이방인의 신세를 면할 수 있다는 것이다.

이 글에 대해 조연현은 「문학은 암호 이상의 것이다」라는 글을 통해 반박한다. 글의 내용을 정리해 보면 다음과 같다.

> a) 죤슨은 프랑시스 · 장송으로서 그는 맑스주의에 물든 물질주의인데 그가 정신주의자에게 가하는 비판을 왜 받아들이느냐 하는 것이다. 이것은 내가 흑을 백이라 하고, 백을 흑이라 비판했다는 것이다. 그래서 나는 무식하다는 것이다.
>
> b) 실존주의가 절망적이며, 비극적인 속성으로서 정지된다는 말은 실존주의라고 하면 그것이 일부 불어학자나 불문학자나 또는 정씨 자신의 무슨 전매 특허나 맡은 것처럼 딴사람이 이에 대해서 발언하면 그것은 다 오해요 무식이 된다고 착란(錯亂)하고 있는 것 같다.
>
> –조연현, 「문학은 암호 이상의 것이다」, ≪현대문학≫, 1963. 1, 53쪽

a) 글에 이어서 까뮈의 역사적 방관자라는 주장에 대해 "어떤 사상이나 철학이 역사에 대해서 방관할 수 없다는 것은 인류의 기본적인 요구의 하나라는 것"이라고 전제하면서 "문장의 일부분을 떼서 그것으로써 문장 전체의 의미를 결정하는 것은 '유식한 번역자'의 특권에 속하는 것일까"라고 반문하면서 "무식한 놈은 무식한 대로 어떤 사물에 대한 감응 능력이라는 것이 정씨류(鄭氏流)의 유식과는 성질이 다를지는 모르지만 어쨌든 잘 알든 잘 모르든 어떤 사물에 대한 감응 능력은 누구나 가지고 있는 법"이라는 입장이다. 그러나 논지 전개 방식이 상당히 원색적이면서 감정적이라는 것을 알 수 있다.

정명환은 「비평 이전의 이야기」에서 '조연현 씨가 이미 비평가'가 아니라는 혹평을 하게 된다. 당시 문단에는 실존주의에 대한 논의가 많았다고 전한다.[12] 여기서 한 가지 짚고 갈 문제는 왜 조연현이 실존주의에 대한 논의를 했는가이다. 앞에서 언급한 김영민의 지적처럼 실존주의의 기대와 휴머니즘의 관계라는 입장과는 다소 거리가 있음을 알 수 있다. 김윤식이 지적한 것처럼 "김동리의 「밀다원 시대」와 「실존무」가 작품으로 그것을 말해 놓음과 나란히 간다는 점에서 살펴본다면 김동리와 조연현의 정신적 맥락과 그 수준을 가늠할 길"[13]에서 찾아야 한다는 것이다. 여기서 「밀다원 시대」를 잠시 살펴볼 필요가 있다. "천신만고 끝에 부산에 내린 동리는 한 기차를 타고 같은 운명으로 부산에 도착한 이들이 기차에서 내려서 뿔뿔이 흩어지는 것을 보고 이제는 어

12) 1960년대 각종 문예 심사를 하면서 조연현을 두 번 정도 만났다고 한다. 이때 실존주의 논쟁에 대해서는 아무런 말이 없었고, 다만 상견례 정도였다고 한다. 당시에는 황순원, 안수길, 유종호, 이어령 등과 함께 문예 작품 심사를 했었다(2006. 3. 28. 인터뷰). 필자는 『송욱문학연구』(2000)와 『송욱평전』(2000)의 집필과 관련해서 만났고, 2005년도 ≪문학과 지성≫ 30주년 창간 기념식에서 만났다.

13) 김윤식, 「극한 의식으로서의 비평과 실존주의」, 『한국 근대문학 사상연구』(2), 아세아문화사, 1994, 195쪽.

찌해야 하나 하는 '절망감'을 느끼게 되는데 그때의 심정은 「밀다원 시대」에 잘 나타나 있다. 이제는 더 이상 갈 곳 없는 바다를 코앞에 둔 민족의 운명 앞에 내일을 예측할 수 없는 그런 암담한 생활을 시작해야 하는 상황에 처하게 된 것이다."[14] 여기서 말하는 '땅끝 의식'이란 「밀다원 시대」에 나오는 "끝의 끝 막다른 끝 거기서는 한 걸음도 더 나갈 수 없는 더 내디디면 허무 공간으로 떨어지고 마는"[15] 그런 의식을 말한다.

김윤식은 김동리가 보여 준 '땅끝 의식'을 조연현의 6·25 동란의 '지하 생활 체험'과 동일시한다는 점이다.[16] 여기에다 당시 유행하던 실존주의에 대한 관심은 조연현의 비평가로서의 '민감성의 작동'(그가 새로운 사조에 매우 민감히 반응하는 비평가의 한 사람임을 입증해 주는 것)[17]을 지적하고 있다. 즉 조연현의 실존주의 관심은 '땅끝 의식'과 같은 '지하 생활의 체험'과 비평가의 '민감성'의 감각이 빚어낸 실존주의의 관심이라는 것이다.[18]

14) 단편소설 「밀다원 시대」의 등장인물은 거의가 실제 인물인데, 길선주(김말봉), 조현식(조연현), 허윤(허윤송), 오정식(오영수) 등이 대표적 인물이다. 작가 동리가 이 작품을 쓰려 했을 때 제일 많이 생각한 것은 경험한 사실을 창작화시키는 데 따르는 문제점이었다면서 사실로서의 이야기와 상상의 산물로서의 이야기 사이에 빚어지는 실화성과 예술성에 고심했다고 할 만큼 이 소설은 사실에 바탕을 두고 있다(김정숙, 「피난지 작가들의 고난-『밀다원 시대』」, 『김동리의 삶과 문학』, 집문당, 1996, 243쪽).

15) 김정숙, 앞의 책, 241쪽.

16) 김윤식의 접근 태도는 작가 연구 방법에 근거한 것이다(졸저, 수정판 『작가연구방법론』, 역락, 2005).

17) 김윤식, 앞의 책, 193쪽.

18) 6·25 동란의 극한 상황을 체험한 김동리는 「실존무」를 썼고, 이를 두고 조연현과 정명환의 논쟁이 벌어졌다(김윤식, 「문학에서 비평에로」, 앞의 책, 376쪽). 김영민은 조연현이 「實存主義 解義」에서 논의한 싸르트르와 까뮈를 요약 정리하면서 그가 실존주의에 대한 관심과 기대를 갖는 이유를 "실존주의와 휴머니즘과의 연계성 때문(「제5장 1950년대 실존주의 문학론」, 앞의 책, 205쪽)이라고 했다.

「實存主義 解義」의 첫 문장은 다음과 같이 시작된다. "실존주의는 제2차 대전 이후에 세계적인 화제가 되어 있는 가장 유력한 유행적인 사조의 하나다. 사람들은 제각기 실존주의를 말한다. 오늘에 와서 실존주의는 그 정확한 개념에서나 그 부정한 개념에서나 어쨌든 누구의 입에서나 발언되고 있다." 인용에서 보듯이 실존주의는 '세계적인 화제이며 누구나 언급'하는 가장 강력한 유행적인 사조이다. 이런 유행적인 사조에 대한 자신의 생각을 언급한 것이다. 조연현은 동란 이후 혼란스런 시기에 들어 온 실존주의 시대의 흐름을 읽었고, 동시에 그의 비평적인 글쓰기도 병행했다는 점에서 그의 비평의 민감성을 확인할 수 있다. 그는 해방 전후해서 좌우익의 비평 논객 가운데 시대의 흐름을 비평적 글쓰기로 보여준 대표적 비평가이다. 이는 그의 비평적 노력이며, 시대감각이 예민한 비평가라는 것을 의미한다.

2. 지성 논리와 유식 콤플렉스

김윤식은 조연현의 「實存主義 解義」를 요약 정리하면서 정명환의 「평론가는 이방인인가」의 비판을 검토했다. 여기서 흥미로운 것은 조연현의 실존주의에 대한 관심과 글쓰기의 배경을 김동리의 땅끝 의식에다 비유하고 있다는 점이다. 즉 6·25 전쟁에 도강하지 못하고 서울에서 3개월 간의 지하 생활 체험과 같은 극한 생활에서 실존주의를 체험했다고 판단한 것이다. 극한 의식에서 싸르트르가 실존주의를 언급한 것처럼 조연현도 '지하 생활 체험'이라는 땅끝 의식에서 실존주의에 대한 관심이 촉발되었다고 본 것이다.

부산 피난 시절의 사진. 왼쪽부터 김윤성(金潤成), 조연현, 남관(南寬), 유동준(兪東濬), 김환기(金煥基) 화백.

필자는 작고한 조연현의 의견보다는 이 논쟁의 당사자인 정명환의 이야기를 청취할 수 있었다. 이 논쟁에서 조연현은 학문적이고 서구적 이론보다는 6·25 동란의 체험적인 극한 의식과 생리 비평 의식이 자리한 것이고, 이에 비해 정명환은 서울대 불문학과 교수 신분이면서 한국문학 가운데 불문학에 대한 논의이기 때문에 논쟁의 한 가운데 설 수 있었던 것이다. 사실 당대 실존주의에 대한 논의가 적지 않은 편이었다. 그런데 하필이면 조연현에 대해서 정면환이 평가를 했는가이다. 여기에는 다분히 조연현의 비평과 문단의 권위에 대한 비판적 관점이 자리했다고 볼 수 있다. 1950년대와 1960년대 벽두까지 조연현의 비평과 문단의 권위는 당시 문인들 사이에서 '절대적'이라는 것과 '비판적'이라는 두 지점을 왔다갔다하는 추를 동시에 가지고 있었다.

≪문학과 지성≫ 창간 30주년 기념식장에서. 맨 앞줄 왼쪽에 오정희, 박완서가 보이고 박완서 바로 뒤가 정명환.

정명환은 「비평 이전의 이야기」에서 "우리나라 유수(有數)의 평론가가 별로 대단치 않은 내 글에 관심을 표명"해 주었다거나 "지성과 논쟁을 등지고 영감만을 따르려는 사람이 이 나라의 대표적 비평가로 군림(君臨)하고 있다는 사실은 생각하기만 해도 우울"해진다는 것이다. 또 "조씨와 같이 영향력이 큰 분(그는 많이 읽히는 한 문학 잡지의 주간이다.—필자주 : ≪현대문학≫ 잡지의 주간)"이라고 평가하면서 "틀린 개념과 왜곡된 논거와 패배주의를 세상에 널리 유포시키기를 계속하는 한, 이 나라의 문학의 앞날이 암담"하다고 목소리를 높였다. 여기에서 그치는 것이 아니라 "조연현 씨가 이미 비평가가 아니라"고 극명하게 공박하였다. 이러한 공박에는 앞에서 언급한 '절대성'과 '비판성'이 바탕하고 있음을 알 수 있다. 공박의 이면에는 정명환이 주장하는 지성과 논리의 비평 자세를 견지해야 한다는 점과 자신이 영어와 불어를 배운 결과라는 점을 들고 있다. 이는 중학을 여러 번 옮겨 다닌 조연현으로서는 자연히 갖게 되는 한계일 수밖에 없다.

이러한 논박은 실존주의 문학에서 출발한 것인 만큼 정명환의 반박 글을 살펴볼 필요가 있다. 필자는 이를 꼼꼼하게 나누어서 정리하고자 한다.

a. 「1. 비평의 포기」－지성과 논리를 등진 영감주의 비평가는 비평가가 아니라고 평가함.
b. 「2. 꺼꾸로 선 실존 문학」－까뮈(「반항적 인간」)를 역사의 방관자라고 비판한 장송의 견해를 무조건적으로 수용한 조연현의 견해를 비판함. 그리하여 다음과 같은 결론을 내린다.

> 장송의 그런 말에 접했을 때 우리가 먼저 검토해야 할 것은 까뮈가 과연 역사에 대한 방관자냐, 아니냐는 점이다. 만일 논쟁의 대상이 된 '반항적 인간'에서 까뮈가 역사에 대한 방관자가 아니라는 결론을 우리는 얻게 된다면 장송의 말이 틀렸거나 적어도 전혀 다른 입장에서 나온 것이라고밖에는 할 수 없게 될 것이다. 한데 내가 보기에는 (그리고 조씨가 지금이라도 '반항적 인간'을 좀 더 조밀하게 읽으면 나와 같은 생각을 나눌 것이다) 까뮈는 역사에 대한 방관자이기는커녕 역사에 대한 의식이 누구보다도 강한 사람이었다.
>
> －정명환, 「비평 이전의 이야기」, 310쪽

그리하여 정명환은 "정신의 사상(事象)을 다루려는 사람이면 누구나 먼저 경계해야 할 논리적 오류를 씨(조연현)가 전형적으로 범하고 있다"고 비판하였다.[19] 그리고 「문학은 암호 이상의 것이다」에 대한 반박으로 '무식 콤플렉스의 추태'를 보였다고 한다. 불문학자인 정명환의 이런 태도에는 그의 지적 기반을 통해 형성된 실존주의 문학에 대한 이해를 바탕으로 하고 있는 것이다.

c. 「3. 무식과 오해」－암호라는 것에 대한 오해를 비판하고 있다. 그 비판의 내용은 다음과 같다.

> 이상이 가지고 싶었던 것이 동물의 날개가 아니었던 것처럼 내가 그 글에서 의미한 암호란 조씨가 사전에서 찾아낸 그런 소박한 개념 규정하에 들어가는 것이 아니다. 그것은 '우리의 해석을 기다리는 미지의 것'이라는 뜻이며 암호를 해독한다는 것은 이 미지의 것을 해석한다는 말이다.
>
> －정명환, 「비평 이전의 이야기」, 313쪽

d. 「4. 한 마디 충고」－서구어 공부와 논리성을 갖추기를 충고하고 있다.

이들의 논쟁은 상당히 원색적이며 비판적이었다. 감정이 앞서고 평문이 뒤따르는 것으로 보아도 능히 짐작되는 바이다. 정명환의 이와 같은 비판은 지식권의 상징인 서울대 의식[20]과 불문학자라는 의식이 동시에 자리하고 있었던 것으로 볼 수 있다. 자신이 전공한 불문학에 대한 해박한 지식이 적어도 조연현의 이해보다는 앞선다고 판단했기에 이런

19) 조연현의 까뮈 비판글에 대해서 김윤식은 "쟝송의 까뮈의 비판이란 잘 따져보면 마르크스 주의자의 정신주의자에 대한 공식적인 비평에 지나지 않음을 조연현이 몰랐다는 점이 그 하나. 이것은 불문학자인 정명환의 그것에 대한 지식으로 말미암은 것으로 옳다고 할 것이다. 그렇다고 해서, 쟝송의 까뮈 비판의 요점인 역사의 방관자라는 사실에는 변함이 없는 만큼 조연현의 주장이 틀렸다고 할 근거로는 빈약하다고 할 것이다."(「극한 의식으로서의 비평과 실존주의」, 『한국 근대문학 사상연구』(2), 아세아문화사, 1994, 198쪽).

20) 송욱을 가장 잘 이해한 비평가이다. 송욱의 k.s 의식과 이에 준하는 집단적 의식이면서 정명환 개인의 의식이라고 볼 수 있다.

논쟁적인 글쓰기가 가능했던 것이다.

비평이란 암호 해독이라는 정명환의 견해에 대해 조연현은 이를 '순진한 희망', '천진성'이라 꼬집었다. 김명인은 "정명환과의 실존주의 논쟁의 한 부분을 이루는 글(「문학은 암호 이상의 것이다」)이지만 논쟁의 내용을 이루는 부분보다도 정명환의 오해, 혹은 오독이라는 비판에 대한 그의 견해"[21]라고 하면서 "서구이론으로 무장한 전후의 젊은 비평가들이 지닌 메마른 비평관을 넌지시 타이르고 있는 것"[22]이라고 평가했다.

발전적인 비평사 논쟁으로 옮겨가지 못하고 이들의 논쟁은 막을 내려 아쉬운 점이 있다. 그 계기가 다른 것에 있는 것이 아니라 서로 자신의 입장을 적극적으로 개진하지 않았기 때문이다. 이들의 논쟁은 해방 이후 이데올로기 차원을 벗어나 시대 사조의 흐름과 비평의 감각에서 이루어진 지적인 비평 행위이다. 그리고 정명환의 태도는 문단 주도권에 대한 비주류의 관점을 대변했다고 볼 수 있다. 그러나 논쟁의 방식이 실존주의에 대한 논의보다는 감정이 앞서는 형태를 띠었다. 더구나 원색적인 언어를 구사함으로써 평단의 상처를 주는 수준에 머문 것이 아닌지 하는 생각이 든다. 가령 조연현은 정명환에 대해서 근본적 유식이냐면서 무식한 놈은 무식한 대로 비평의 능력이 있다는 식의 표현이 그것이다. 이에 대해 정명환은 조연현에게 문학 비평에 필요한 연구 노력의 부족을 심각하게 지적했다.

21) 김명인, 앞의 책, 223쪽.
22) 김명인, 앞의 책, 223쪽.

IV

문예지와 문단 지형도

1. ≪문예≫와 문예지의 파수꾼
2. ≪현대문학≫과 문학지의 지형도
3. 조연현의 문인들과 김승옥(金承鈺)

1. ≪문예≫와 문예지의 파수꾼

조연현의 비평적 생애 가운데 상당 부분은 문학 잡지에 머물렀다. 그가 오랫동안 머문 것의 이면에는 당시대의 문학 잡지의 기능과 가치를 알았기 때문이었다. 가령 1919년 ≪창조≫로부터 1939년 일제말기의 ≪문장≫과 ≪인문평론≫에 대한 가치 평가가 그것이다. 일제 말기의 두 잡지에 대한 평가는 문학 잡지에 대한 그의 시각을 읽을 수 있다. ≪문장≫과 ≪인문평론≫에 대한 가치 평가를 살피면 다음과 같다.

> 1939년에 이르러 ≪문장≫과 ≪인문평론≫이 창간됨으로써 그 문학적 문단적 권위는 절로 이 양지를 중심으로 이동되었다. 이 양지는 다같이 1939년에 창간되었다가 1941년에 동아, 조선의 양대 일간지와 함께 일본의 압력에 의하여 강제 폐간된 것인데, 이 양지가 확립한 문단적 문학적 공적은 이 이전의 그 어떠한 문예지의 그것보다도 빛나는 것이었다.
>
> 이 양지는 비단 일제 말기의 우리의 문학 활동을 대표하는 데 그치는 것이 아니라 우리 문학을 과거 그 어느 때보다도 높은 수준 위에 올려놓는 데 성공한 것이었다. 이 양지가 그와 같은 공적을 형성한 중요한 원인은 문단적 문학적 권위를 확립한 데 있다. 우리나라의 문예지는 문단의 초창기 이후 줄곧 친분적인 동인지적 성격에서 벗어나지 못했었다. 게재(揭載)하는 작품에 대한 취사선택이 문학적 의미나 가치에서보다도 다른 사정에 의하여 행해졌고, 문학적 가치에 의해서 취사된다 할지라도 편집자의 문학적 안목이 객관적이거나 높거나 하지를 못했었다. 이러한 문예지의 전통적인 약점에 비하여 전기한 양지의 책임자는 그 문학적 안목이 신임되었고, 그것이 편집 방법을 통하여 구체화되었다. 특히 ≪문장≫지는 신인추천제도를 설치하여 새로운 작품이나 새로운 신

> 인이나 문단의 문학적인 최고 권위자들에 의하여 심사되고 발견되는 길을 열어 놓았다. 책임과 권위를 가진 이 제도를 통하여 다수의 정확한 역량을 가진 새로운 신인들이 속속 발견되고 등장함으로써 이때의 우리 문단은 과거의 그 어느 때보다도 풍성해 갔다.
>
> —「일제말기의 문학」, 『한국현대문학사』(개정판), 성문각, 1969, 586~587쪽

양 잡지에 대한 그의 생각은 곧바로 ≪문예≫와 ≪현대문학≫에 그대로 반영되어 나타나게 된다. 1939년 창간된 두 문학 잡지에 대한 그의 평가는 '문학적 문단적 권위'의 인정이었다. 이 권위의 바탕에는 '순수의 문학'이 자리하고 있기 때문이라는 것이다. 또한 ≪문장≫의 신인 추천제도를 통한 신인 발굴을 '책임과 권위를 가진 제도'로 높이 평가한 것이다. 이런 평가에는 그의 문학 잡지에 대한 방향과 밀접한 관계가 있다. 추천 제도의 경우 ≪문예≫와 ≪현대문학≫과도 밀접한 관련이 있다는 것을 알 수 있다. 이러한 잡지에 대한 시각은 또한 그의 『한국현대문학사』에서 그대로 반영되어 기술된다.

조연현이 잡지를 만드는 데 관심을 가진 때는 배재 중학 시절이다. 그가 남긴 기록에 따르면, 1938년(당시 18세) ≪아(芽)≫라는 동인 잡지를 만들었다는 것을 자랑스럽게 밝히고 있다. 그런데 조연현의 배재 시절은 "일제 말기로서 우리 민족의 가장 고통스러운 시기였을 뿐만 아니라 어떠한 개인적인 자유도 행락도 허용되지 않았던 암흑의 계절"이었고, "우리의 말도 글도 그 사용이 허락되지 않았으며 모든 생활은 전시체제로 개편되어 일본의 전쟁 목적에 우리를 희생"시켰던 때였다. 이러한 때 그는 동인 잡지를 만들었던 것이다. 당시 상황을 인용하면 다음과 같다.

> 도서관에서 책을 읽거나 교정 북쪽의 성벽 위에 서 있는 느티나무 아래에서 어제 읽은 책의 감동을 조용히 되새겨 보는 것이 그때의 유일한

> 위안이었다. 때때로 노우트에 적어 둔 한두 편의 시가 신문이나 잡지에 발표되면 그보다 더 큰 즐거움은 없었다. 이러한 나의 위안과 즐거움은 결국 동인 잡지를 만드는 대담한 행동까지 발전되었다.
>
> 내가 주동이 되어 만든 동인 잡지는 ≪아(芽)≫라는 것이었는데 배재의 동기생 몇 명과 타교의 학생들이 중심이 되었다. 중학교 학생으로서 동인 잡지를 만든다는 것은 어느 나라에서도 별로 볼 수 없었던 일이었을 것이다. 그것도 프린트가 아니라 활자 인쇄로 된 국판 50면 내외의 의젓한 잡지였다. 학교 선생님들이나 주위의 선배들이 모두 놀랐지만 나는 이것을 세 번이나 발행했고, 그 때문에 경찰서에도 여러 번 불려 다녔다. 우리글의 사용이 금지된 그때에 있어서 국문 잡지를 중학생의 신분으로 만들었다는 이 대담한 행동은 오랫동안 나를 스스로 감동케 했다. 이것이 계기가 되어 내 장래의 목표를 어느 사이엔가 문학에다 두게 되었다. 지금 문단에서 활동하게 된 것도 모두가 그때의 그 일 때문이라고 믿어지며, 그것이 나의 배재 생활에서 이루어졌다는 것은 내가 모교를 잊을 수 없는 가장 중요한 원인인지도 모르겠다.
>
> —「나의 中學 時節」, 『남기고 싶은 이야기들』, 244~245쪽

위의 인용에서 보듯이 그의 배재 중학 시절 동인 잡지를 만든 것에 대한 감회를 "중학교 학생으로서 동인 잡지를 만든다는 것은 어느 나라에서도 별로 볼 수 없었던 일"이며, "프린트가 아니라 활자 인쇄로 된 국판 50면 내외의 의젓한 잡지"였다는 것이다. 뿐만 아니라 일제 강점기의 "우리글의 사용이 금지된 그때에 있어서 국문 잡지를 중학생의 신분으로 만들었다는 이 대담한 행동은 오랫동안 나를 스스로 감동"케 했다는 것에서도 그가 문학 잡지에 대한 남다른 애정과 가치를 가지고 있었다는 것을 알 수 있다.

그래서 그가 1949년을 전후해서 ≪문예≫란 문학지를 창간하는 데 앞장설 수 있었던 것이다. 후에는 한국문인 배출의 산실이며, 한국문학

잡지의 길목을 턴 ≪현대문학≫을 창간한 것이다. 조연현은 ≪문예≫와 ≪현대문학≫ 이전에도 많은 문학 잡지에 관여했었다. 특히 ≪문예≫와 ≪현대문학≫은 그의 문단적 위상을 보여준 것으로 평가되고 있다.[1) "≪문예≫와 ≪현대문학≫ 등 한국문학 저널리즘의 한 획을 긋는 잡지들을 주관하거나 경영하는 데까지 나아가게 된다. 발표 지면을 장악하는 자가 문단을 장악하는 일은 이제 상식처럼 되어 버렸지만 그 상식을 최초로 간파하고 기정 사실화한 인물은 바로 조연현"[2)]이었다. 이로 인해 그는 문단 장악과 함께 영욕의 문학판을 이끌게 된다.

여기서는 ≪문예≫의 문학사적 가치를 살펴보자.

(1) ≪문예≫의 창간 배경

조연현은 ≪문예≫의 창간 당시의 배경을 다음과 같이 적고 있다.

> 첫째는 정부의 수립으로써 해방 직후의 혼란과 좌우익의 격렬한 대립 투쟁이 일단락되어 안정된 방향과 자세가 갖추어지기 시작한 것.
>
> 둘째는 이 때문에 그 이전까지의 구호적(口號的)인 문학 운동의 시기로부터 벗어나 구체적인 창작 활동의 시기에 접어들고 있는 것.
>
> 셋째는 이상과 같은 안정된 시기에 접어들었지만 본격적인 순문예지는 하나도 없었다는 점 등이다.
>
> -「≪문예≫지 창간 전야」, 『남기고 싶은 이야기들』, 31쪽

해방 전후 좌우 투쟁기의 순수 문학 창작은 힘들었지만 "정부의 수

1) 김시철, 「김시철의 내가 만난 문인들-18, 평론가 석재 조연현」, ≪시문학≫, 2006. 3, 170쪽.
2) 김명인, 「제3장 정치와 문학과 순수성(1945~1948)」, 『조연현』, 소명출판, 2004, 103쪽.

립은 사태를 일변(一變)”시키게 됨으로써 좌우 대립의 논쟁이 자연스럽게 소멸되게 되었다. 그래서 논쟁기에서 벗어난 문학적 흐름은 순수 문학 본령으로 돌아가게 되었다. 이러한 때 이들 작가들의 욕망인 순수 문학의 글쓰기를 담아 줄 용기(用器)가 없었다는 점을 조연현은 일찍 갈파한 것이다.

이러한 시대적 상황과 문단 상황 속에서 1949년 7월께 모윤숙(毛允淑, 1910~1990, 평북 안주(安州) 출생, 현대 여류 시인)[3]의 실질적인 준비를 갖추고 김동리와 함께 ≪문예≫를 창간하였다. 유엔 총회 대표로 참가, 서구와 미국을 돌아 본 모윤숙은 “예술과 문학 작품을 통해 이루어진 문명의 세계”에 충격을 받고 귀국하면서 잡지 창간을 결심하게 된다. 미 대사관 문정관 슈바커를 설득, 1년 동안 종이를 무상 원조해 줄 것을 승낙받은 한편, 남대문로의 적산 빌딩을 사무실로 인수하여 첫 호 ≪문예≫를 1949년 8월에 발행하게 된다. 창간호는 10일 만에 4,000부가 나가는 기록을 세운다.[4] 모윤숙이 사장을 맡았고, 창간사는 김동리 주간이 썼고, 실질적인 편집 업무는 조연현이 맡았다. 창간사에는 좌우 이념보다는 작품의 수준에 더 치중하겠다는 점을 밝혔다. 창간사에는 “모든 문인은 우선 붓대를 잡으라, 그리고 놓지 마라. 이것이 민족 문학 건설의 헌장 제 1조가 되어야 한다.”는 기치 아래 오로지 민족 문학 건설에 매진할 것을 종용하는 내용이었다. 그 창간호를 통해 등단한 많은

3) 호수돈 여고를 나와 이화여전 영문과를 졸업. 1930년대 전후 문단에 나와 1933년 처녀 시집 『빛나는 지역』을 발간했으며, 당시 ≪詩苑≫ 동인으로 활동함. 해방 이후에는 정계와 외교계에서 활약하였다. 한때 잡지 ≪문예≫를 발행하여 문학 작품의 발표 및 문학인의 창작열을 북돋우기도 했으며, 펜클럽을 통해 대외 문화 교류에 적극적인 노력을 하였다. 한국문인협회 부이사장, 예술원 회원, 한국펜클럽 서울대회 준비위원장 등을 역임했다. 1962년 예술원 공로상, 국민훈장 모란장을 받았다(『국어국문학자료사전』, 966쪽).

4) 김병익, 「문단의 안정과 문예지 창간」, 『한국문단사』, 2003. 8(제1판 2쇄), 266쪽.

작가들과 작품이 ≪문예≫의 가치를 대변하는 것이다.

창간호의 목차는 '창작', '시', '평론', '수필', '창작 강의', '편집후기'로 나누어 편집되었다. 창작에는 염상섭의 「임종」, 최정희의 「비탈길」, 황순원의 「맹산할머니」 등이고, 시에는 박종화의 「또 하나의 세월」, 김동명의 「미아리묘지를 지나면서」, 모윤숙의 「타지마할」, 유치환의 「허무의 전설」 외 1편, 박두진의 「해변」, 박목월의 「벗이여 난 요즘 무엇을 깨닫는 것 같소」, 조지훈의 「풀밭에서」, 김춘수의 「사(蛇)」, 이종산의 「해당화(海棠花)」 등이고, 평론에는 김진섭의 「파우스트 소묘」, 이병기의 「시조의 감상과 비평」, 백철의 「번역문학과 관련하야」, 조연현의 「개념의 공허와 그 모호성」, 곽종원의 「최정희론」 등이고, 서정주의 「시창작방법론 서설단고」가 실려 있고, 수필에는 안수길의 「개나리길」, 김윤성의 「봐레리 단상」 등이 실렸다. 그리고 김동리의 「창작 강의」(제1회)라는 글이 실려 있는 것으로 보아 서정주와 김동리는 창작과 동시에 이론가로서도 활약한 것을 볼 수 있다. 실린 원고와 작가들을 보면 이 잡지의 가치와 위상을 한눈에 볼 수 있다. 1930년대 사실주의의 대가인 염상섭, 휴머니즘의 작가 황순원, 그리고 일제 암흑기의 마지막을 순수의 등불로 지킨 청록파 시인, 그리고 얼마 전 작고한 「꽃」의 시인 김춘수가 원고를 실었다. 이는 당대 문인들을 집약한 것임을 두말할 필요가 없다. 여기에 조연현은 좌익문학론에 대한 순수문학론의 직접적인 비평 태도를 밝힌 「개념의 공허와 그 모호성」을 발표했다.

≪문예≫가 창간되고 정부가 발행했던 ≪서울신문≫에 인력이 필요해서 김동리가 자리를 옮기고, 그 뒤에 조연현이 주간을 맡게 되어 폐간까지 실질적인 편집 업무를 보았다. 이는 조연현이 "비평가로 자립하는 기틀을 ≪문예≫로 삼지 않을 수 없는 계기"[5]가 된다. 그 구체적인 방안은 바로 소설가 김동리, 시인 서정주, 비평가 조연현을 세우는 방

편으로 ≪문예≫를 통해 적극 활용했다는 점에서 증명된다.

(2) 조연현과 ≪문예≫

조연현에게 ≪문예≫는 순수문학의 장이기도 하지만, 6 · 25 동란 중 자신의 생명을 보장해 준 잡지라는 면에서 누구보다도 애착을 가지고 있었다.[6] 6 · 25 동란 중 90여 일 동안 서울에서 숨어 지내면서 겪은 '참담한 고생과 불안한 공포'에서 구해 준 것이 ≪문예≫였다. 그 당시의 상황을 다음과 같이 서술하고 있다.

> 내가 숨어 있는 집은 평양에 초청되어 간 빨갱이 교수의 집이고, 이 집에는 머리를 깎은 패잔병이 숨어 있다는 마을 사람들의 고발에 의해 국군이 포위를 시작한 것이었다. 머리깎은 괴뢰의 패잔병은 바로 나를 지목한 것이었다. 인천 상륙의 소멸 이후 나는 지하실이나 천정에 숨는 일을 멈추고 곧잘 밖까지 드나들곤 했는데 이웃 사람들이 그것을 본 것이었다. (…중략…) 그러나 나는 신분을 밝힐 그 아무 것도 가지고 있지 못했다. 이때 신의 계시(啓示)처럼 한 가지 생각이 나의 머리를 스쳤다. 그것은 ≪문예≫의 6월호를 나는 한 권 가지고 있었다. 그 속에는 백영수 씨가 그린 문인들의 초상화가 그려져 있고, 그 초상화 속에는 나의 것도 있었다.
>
> —「나를 구해 준 ≪문예≫」, 『남기고 싶은 이야기들』, 73쪽

조연현은 ≪문예≫(6월호)에 실린 자신의 초상화가 서울 수복 때 온

5) 김윤식, 「천하 평정 5개년의 길」, 『해방 공간 문단의 내면풍경』, 민음사, 1996, 356쪽.
6) 그가 말년에 거주했던 성북구 정릉에는 ≪문예≫와 ≪현대문학≫ 수십 권을 묶어서 보관하고 있다. 책꽂이에 있는 ≪문예≫와 ≪현대문학≫ 사이에 조연현의 모습이 보일 만큼 이 두 잡지는 곧 그의 문학적 생명이며, 문단의 위치를 상징적으로 보여준다.

국군들에게 보일 수 있는 증거였기 때문에 목숨을 구했던 것이다. "착오의 화를 입을 뻔한 나를 ≪문예≫ 6월호가 구해 준 셈"이 된 것이다. 조연현에게 있어 이 잡지는 곧 생명이며, 잡지의 가치에 대한 뚜렷한 신념인 것이다. 중학 시절 동인지에 대한 자부심이 줄곧 그의 의식을 지배해 왔다면 ≪문예≫는 그에게 문예 잡지의 파수꾼 의식[7]을 가지게 했던 것이다. 그리하여 전란 중에도 ≪문예≫를 만든다는 것은 불가능한 상황이었지만 전시판 ≪문예≫를 발행할 의식을 가졌던 것이다.

> 첫째는, 간행 자금이 하나도 없었다. 서점에서 수금할 돈은 있었으나 사변으로 서점들이 지대를 지불한 능력이 없는데다가 모 여사는 물론 그 누구도 돈이 없었다.
>
> 둘째는, 문단인들이 국민과 마찬가지로 원고를 쓸 수 있을만한 안정을 얻지 못한 데다가 많은 작가들이 종군 또는 그밖에 일들로 인해 주거가 안정되어 있지 않았다. 원고의 수집이 거의 불가능했다.
>
> 셋째, 책을 만들어낸다 해도 판매할 수 있는 서점이 어느 정도인지도 알 수 없었으며, 모든 것이 파괴된 전쟁의 와중에서 책을 사는 독자도 거의 없을 것이었다.
>
> —「≪문예≫ 전시판 준비」, 『남기고 싶은 이야기들』, 77쪽

6·25 동란의 위기 상황에서 자신의 목숨을 보증해 준 ≪문예≫에 대한 남다른 애착은 그로 하여금 속간하기에 이른 것이다. 모윤숙이 미국 공보원과 국군 정훈국의 협력 창구로 역할하면서 잡지 간행에 필요한 모든 것을 준비했던 것이다. 그러나 위와 같은 현실적인 어려움에도

7) 6·25 동란이 지난 27일 오후 모든 사람들이 서울을 빠져나가려고 할 때, "피난하기 위해 역까지 나온 나의 발길은 이상하게도 시내로 도로 향"하여 문예사로 돌아갔다. 그는 "순간적인 결정이기는 했으나 두고두고 생각해도 알 수 없는 일"(「6·25 동란과 비상국민선전대」, 『남기고 싶은 이야기들』, 63쪽)이라고 회고한다. 조연현은 ≪문예≫와 함께 한 운명이었다고 말할 수밖에 없다.

불구하고 ≪문예≫를 만들었지만 최초의 발행만큼이나 잡지의 수준을 담지 못했다. 그리고 발행 마지막까지 함께하지 못한 아쉬움이 그를 늘 괴롭혔던 것이다. "≪문예≫의 전시판은 조판과 교정이 완료되어 인쇄와 제책의 과정만이 남아 있었으니 이 일보다는 피난갈 생각이 자꾸 앞서는 것"이어서 인천을 거쳐 부산으로 피난을 먼저 떠나게 되었다. 우여곡절 끝에 발행된 ≪문예≫는 날개 돋친 듯 팔렸다. 그만큼 문학에 대한 시대의 갈망이 컸던 것이다. ≪문예≫는 1949년 8월 창간호부터 1954년 3월호 최종호까지 통권 21호를 발행했다. 여기 한 가운데 조연현은 실질적인 편집을 주도했지만 이후에 폐간할 때의 상황은 복잡한 것이었다.

≪문예≫ 주간 시절

1954년 예술원(藝術院)[8]과 학술원의 개원과 동시에 회원 구성 문제로 문총에서 반발하였는데, 이 반발로 인하여 문총은 산하 단체인 문협을 제명하고, 학술원과 예술원 회원들을 제명하였다. 이때 문총 파동을 주도했던 문인은 모윤숙이었다. 이때 ≪문예≫는 폐간되었다. 조연현의 말처럼 "공교롭게도 모 여사가 ≪문예≫를 더 이상 속간할 수 없다고

8) 1954년 창설된 국가예문기관. 예술인들로 조직되었으며, 학술원과 더불어 한국의 아카데미라고 일컫는다. 이 기관은 한국 예술의 향상, 발전을 도모하고 예술가를 우대할 목적으로, 1954년 7월 17일에 학술원과 함께 개원식을 가졌다. 회원은 3년제, 6년제, 종신제의 3종류가 있다. 문교부 장관의 관리 하에 있으며, 예술가의 대표 기관으로 예술의 연구, 발전에 관한 사항을 심의하고 작품의 제작, 연구에 관한 정부의 자문에 응하며, 또는 정부에 건의한다. 문화보호법에 의한 문화인 등록제(登錄制)를 통하여 투표로 선출된 문학, 음악, 미술, 연예계에 종사하는 40명 내외의 인사로 구성된다(『국어국문학자료사전』, 2014쪽).

그 태도를 표명한 것은 예술원 회원 결과가 판명되고 뒤이어 있은 문총 파동 직후의 일"이기 때문에 모윤숙의 지원을 중단했다는 오해를 살 수 있었다. 사실 저간의 속사정을 알 수 없지만 ≪문예≫ 발행 때마다 항상 어려운 상황이었다는 것은 짐작할 수 있다. 어쨌든 ≪문예≫는 역사 속으로 사라진 것이다.

≪문예≫의 폐간에 나타난 그의 속마음은 동시에 이 잡지에 대한 그의 태도요 신념인 것이다. 그 아쉬움은 "≪문예≫가 확립해 온 그 품격, 그 성격, 그 권위, 그 사명이 종식되었다."는 말로 표현되었다. ≪문예≫의 폐간을 통해 그가 겪어야 할 정신적 공허감은 엄청 큰 것이었다. 조연현은 ≪문예≫가 가진 가치와 권위, 그리고 정신적 공허감을 메울 수 있는 ≪현대문학≫의 창간에 주도적 역할을 하게 된다.

≪문예≫의 문학사적 가치는 다음과 같이 정리할 수 있겠다.

첫째, 해방 전후 혼란기에 순수문학의 이념을 제시했다. 이는 모윤숙의 실질적인 노력과 함께 김동리, 조연현이 한국문학사에 기여한 것이라 할 수 있다.

둘째, 당시 좌충우돌식 문단의 흐름을 한 곳으로 결집하는 역할을 했다.

셋째, 신인 추천제를 통해 역량 있는 작가들을 대거 배출함으로써 1950년대 전후한 한국의 대표적 작가들이 활동할 수 있는 근거지가 되었다. 가령 시에는 이형기, 전봉건, 송욱 등 12명이었고, 소설에는 강신재, 장용학, 손창섭, 곽학송 등 9명이었고, 평론에는 천상병[9]이 이 잡지의 추천 작가이다.[10]

9) 천승세의 『천상병을 말하다』(답게, 2006)는 시인 천상병을 기억하는 문단의 동료와 친구, 인사동 후배들이 함께 펴낸 책이다. 천 시인과 절친했던 소설가 천승세, 67년 동백림 사건 때 천 시인을 변호했던 한승헌 변호사, 1971년 실종을 사망으로 간주하고 『새』라는 유고시집을 출간했던 성춘복 시인 등 35인이 모여 천상병 시인의 삶과 문학세계를 회고했다.

조연현은 시대에 대한 문학의 역할을 읽고 있는 비평가라고 할 수 있다. ≪문예≫는 문단 이데올로기가 사라지면서 순문학에 대한 시대적 요구에 의해서 필요해진 것이다. 이 기회를 놓치지 않고 순수 문예지를 창간하는 데 앞장선 사람이 조연현이다. 위의 내용들은 ≪문장≫과 ≪인문평론≫을 통해 그가 평가한 내용과 일치함을 볼 수 있다. 그는 문학 잡지에 대한 탁견을 가지고 있었다.

다음 ≪문예≫에 발표한 조연현의 평문들이다.

조연현이 ≪문예≫에 발표한 평문과 발행 호수

발표 연도(나이)	발표 제목	연도별 발행 호수
1949. 8(29세)	「개념의 공허와 그 모호성-백철 씨의 『조선신문학사조사』를 중심으로」	
1949. 9	「문학과 전통」	
1949. 10	「『풍류 잡히는 마을』을 읽고」, 「최근의 평단」	
1949. 11	「근대정신의 해체-고 이상의 문학사적 의의」	
1949. 12	「구경을 상징하는 사람들-1」	5권 발행
1950. 1(30세)	「1949년 문단 총평」	
1950. 2	「구경을 상징하는 사람들-2」	
1950. 3	「구경을 상징하는 사람들-3」	
1950. 4	「단편 소설과 장편 소설-황순원의 『별과 같이 살다』를 중심으로」	
1950. 5	「5월 창작평」	
1950. 6	미발표	
1950. 7[전시판]	「공산주의의 운명-6·25 사변의 세계사적 의의」, 「홍구범은 어디 있는가」	7권 발행
1952. 1(32세)	「문학 아닌 문예평론」	
1952. 5, 6(합병호)	미발표	2권 발행
1953. 신춘호(33세)	「병과 건강, 인간과 인격-도스도엡흐스키와 괴테의 경우」	
1953. 초하호	「연애에 대하여」	
1953. 9월호	미발표	
1953. 10월호	미발표	
1953. 송년호	미발표	5권 발행
1954. 신춘호(34세)	「문학연구에 관한 기본적인 자세-테느와 몰튼을 중심으로」	
1954. 3월호	「실존주의 해의」	2권 발행, 총 21권

10) 시 : 이원섭, 손동인, 김성림, 이형기, 전봉건, 이동주, 송욱, 최인희, 최계락, 최두춘, 박양균, 이철균 등 12명.
소설 : 강신재, 이상필, 정지삼, 권선근, 임상순, 장용학, 서근배, 손창섭, 곽학송 등 9명.
평론 : 천상병 1명(이상 22명).
이 밖에도 ≪문예≫ 폐간과 초회 추천만 하고 말았다. 이후에 ≪현대문학≫을 통하여 추천 완료한 문인들도 있었다(「≪문예≫의 폐간」, 『남기고 싶은 이야기들』, 110~111쪽).

위의 표에서 보듯이 평문에는 그의 비평관이 함축되어 있다. 가령 그의 역저 『한국현대문학사』에서 문학 연구의 방향과 고민을 읽을 수 있는 것은 그의 나이 34세에 적은 「문학연구에 관한 기본적인 자세―테느와 몰튼을 중심으로」(≪문예≫, 1954 신춘호)를 눈여겨보아야 한다.

2. ≪현대문학≫과 문학지의 지형도

(1) ≪현대문학≫의 창간 배경

광주에서 신문사 사장직을 맡고 있던 노산 이은상의 도움으로 『한국현대작가론』(문예사, 1963 / 재판 청운출판사, 1964 / 개정판 정음사, 1974)을 초판 3,000부를 출판하였지만, 여기에 실린 원고 가운데 월북 작가 오장환(「원시적 시인―오장환의 푸로필, ≪예술부락≫, 1946. 1)과 최명익(「자의식의 비극―『張三李四』를 통해 본 최명익」, ≪백민≫, 1949. 1) 때문에 정부로부터 판매 금지 조치를 당하게 된다. 다행히도 판금 해제는 되었지만 더 이상 판매고를 내지 못하고 말았다.

≪문예≫가 폐간되자 책을 팔아 성공하면 출판사를 차리려고 마음먹었던 조연현은 뜻을 이루지 못하고 방황하게 된다. 이런 방황기에 『한국현대문학사』를 틈틈이 집필하면서 시간을 보내거나 기원에서 바둑을 두거나 하였다. 지금도 그가 애용했던 바둑판이 남아 있다. 당시 문인들 사이에서 바둑에 대한 기호도가 높았다. 조연현도 늘 바둑을 가까이했던 것이다. 6·25 동란 이후 특별하게 주어진 일이 없었던 시대에 명동의 관상소에는 사람들이 구경을 많이 했다. 어느 날 백영제(白靈齊)라는 젊은 관상쟁이가 조연현에게 곧 무슨 일이 있을 것이라

고 했는데, 얼마 뒤 그의 말처럼 ≪현대문학≫을 창간하는 일을 하게 되었다.

1954년 7, 8월 경 부산에서 교편 생활을 하던 오영수가 동향인 김기오(金琪午) 대한교과서주식회사 사장을 소개하여 창간에 박차를 가하게 된다. 1954년 10월 대한교과서주식회사의 옆에 사무실을 마련하고 창간 준비를 하게 된다. 편집장에는 오영수, 사원에는 김구용, 임상순, 박재삼 등으로 구성하고, 조연현 자신은 주간을 맡았다. 지난번에 여러 가지 악조건으로 ≪문예≫가 폐간된 것을 고려하여 그는 ≪현대문학≫을 창간하면서 여러 가지 고민을 하게 된다.[11] 이러한 고민의 이면에는 ≪현대문학≫을 창간하면서 "진정한 문학적 영광과 가치를 이 땅 위에 형성"시켜 보려는 그의 염원이 앞섰던 것이다. 즉 진정한 문학적 영광과 가치란 무엇인가? 문학적 가치나 문학적 권위의 확립은 통속화나 대중화가 아니라 문학성을 갖춘 작품을 통해서만 가능한 것이라는 신념이다. 그러나 문학성의 판단이 때로는 자신이 가진 문학적 신념과 함께 아집이나

11) 첫째는, ≪현대문학≫을 어떻게 기업화시키느냐 하는 문제였다. 지난 50년 동안 순문예지가 거의 예외 없이 장수하지 못한 중요한 원인이 기업적으로 모두 실패한 데 있었기 때문이다. 기업화시킨다는 것은 순문예지도 하나의 상품적 가치를 가져야 한다는 의미가 된다. 이것은 잡지 자체가 대중화 또는 통속화되어야 한다는 것과는 전혀 다른 의미이다. 순문예지의 경우 그 상품적 가치는 문학적 가치나 문학적 권위의 확립에 있다는 나의 신념은 여전한 것이었다. 이 때문에 어떻게 기업적으로 성공시킬 수 있는가 하는 문제는 어떻게 문학적 권위를 확립하는가 하는 문제와 일치되는 것이었다. 그러나 아무리 문학적 권위를 확립한다 하더라도 기업적 기술은 별도로 또 연구되어야 할 것이었다. 둘째는, 그 문학적 권위의 확립이란 일조일석(一朝一夕)에 될 수는 없는 일이라는 데 있었다. 장구한 시간을 통해서만 얻을 수 있는 이 문제를 어떻게 처음부터 확립시켜 가는가 하는 문제. 셋째는, 위의 두 가지 일보다도 먼저 정해져야 할 잡지의 기본적 성격이라고 할까, 보이지 않는 주조라 할까, 이런 것을 어떠한 방향으로 지향시킬 것인가 하는 문제. 넷째는, 이상의 세 가지를 어떤 구체적 형태로 표현해 낼 것인가 즉, 잡지의 판형과 면수, 잡지의 분위기, 지가(紙價) 등 모든 것을 수지면에서 어떻게 조절할 것인가 하는 문제. 다섯째는, 신인 추천 작품의 심사위원을 어떻게 구성하느냐 하는 문제 등이었다(「≪현대문학≫ 창간과 우석 선생 서거」, 앞의 책, 126쪽).

독단으로 이어질 수 있음은 항상 내재해 있는 것이었다. 그는 잡지사 사장인 김기오로부터 잡지에 관한 한 백지위임(白紙委任)을 요구한 편집 주간이었다.

그는 ≪현대문학≫의 기본적인 성격과 방향, 문단적 문학적 권위를 문화의 기본적인 핵심인 문학에서 찾았다. ≪현대문학≫ 창간과 관련하여 한국 현대문학을 건설하자는 것이 그 목표이며, 일체의 정실과 당파를 초월하여 작품의 가치를 판별하는 기계적이며 형식적인 공정에 타협하지 않을 것이라는 입장을 가졌다.[12] 그래서 그는 ≪현대문학≫의 창간을 '고고한 출범'과 '영광에로의 항로'라고 생각한 것이다. 이 잡지의 문학사적 가치를 정리하는 것은 아직 뒤로 미루어야 할 것이다. 왜냐하면 동시대의 잡지와 달리 ≪현대문학≫은 지금껏 발행되고 있기 때문이다.[13] 다만 1981년 이전까지 출판한 잡지에 한하여 이 문제를 검토하는 것이 타당하다고 볼 수 있다. 그러나 이 잡지를 통해서 등단한 수많은 작가들의 활약으로부터 문학적 권위와 문학적 가치를 가늠할 수 있을 것이다.

12) 임영봉, 「전후 한국문단의 재건과 권위의 창출방식－≪현대문학≫의 기원과 담론 실천 양상에 대하여」, 앞의 책, 107～124쪽.

13) 1950년대 후반 김광섭, 이헌구, 모윤숙을 중심으로 한 자유문학가협회와 한국문학가협회의 두 단체가 대립하고 있었고, 당시 ≪현대문학≫(1955. 1~2006 현재), ≪문학예술≫(1955. 6~1957. 12, 통권 29호), ≪자유문학≫(1956. 5~1963. 6, 통권 61호) 등의 세 개 잡지의 생명력을 통해 짐작할 수 있다.

≪현대문학≫ 주간 시절의 모습. 오른쪽은 김수영의 여동생 김수명

(2) 문예지의 지형도

1950년대 후반 당시 ≪현대문학≫(1955. 1~2006 현재), ≪문학예술≫(1955. 6~1957. 12, 통권 29호), ≪자유문학≫(1956. 5~1963. 6, 통권 61호) 등의 세 개 잡지가 있었지만 조연현은 이들 잡지와 차별성을 통해 ≪현대문학≫의 권위를 세우려 했다.

> 첫째, ≪문학예술≫은 신인에 더 중심에 두고 있는 것 같았고, ≪자유문학≫은 자유문협의 회원에, ≪현대문학≫은 기성에 더 중심을 두고 있어 보였다. 둘째, ≪문학예술≫은 외국문학 소개에, ≪현대문학≫은 우리나라 고전에 더 중심을 두는 것 같아 보였고, ≪자유문학≫은 문화정책에 관한 관심이 우세해 보였다. 셋째, 독자를 의식, 또는 얻으려는 방향이 ≪자유문학≫은 학생층에, ≪문학예술≫은 문학 청년층에, ≪현대문학≫은 문과 교수층에 더 중심을 둔 것 같이 보였다. 넷째, 신인 추천 작품의 심사위원이 거의 서로 다르다(이것은 심사위원의 문단적 문학적 권위의 차이를 의미한다). 다섯째, 문학적 고집이라고 할까 방향이라고 할까 그런데 대한 차이가 보였다. ≪현대문학≫은 어느 편이냐 하면 전통적 주체적 방향에 더 많은 의욕을 보이는 것 같고, ≪문학예술≫은 새로운 경향에 대한 의욕이 강한 것 같고, ≪자유문학≫은 그러한 일관된 문학적 주조보다는 문단 의식이 강한 것 같이 보였다.
>
> –「두 개의 문학 단체와 세 개의 문예지」, 『남기고 싶은 이야기들』, 145쪽

이런 차별성은 곧 ≪현대문학≫에 대한 하나의 노선이요 방법이면서 ≪현대문학≫이 이룩한 업적인 것이다. 그래서 조연현은 스스로 '≪현대문학≫의 기적(奇蹟)'[14]이라고 자찬하고 있는 것이다. 물론 이 자찬이

14) '≪현대문학≫은 하나의 기적(奇蹟)을 이루어 놓았다'는 의미는 '순문예지로 이루어 놓은 각종의 기록적인 사실들을 의미'한다. 조연현은 다음과 같은 이유를 들고 있

다소 문제가 없는 것은 아니지만 나름대로 타당성이 있다는 점에서 눈여겨 볼 필요가 있는 것이다.

문학 잡지는 단순히 잡지에만 그치는 것이 아니라 문단 조직과 권력이 함께인 점을 고려한다면 '잡지 권력'이 자리하고 있다. 그래서 우리 문단의 경우 '잡지 권력'의 중심 문인들이 문단을 형성하여 새로운 조직과 대항하는 양상으로 나타났다. 조연현이 주간을 맡아 3호까지 발행, 폐간한 ≪예술부락≫을 중심으로 청년문학가협회를 결성하여 문학가동맹에 대해 적극적으로 대응하였다. 한국문학가협회는 문필가협회와 청년문학가협회를 결집하여 반좌익적 문단에 대항하여 문단의 질서를 편성하였다. 또 이에 반발하여 자유문학가협회를 결성하여 서로 대항하는 문학 단체가 생겼다. 1956년 5월 창간되어 1963년 폐간된 ≪자유문학≫은 시인 김광섭의 주도로 운영되었다. 김광섭의 막강한 정치적 배경과 사회적 지위, 문단에서의 영향력(초대 대통령 공보 비서, 자유당 서울시 위원장, 경희대 교수, 문총대표회고위원, 자유문협위원장, ≪세계일보≫ 사장)을 바탕으로 한 ≪자유문학≫은 ≪현대문학≫과 팽팽한 긴장 관계를 유지

다. 그 첫째는 10년 이상 존속한 순문예지가 지난 60년 동안 이 나라에는 없었다는 사실이다. 둘째는 창간 이래 한 호도 결간(缺刊)하지 않았다는 사실이다. 셋째는 문단적, 문학적 공적이다. 넷째는 실력 있는 다수의 신인을 문단에 등장시킨 사실과 매년 신인문학상을 시상해 온 사실이다. 다섯째는 월간 평균 판매 부수가 1만 부, 최고 판매부수가 1만 5천 부를 돌파한 사실은 우리나라에서는 일찍이 볼 수 없었던 기록적인 사실이라는 점이다. 여섯째는 소설의 본격적인 방향이 단편에보다는 장편 속에 있다는 것을 행동을 통해 시사 및 실천한 사실이다. 일곱째는 우리나라 고전에 대한 관심과 연구를 촉진시키고 고전에 대한 현대적 해석을 촉구하는 편집의 방침을 보여준 점이다. 여덟째는 별책부록을 기회 있을 때마다 간행해 온 사실이다. 아홉째는 거의 매년 문학강연회 또는 문예창작실기강좌 등을 서울 및 각 지방 도시에서 개최한 사실과 염상섭, 계용묵 諸氏 등 작고 문인의 문학기념비를 세운 일이다. 열 번째는 잡지의 재판을 발행한 사실이다. ≪현대문학≫은 통권 206호가 일주일 안에 매진되어 재판을 찍은 일이 있다(「≪현대문학≫의 기적」, 『내가 살아 온 한국문단』, 1966, 217~227쪽).

할 수 있는 정도에 이르렀다.[15] 그러나 4・19 이후 김광섭이 모든 영향력을 행사할 수 없음으로 해서 1963년 폐간되었지만, ≪현대문학≫은 지금도 계속 발행되고 있다. 이들의 중심인물들이 바로 한국 문단의 세력을 가지고 있었음을 단체의 조직에서도 알 수 있다.

아래의 기구표를 보아도 알 수 있듯이 두 단체의 기성 문인들이 한국 문단을 장악하고 있다고 해도 과언이 아니다. 한국문학가협회 측은 박종화, 김동리, 서정주, 조연현, 황순원, 박두진 등이고, 자유문학가협회 측은 김광섭, 이무영, 백철, 모윤숙, 김팔봉 등이 문단의 중심에 있었다. 명절을 전후해서 김동리 집에 들렀던 문인들이 조연현의 집에 들러서 문안 인사하는 문인들이 수십에 이른다고 한다. 소위 문단의 원로들이 영향력을 발휘했던 시대였다. 그래서 이들이 한국 문단을 이루었고, 이들의 작품들이 고스란히 한국문학사의 요소들이 되었다.

한국문학가협회 조직도

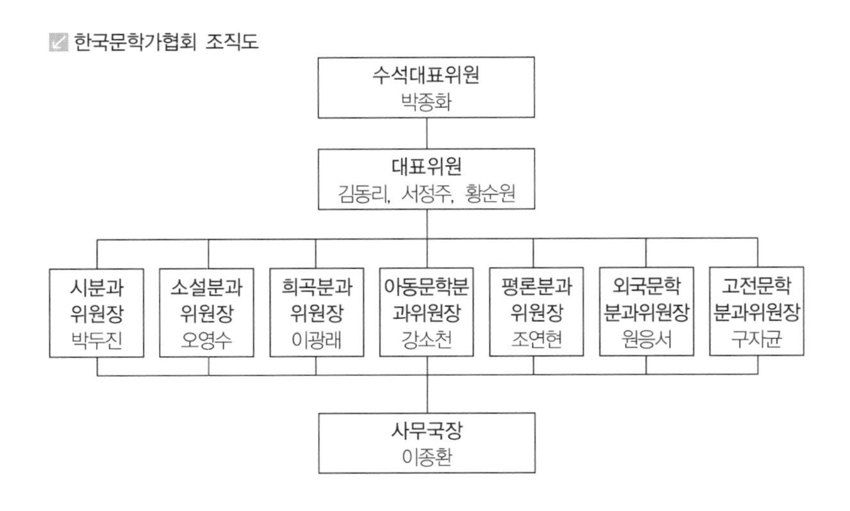

15) 홍기돈, 「김동리와 문학 권력」, 『한국 문단 권력의 계보』, 한국출판마케팅연구소, 2004, 144쪽.

한국자유문학가협회 조직도

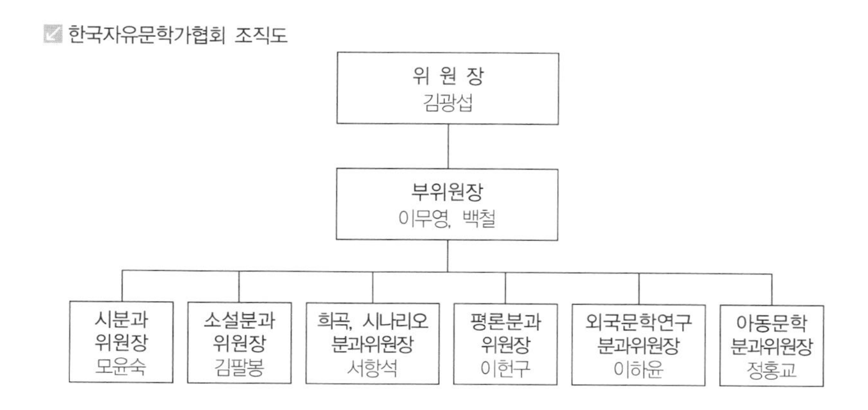

두진의 시집 출판 기념 사진. 맨 뒷줄 왼쪽부터 김차환, ○, ○, ○, 구상, 김동리, 홍구범, ○, 이정호, 가운데 왼쪽부터 ○, 연현, ○, 박두진, 조지훈, 박목월, 손소희, 아래줄 왼쪽부터 장용학, 유동준, 최정희, 노천명, 조애실, 홍효민.

이들 두 단체는 1954년 4월에 치러진 예술원 회원 선거에서 서로의 권익 다툼으로 생겨난 조직이었다. 그래서 두 단체는 서로 비방하면서 개인적 인신공격까지 서슴지 않았다. 이런 혼란스러운 문단에 새로운 문학의 길을 모색하는 작가들이 생겨날 수밖에 없었다. 신진 작가들은 두 단체가 장악하고 있는 문학 잡지를 통해서 등단하는 것이 아니라 신춘문예나 문학 잡지의 신인문학상 출신들이 대부분이었다.

≪현대문학≫ 신인상 수상식 기념 사진. 뒷줄 왼쪽부터 박영준, 조연현, 이석, 김동리, 오영수, 박두진, 앞줄 왼쪽부터 자 유강환(劉康煥), 이유식(李洧植).

> 50년대 중반부터 후반 사이에 등단하여 50년대 문학의 핵심을 이룬 이호철, 선우휘, 송병수(이상 ≪문학예술≫), 박경리, 서기원(이상 ≪현대문학≫), 최인훈, 남정현(이상 ≪자유문학≫) 등이 모두 문예 신인 추천제도 출신인데 비해 김현(≪자유문학≫)의 예외가 있기는 하지만 김승옥(≪한국일보≫), 염무웅(≪경향신문≫, 김치수(≪중앙일보≫), 서정인, 이청준, 박태순, 박상륭(이상 ≪사상계≫), 홍성원(≪한국일보≫) 등 60년대 초·중반에 주목을 끌면서 등단한 소설가, 비평가들이 대부분 일간지의 신춘문예나 종합지의 신인문학상 출신임은 그와 같은 당시 문단 상황을 감안할 때 매우 상징적인 의미가 있는 것이다.
>
> ―정규웅, 「카멜레온을 닮은 문인들」, 『글동네에서 생긴 일』, 문학세계사, 1999, 49쪽

그런데 양 단체의 기관지였던 ≪현대문학≫(김동리, 조연현, 서정주 중심)과 ≪자유문학≫(모윤숙, 김광섭, 이헌구, 안수길 중심)은 신춘문예 출신들에게 배타적이었고, 문인으로 인정하지 않는 분위기까지 있었다. 그래서 작가 지망생 가운데는 이들 두 단체 가운데 한쪽의 눈치를 살피게 되었다. 여기에 굴하지 않고 새로운 길을 모색했던 작가들이 동인 중심의 창작 활동을 하게 된다.

그러나 5·16 군사 쿠데타가 난 뒤, 1961년 6월 17일 포고령 제6호에 따라 이들 단체는 해산되고, 한국문인협회가 발족된다. 한국문인협회 창립 준비위원은 박종화, 김동리, 조연현, 서정주, 박목월(이상 한국문학가협회), 김광섭, 모윤숙, 김팔봉, 이헌구(이상 한국자유문학가협회) 등 양대 산맥의 실력자들을 비롯, 기타 기존 문학 단체들의 핵심 인물들을 망라하고 있거니와 이들 창립 준비 위원 46명 가운데 서기원, 오상원, 박희진, 홍사중, 이어령, 이철범 등 20대 후반부터 30대 초반의 젊은 문인들이 포함된 것은 그 무렵의 문단 생리로 볼 때 매우 파격적이라 할 만한 것이었다.[16] 이러한 배경에는 신구 문단의 통합 차원이라는 배경

이 깔린 것이다. 하지만 그 간격을 줄일 수는 없었다. 이들의 배경은 문학 잡지를 통한 새로운 문단 질서를 형성했기 때문이다. 즉 ≪현대문학≫, ≪자유문학≫,[17] ≪문학사상≫[18] 등과 신춘문예 출신으로 나누어 문단을 형성하고 있다는 점이다.

> 작가 김동리 자신도 평생에 여러 문예지를 창간하였다. 1968년 10월 문인협회 기관지로 ≪월간문학≫을 창간하여 문인들의 자유로운 창작 활동을 돕도록 배려한 이 발표 매체 확보 또한 가볍게 보아 넘길 의미는 아니라고 판단한다. 문학 제도란 어차피 돈줄과 권세를 함께 유지해야 하는 메커니즘을 지니고 있어서 그의 이런 문협 활동은 훌륭한 작가로서뿐만 아니라 제도권 수장으로서의 면모를 엿보이게 하는 장면이다. 그러나 조연현이 주간을 맡아 창간한 ≪현대문학≫이 순수한 사업가인 민간인에 의한 출자와 순수한 한국 문화 보존에 대한 정신을 담아 오늘날까지 이어져 오게 한 동력이 되었다는 것은 아무리 상찬(賞讚)하여도 과하지 않다.
>
> —정현기, 「문학 제도와 문학 시장」, 『한국현대문학의 제도적 권력과 사회』, 문이당, 2002, 91쪽(각주 63)

≪현대문학≫이 ≪자유문학≫ 문인 단체와의 논쟁이었다면, 김동리가 창간한 ≪월간문학≫[19]은 문단 권력에 대한 또 다른 논쟁의 잡지였

16) 정규웅, 「카멜레온을 닮은 문인들」, 『글동네에서 생긴 일』, 52쪽.
17) 1956년 6월 창간된 월간 순문예지. 자유문학가협회의 기관지로 1963년 8월 통권 71호 종간. 편집 겸 발행인은 김기진, 주간은 송지영, 편집장 김이석이다. 기관지이면서 범문단적인 문예지 구실을 하였으며, 4·19를 계기로 자유문협의 기관지를 벗어나 김광섭이 판권을 인계받고 주간이 되었다. 이후 운영난으로 종간되었다(『국어국문학자료사전』, 2498쪽).
18) 1972년 창간된 월간 문예지. 발행인 겸 편집인은 김봉규, 주간은 이어령, 삼성출판사에서 발행되었으며, 1973년 2월부터 문학사상사에서 발행되었다. 창간 초기부터 자료조사연구실을 두어 '문학사를 바꾸는 대기획'이라는 명제를 내걸고 자료 발굴에 힘쓴 결과는 문학사에서 높이 평가받을 만하다(『국어국문학자료사전』, 1078쪽).
19) 한국문인협의회 기관지로 문화공보부의 재정 지원을 받아 1968년 10월에 창간된 문

다고 볼 수 있다. ≪현대시학≫을 창간한 전봉건은 문단 권력을 만들지 않았다는 점에서 조연현과 위치가 다른 것이다. 문제는 조연현이 문예지를 통해서 자신의 문단적 위치를 어떻게 구현했느냐를 판단해야 할 것이다. 그렇다면 조연현의 문단 위치와 비판, 그 사이에 놓여질 평가는 신중해야 하지 않는가?

지금까지 논의된 문예지를 정리하면 다음과 같다.

연대	잡지	대표 작가	특징	기타 잡지
1930년대	≪예술부락≫ (1939)			
1940년대	≪문예≫ (1947)	조연현, 모윤숙, 김동리		
1950년대	≪사상계≫ (1954)	신세대 작가 손창섭, 장용학, 김성한, 오상원, 선우휘 중심		
	≪현대문학≫ (1955)	한국문협, 전통옹호론, 조연현		
	≪자유문학≫ (1956)	자유문인협회		
1960년대	≪월간문학≫ (1968)	김동리 중심	동인지 시대	≪60년대 사화집≫(1961), ≪한양≫, ≪산문시대≫(1962), ≪세대≫, ≪청맥≫, ≪신춘시≫, ≪비평작업≫(1963), ≪문학춘추≫, ≪사계≫(1964), ≪현대시학≫, ≪문학≫(1966), ≪68문학≫, ≪상황≫(1969) 등
	≪창작과 비평≫ (1966)	백낙청, 염무웅		
1970년대	≪문학과 지성≫ (1970)	문지 4k(김현, 김병익, 김치수, 김주연)	계간지 시대	
	≪문학사상≫ (1972)	이어령		

예중심의 월간 잡지. 당시 주간 김동리, 편집장 김상일, 한국문인협회간부진이 편집위원들이다. 창간사에서 한국의 전체 문인들에게 작품 발표의 기회를 마련하여 주고자 하는 것이 잡지 발행의 직접적인 동기라고 밝혔다. 한국문학상・윤동주문학상・동포문학상을 제정, 시행하고 있다(『국어국문학자료사전』, 2125~2126쪽).

위의 표에서 보듯이 문예 잡지 흐름과 문학사의 흐름이 같이 파악된다는 것을 알 수 있다. 1950년대를 전후해서 ≪문예≫가 조연현, 모윤숙, 김동리를 중심으로 이끌게 되고, 같은 연대 후반의 ≪사상계≫는 신세대 작가 손창섭, 장용학, 김성한, 오상원, 선우휘 등이 중심이었다. 그리고 1950년 후반 ≪현대문학≫은 한국문협 중심으로 전통옹호론의 기치 아래 조연현, 서정주 등이 중심이었고, ≪자유문학≫은 자유문인협회를 중심으로 하는 동인지 시대가 자리를 잡았다. 그리고 1970년대 ≪문학과 지성≫과 ≪창작과 비평≫을 중심으로 하는 계간지 시대가 열리게 된다.

3. 조연현의 문인들과 김승옥(金承鈺)

1960년대와 70년대를 거치면서 ≪현대문학≫을 통해 여러 장르의 작가들을 배출함으로써 '조연현 사단'이라고 불리는 이들이 '≪현대문학≫ 출신'[20]이라는 사실 하나만으로도 조연현이 문단에서 차지한 지위는 막대한 것이었다.[21] ≪현대문학≫이 가진 그 위치를 가늠할 수 있는 것은 이 문예지를 통해 등단한 작가들의 역량이 증거라 할 수 있다.

조연현과 관련한 문인들을 일별해서 정리한 자료를 접할 수 있다. 자료의 출처는 조연현의 「≪현대문학≫ 출신 문인들」(『남기고 싶은 이야기

20) ≪현대문학≫은 1955년 1월호를 창간호로 하여 출간되었으며, 2001년 10월 현재까지 통권 562호로 소설가 131명, 시인 320명, 문학비평가 72명, 희곡작가 11명, 수필가 27명, 총 563명의 문인을 배출하였다(정현기, 「문학 제도와 문학 시장」, 앞의 책, 69~70쪽).

21) 김명인, 「제5장 파시즘으로의 궁극적 귀결」, 『조연현－비극적 세계관과 파시즘 사이』, 소명, 2004, 217쪽.

들』, 부름, 1981, 211~212쪽)과 김명인의 「제5장 파시즘으로의 궁극적 귀결」(『조연현-비극적 세계관과 파시즘 사이』, 소명, 2004, 217쪽), 그리고 현대문학 600호 기념 특집호에서는 ≪현대문학≫(2004년 12월호, 600호 총색인-시,[22] 소설,[23] 평론, 에세이, 해외문학, 고전, 기타, 신인추천자 추천 작품 및 수상자, 표지화가, 호별 대조표)을 참고하면 상세하게 확인할 수 있다.

조연현 추모 특집의 ≪현대문학≫ 표지화

≪현대문학≫을 통해서 시인 가운데 이양하가 한국시의 한 전형으로 평가한 박재삼, 비평가로도 활동하는 문덕수, 노

22) 1. 시인과 한국시사의 역할-조연현이 주도하면서 ≪현대문학≫으로 추천하여 문단에 나와 역할하는 시사의 맥을 찾아보자(김명인, 「제5장 파시즘으로의 궁극적 귀결」, 앞의 책, 216쪽).
한성기, 이수복, 이종학, 김관식, 박재삼, 신동준, 이석, 송영택, 박용래, 황금찬, 문덕수, 임강빈, 이성교, 구자운, 김선현, 정공채, 유경환, 김혜숙, 박성, 박정희, 이채하, 정규남, 황동규, 고은, 홍윤기, 민영, 함동선, 성춘복, 마종기, 이중, 주명영, 강상구, 김후란, 김정숙, 왕수영, 강위석, 추영수, 황갑주, 김선영, 허영자, 정완영, 낭승만, 이성부, 김송희, 이승훈, 문병란, 이우석, 김윤희, 주성윤, 권국명, 이수화, 손광은, 함홍근, 정현종, 이일기, 조남익, 전재수, 강우식, 이향아, 김초혜, 김규화, 박제천, 신동춘, 안혜초, 정의홍, 김석규, 천양희, 김준식, 유안진, 오세영, 이규호, 오규원, 김여정, 이건청, 이병석, 김헌성, 신규호, 신달자, 김성영 등 196명(조연현, 「≪현대문학≫ 출신 문인들」, 『남기고 싶은 이야기들』, 부름, 1981, 211~212쪽).

23) 2. 소설가와 한국소설사의 역할-조연현이 주도하면서 ≪현대문학≫으로 추천하여 문단에 나와 역할하는 소설가의 맥을 찾아보자.
정병우, 오유권, 이범선, 최일남, 추식, 이채우, 정구창, 박경리, 서기원, 한말숙, 이문희, 정인영, 승지행, 권태웅, 송기동, 이광숙, 손장순, 천승세, 최미나, 서승해, 정종화, 오영석, 송숙영, 이영우, 서운성, 백인무, 김성일, 김영희, 이정호, 구인환, 정을병, 윤정규, 한문영, 김용운, 백시종, 이문구, 김성홍, 이세기, 김지연, 유재용, 최인호, 송기숙, 박시정, 김국태, 한용환, 민병삼, 김성종, 조정래, 박양호, 김지이, 강정규, 유홍종, 김채원, 이광복, 정소성 등 78명(조연현, 「≪현대문학≫ 출신 문인들」, 앞의 책, 211~212쪽).

천명 평전을 쓴 정공채, 황동규, 고은, 마종기, 이성부, 이승훈, 정현종, 오규원, 이건청 등을 꼽을 수 있다. 여류시인으로 김후란, 허영자, 신달자 등이 문학적 열정을 보인 시인들이다.[24] 또 이름만 들어도 알 수 있는 소설가로는 이범선, 박경리, 이문구, 조정래 등 한국소설사의 맥을 형성하고 있는 작가들도 증거이다.

≪현대문학≫ 추천의 비평가들을 찾아보면 대략 다음과 같다.[25]

> 김양수, 정창범, 홍사중, 윤병로, 김우종, 김상일, 김운학, 원형갑, 천이두, 김우규, 신동욱, 천승준, 신봉승, 박철희, 이유식, 김윤식, 박동규, 김송현, 김병걸, 장문평, 김영수, 홍기삼, 강인숙, 송기숙, 조병무, 김영기, 임헌영, 김시태, 이선영, 김인환, 김용태, 송상일 등 43명
>
> –김명인, 「제5장 파시즘으로의 궁극적 귀결」, 『조연현–비극적 세계관과 파시즘 사이』, 소명, 2004, 216쪽

조연현은 ≪문예≫와 ≪현대문학≫을 통해서 38명의 문인을 추천했

24) 필자는 이들 가운데 몇몇 시인들을 검토한 바가 있다.
졸고, 「이승훈론」과 「정현종론」, 『한국현대시의 탐색』, 역락, 2001.

25) 전문수(田文秀) 1981년 10월, 오하근(吳河根) 1981년 10월, 송명희 1980년 8월, 정영자(鄭英子) 1980년 10월, 홍정운(洪禎云) 1980년 10월, 김지원(金知源) 1979년 7월, 이내수(李來秀) 1979년 11월, 최동호(崔東鎬) 1979년 12월, 전영태(田英泰) 1978년 5월, 김병택(金昞澤) 1978년 7월, 조동민(趙東珉) 1977년 3월, 강성천(姜成千) 1977년 4월, 송상일(宋尙一) 1976년 4월, 송백헌(宋百憲) 1975년 6월, 김용태(金容泰) 1975년 12월, 최금산 1974년 11월, 김인환(金仁煥) 1972년 6월, 이인복(李仁福) 1971년 12월, 이선영(李善榮) 1969년 3월, 명계웅 1969년 10월, 김시태(金時泰) 1968년 11월, 송영목(宋永穆) 1966년 2월, 김영기(金永琪) 1966년 4월, 임헌영(任軒永) 1966년 8월, 강인숙(姜仁淑) 1965년 2월, 송기숙(宋基淑) 1965년 9월, 조병무(曺秉武) 1965년 11월, 홍기삼(洪起三) 1964년 6월, 김송현(金松峴) 1963년 1월, 윤경수(尹敬洙) 1963년 2월, 김병걸(金炳傑) 1963년 2월, 장문평(張文平) 1963년 5월, 김영수(金永秀) 1963년 6월, 김윤식(金允植) 1962년 8월, 박동규(朴東奎) 1962년 9월, 박철희(朴喆熙) 1961년 6월, 이유식(李洧植) 1961년 11월, 김우규(金佑圭) 1960년 4월, 신동욱(申東旭) 1960년 5월, 천승준(千勝俊) 1960년 7월, 신봉승(辛奉承) 1960년 11월, 원형갑(元亨甲) 1959년 3월, 천이두(千二斗) 1959년 4월, 김운학(金雲學) 1958년 7월, 윤병로(尹炳魯) 1957년 3월, 김우종(金宇鍾) 1957년 5월, 김상일(金相一) 1957년 6월, 홍사중(洪思重) 1956년 3월, 김종후(金鍾厚) 1956년 3월, 김양수(金良洙) 1955년 3월, 정창범(鄭昌範) 1955년 7월.

다. 처음으로 추천한 문인은 ≪문예≫에 천상병이었다. 시 「歸天」으로 유명한 천상병(千祥炳, 1930~1993)[26]은 평론가였다. 천상병은 ≪문예≫로 추천받은 이후, 「나는 거부하고 반항할 것이다」(≪문예≫, 1953. 2)와 「신인 작가 좌담회를 깐다」(≪신세대≫, 1956. 10)와 같은 평문도 발표했던 평론가였다. 1967년 소위 '동백림 사건'에 연루된 문인이기도 하다.

그리고 김양수는 ≪문예≫에 1회 추천되었다가 폐간되는 바람에 후에 창간한 ≪현대문학≫을 통해서 2회 추천(「독서의식의 자폭」 외, 1955. 3, 통권 제3호)된 평론가이다.[27] 조연현은 자신이 추천한 평론가들이 방향 전환한 것에 대해 아쉬워했는데, 아쉽게 생각한 평론가는 김종후, 김송현 등도 있다. 반면에 그가 자랑스럽게 생각한 평론가는 김시태(1968. 11), 신동욱(1960. 5), 김윤식(1962. 8), 김운학(1958. 7) 등이다. 이들이 학계에서도 업적이 나타날 때마다 하나의 보람을 느낀다고 할 정도였다.

이러한 자부심의 이면에는 당대 젊은 문인들의 소외를 불러왔다. ≪현대문학≫의 배타성과 함께 그의 문단 질서의 장악은 당대 젊은 문인들

26) 국가정보원 '과거 사건 진실 규명을 통한 발전 위원회'(위원장 오충일 목사)는 26일 '동백림(동베를린) 사건'은 1967년 박정희 정권이 정치적 목적으로 기획한 것도, 중앙정보부에 의해 조작된 사건도 아니라고 발표했다. 그러나 당시 중정은 북한을 방문하거나 북한 측에서 돈을 받아 국가보안법상 잠입 탈출죄 등을 지은 가선 관련자들에게 무리하게 간첩죄를 적용했다고 과거사위는 밝혔다. 간첩죄는 적국을 위해 국가 기밀을 탐지·수집·누설·전달하거나 간첩을 방조하는 경우에 적용된다. 고 천상병 시인 등은 '구타를 포함해 전기고문 물고문 등이 자행됐다.'고 주장했으나 수사관들은 피의자들이 순순히 실토해 가혹 행위를 할 필요가 없었다고 반박했다는 것이다. 그러나 과거사위는 고문을 당했다는 진술의 구체성과 일관성을 감안할 때 중정이 최소한 사건과 관련자 14명에 대해선 고문을 했을 가능성이 높다고 밝혔다(이명건 기자 gun43@donga.com / 민용동 기자 mindy@donga.com). '동백림 사건' 인물(세계적 작곡가 윤이상, 이응로 화백) 가운데 고 천상병 시인은 당시 서울대 상대 동기인 강빈구 교수에게서 '동독 다녀왔다.'는 말을 듣고도 고발하지 않았다는 이유로 징역 1년을 선고받았다. 그때 겪은 고초로 몸과 마음이 망가져 기인처럼 살았다(≪동아일보≫, 2006. 1. 27, 민용동 기자 mindy@donga.com).

27) 조연현, 「내가 추천한 사람들」, 앞의 책, 217쪽.

의 반발을 불러왔다. 이런 이유 때문에 새로운 문단의 길을 모색하고자 했던 문인들이 등장하게 된다. 1962년 ≪한국일보≫에 「생명연습」으로 당선한 김승옥(金承鈺, 1941, 일본 大阪 출생, 서울대 불문과 졸업)[28]의 경우는 상징적인 일화(逸話)로 유명하다. 1960년대를 대표하는 당시 문단의 권력을 장악했던 ≪현대문학≫을 정기구독하면서 작가로서 지명도을 얻었다고 생각한 김승옥이 이 잡지사에 원고를 보냈던 것이다.[29] 그러나 김승옥이 ≪현대문학≫에 원고를 싣고자 했을 때, 조연현은 추천으로만 인정할 만큼 ≪현대문학≫에 대한 자부심이 대단했다. 신춘문예로 등단한다고 해도 당시 한국 문단을 장악하며 대단히 배타적인 행태를 보인 ≪현대문학≫ 같은 문예지를 통하지 않고서는 작품을 발표할 지면을 확보할 수 없었던 시대였다.[30] 이 때문에 김승옥은 ≪현대문학≫에 원고를 싣지 않았다고 한다.

신춘문예를 통해 등단했던 김승옥은 대단히 자존심이 상했다. 이는 조연현이 신춘문예에 대한 부정적인 생각을 드러낸 것이며, 동시에 ≪현대문학≫을 통한 문단 권력을 보여준 것이다. 이러한 그의 생각은 "신문의 신춘 현상 문예 심사에서 내 눈을 거쳐 나온 사람들도 여러 있는데, 별 활동이 없는 이유가 무엇인지 잘 모르겠다."[31]고 할 정도로 남다른 자긍심을 가지고 있었다. 그러나 김승옥의 화려한 감수성과 감각적 문체는 60년대 비평가들과 지식인 집단 사이에 주목을 받았다. 그 이유는 김승옥이 ≪현대문학≫ 등 기성 추천제도를 통해 등단하지 않은 점, 해방 이후 한글로만 교육받은 세대에 속하는 대학생이라는 점, 그 화려한

28) 「서울 1960년의 외로운 방랑자」, 『33인의 자서전』, 양우당, 1988, 73~78쪽.
29) 백문임 외, 『르네상스인－김승옥』, 앨피, 2005.
30) 송태욱, 「김승옥 소설의 독자를 찾아서」, 『르네상스인－김승옥』, 앨피, 2005, 60쪽.
31) 조연현, 「내가 추천한 사람들」, 앞의 책, 219쪽.

감수성과 문체는 기성세대가 아니기 때문에 가능하다[32]는 것이었다. 안개 속의 1960년대의 모습을 가장 잘 묘파한 김승옥을 도외시한 것은 ≪현대문학≫이 가진 하나의 맹점을 단적으로 보여준 것이라 할 수 있다. 이는 지나치게 문단 질서와 문단 형식에 힘을 쏟은 ≪현대문학≫이 가진 문제점이 아닐 수 없다.

해방 직후부터 6·25 동란, 5·16과 같은 역사적 변혁기에 겪은 역사적 사건 못지않게 "잡지를 꾸며 나가는 일상적인 일들을 통해서 한 단체를 운영해 나가는 여러 가지 측면에 있어서 매일같이 부딪치는 슬픔과 고통은 한시도 끊일 날이 없었다. 악의의 비방도 선의의 오해도 밥먹듯 삼켜야 했다."[33]는 그의 고백은 ≪현대문학≫의 운명이 자신의 운명과 같은 것으로 받아들였다는 의미이다. 또 그가 겪은 일 가운데 하나는 자신의 책에 대한 판금 사건과 필화 사건[34]이었다(「내 책의 판금 사건」, 「몇 개의 필화 사건」, 『남기고 싶은 이야기들』).

최근에 필자는 정현기의 「문학 제도와 문학 시장」(『한국 현대 문학의 제도적 권력과 사회』, 문이당, 2002)을 읽었는데, 첫머리 몇 줄이 눈에 띄었다. "모든 작가나 시인은 하나씩의 정부를 형성하고 있다."고 하면서 "작가나 시인이 권력을 지닌 정부라고 한다면 그들이 백성들에게 행사하는 권력의 매체란 무엇일까? 두말할 필요도 없이 그것은 문학 작품이다."[35]

32) 송은영, 「김승옥과 60년대 청년들의 초상」, 앞의 책, 217쪽.
33) 「내가 걸어 온 길」, 『남기고 싶은 이야기들』, 280쪽.
34) 1958년 5월호에 계용묵 추천의 송기동의 작품 「회귀선」은 "기독을 모델로 한 것인데 성인과는 정반대의 형편없는 인간상을 만들어 놓은 것"(221쪽)이다. 이 때문에 각종 언론과 기독교 단체의 항의 전화가 빗발쳤다. 기독 단체의 ≪현대문학≫ 불매 운동과 추천인의 고유 권한에 대해 갈등하다가 한 발 물러나서 사과의 형태로 마무리되었다(「몇 개의 필화사건」, 『남기고 싶은 이야기들』, 219~235쪽).
35) 정현기, 「문학 제도와 문학 시장」, 『한국 현대 문학의 제도적 권력과 사회』, 문이당, 2002, 69~70쪽.

고 했다. 정현기에 따르면 작가는 자신의 문학 행위 속에 가장 강력한 정부를 만들기를 꿈꾼다고 했다. 그 정부는 문학 작품을 통해서 꿈이 이루어진다고 한다. 그런데 조연현은 문학 작품보다는 ≪문예≫, ≪현대문학≫이라는 해방 전후, 1960년대 문예지를 통해서 하나의 정부를 만들었다. 위 글의 인용에 나타난 결론이 결코 틀린 것은 아닐 것이다. 따라서 조연현과 문예지에 대한 검토의 이유가 여기에 있는 것이다.

정현기는 문인들이 문학 제도를 이용하는 매체는 ① 일간신문, ② 문학 동인지 형태의 문학 잡지, ③ 출판사, ④ 문학 단체나 문학인들이 만들어 낸 협의체를 들고 있다.[36] 조연현은 문학 잡지(물론 동인지 형태의 문학 잡지는 아니지만)와 문협을 통해서 하나의 문단 정부를 세웠다고 할 수 있다. 잡지의 경우는 ≪문예≫, ≪현대문학≫에 깊이 관련해서 많은 작가들을 배출했다는 점과 해방 전후해서 결성한 문학 단체인 한국문협을 들 수 있다. 이러한 문예지와 한국문협을 통해서 문단 권력을 장악했음을 김명인은 지적했었다. 정현기의 논점에서도 이를 확인할 수 있다.

> 처음 그가 만들어 문단에 선보인 문학지는 ≪예술부락≫이었다. 그러나 그는 재력가도 아니었고, 정치에 야욕을 품은 야심가도 아니었다. 문학에 대한 열정과 문단 장악력이 뛰어난 칼날 같은 판단력, 빛나는 신념과 눈부신 활동력에 의해 그는 사람을 사로잡는 매력을 지닌 인물이었다. 몇 번 시도하였던 동인지 발간 말고, 순 문예지를 본격적으로 기획한 것은 시인 모윤숙의 출자를 기반으로 해서 작가 김동리와 함께 만든 ≪문예≫였다. (…중략…) 문학지를 발간하면서 당파나 그룹 이야기를 이때부터 본격적으로 발설하기 시작한 것은 몇 가지 함축적인 의미를 갖는다. 첫째는 나라를 되찾은 상태의 혼란 드러냄이다. 간단하게 좌우

36) 정현기, 「문학 제도와 문학 시장」, 앞의 책, 71쪽.

> 익 대립이라는 용어로 정리되는 이 쟁패는 당대에 몹시 혼란한 모양을 연출하였다. 둘째는 옳고 그름에 대한 논쟁 배후에는 언제나 자신의 이익과 권리 행사와 관계가 있다. 문학 제도의 권역 확보를 위한 쟁탈전으로서 이 당파나 그룹들은 관계가 깊다. (…중략…) 이 문예 월간지 ≪현대문학≫이 만들어짐으로써 6·25 동족 모독 전쟁 이후에 남한에서의 문학 제도는 확고한 하나의 산맥을 형성하게 되었다.
>
> —정현기, 「문학 제도와 문학 시장」, 앞의 책, 88~92쪽

문학지의 발간은 동시에 당파나 그룹이 만들어지고, 이에 대응하는 일군의 세력의 형성과 함께 새로운 이념과 그룹을 낳게 되는 것은 당연한 것이다.

1950년대 전후해서 '문단 중심파'는 김동리, 조연현, 서정주 등이고, '문단 비중심파'는 오상원, 장용학, 이호철, 손창섭(소위 신세대 작가군) 등이었다. 그리고 1960년대 전후해서는 '서울대 학파'는 김승옥, 김현, 김병익, 김치수, 김주연, 염무웅 등이었다. 이도 두 부류로 나눌 수 있다. '국내파'는 이어령, 정한모, 김윤식 등이고, '국외파'도 조동일, 김종길, 백낙청, 김우창(정치학도) 등으로 분류된다. 국내외파에 일정한 거리를 둔 '서라벌 문창파'의 중심 인물이었던 김동리, 조연현, 서정주의 문창과 제자들이 1970년대 작품 활동을 활발하게 하게 된다.

당파나 그룹으로 갈등을 일으키지만 세대 간의 비평적 시각차로 논쟁을 야기하기도 했다. 가령 1950년대 김우종, 조연현, 이어령, 김붕구 등이 활동하게 된다. 그리고 이들 작가 가운데 1955년 최일수(崔一秀, 1924~?, 전남 목포 출생, 문학평론가)와 오상원(吳尙源, 1930~1985, 평북 선천 출생, 소설가)은 실존주의 논쟁을 불러 일으켰고, 1960년대는 이어령과 김수영 논쟁이 이어지게 된다. 이들과 달리 해방 이전에는 김동인, 이광수, 김기진, 박영희, 김동리, 조연현, 임화, 김남천, 한흑구(韓黑鷗, 1909~

1970, 평양 출생, 수필가 · 문학평론가), 최재서, 김기림, 이양하 등등의 활약을 주목할 수 있다. 이들은 때로는 상당히 감정적이거나 당파적 평가의 입장을 취하기도 했다. 그러나 해외문학파들의 등장은 이론과 학문 바탕의 비평가 등장을 의미한다. 조연현, 백철, 곽종원 등은 감상 비평으로 1950년대 등장한 소위 신세대 작가 손창섭, 장용학, 김성한 등을 평가했지만, 해외문학파의 이론과 학문을 바탕한 비평은 기존 비평가들과 갈등을 일으키는 것은 당연히 것이었다. 그 한 예가 조연현과 정명환의 실존주의에 대한 논쟁이라 할 수 있다.

해방 이후 해외문학 전공자들 송욱, 유종호 등과 1960년대 김종길, 이상섭 등이 활동하게 된다. 그리고 1970년대는 김현, 백낙청, 염무웅, 김우창 등이 등장하게 된다. 조연현의 문단 장악으로 소외되었던 백철은 형식주의-뉴 크리틱을 문단에 소개하면서 새로운 활로를 모색하기도 했다. 이처럼 조연현의 문단 장악이 주변의 비평가들에게도 적지 않는 영향을 끼치게 된다. 당연히 해외문학파의 영향은 곧바로 해방 이후 외래 문물의 유입으로 국내 문학의 주체성 혹은 점검이 필요한 시점이 되기도 했다. 이 때문에 해방 이전의 비평가들은 다른 점을 모색하게 된다. 가령 ≪사상계≫는 실존주의를 소개하게 되는데, 1955년 최일수와 오상원의 실존주의 논쟁이 발생하게 된다. 그리고 1960년 까뮈의 죽음을 추도하는 이헌구의 추도사(≪자유문학≫, 1960년 3월호 게재함)를 발표함으로써 당시 지식인, 비평가들의 관심의 대상이 되었다. 여기에 비평가 조연현은 실존주의를 유행으로 파악하여 이에 대한 관심의 평문을 발표하게 된다.

조연현과 김동리를 중심으로 한 소위 '미아리 문인 제조 공장'(정규웅)이라 불렸던 서라벌예대 출신의 문인들이 대거 등장하면서 작품 활동을 한다. 이들의 역량을 결코 무시할 수는 없지만 너무나 많은 작가들이 데

뷔하기 때문에 붙인 이름이다. 1960년대 동숭동 서울 문리대 출신의 작가들은 이들에 대해 비아냥거리기도 했다. 1960년대 문단의 이야기를 쓴 정규웅[37]은 당시 영문과 박태순(朴泰洵), 불문과 김광남(金光南, 필명 : 김현), 김승옥(金承鈺), 김치수(金治洙), 독문과 이청준(李淸俊), 염무웅(廉武雄), 김주연(金柱演), 김광규(金光圭) 등과 같이 '교양학부-B반'에서 수학했다.

1960년대 동숭동 서울대 문리대의 한 일원인 정규웅은 당 시대의 문단을 다음과 같이 평가했다.

> '60년대 문학권'이 50년대와 달리 일부 대학가를 중심으로, 20대의 젊은 세대들에 의해 서서히 형성되기 시작했음은 우연한 일이 아닐 것이다. 비록 그들 역시 그들의 대선배인 기성문인들의 '인정'을 받고 문단에 진출하는 과정을 겪어야 하기는 했지만 4·19 이후 모든 분야에서 기성 세대가 불신당했던 것처럼 그들의 데뷔 이후의 문학 활동이 기성 문단을 거의 도외시한 가운데 이루어졌다는 사실은 60년대 문학의 중요한 특징으로 기록될 수도 있을 것이다.
>
> -정규웅, 「60년대에 데뷔할 수 있었던 행복」, 『글동네에서 생긴 일』, 문학세계사, 1999, 23쪽

"50년대까지만 해도 기성 문단과 선배 문인을 도외시한 문학 활동은 생각할 수조차 없었다. 그럴 수밖에 없었던 것이 50년대에는 문학 활동이 순전히 순수문예지 중심으로 이루어졌는데다가 그들 순수문예지들이 문학 단체나 문단의 실력자들과 직간접적으로 굳은 유대 관계 속에 있었기 때문"[38]이었다. 1950년대 문단과 1960년대 문학권의 차이를 지

37) 1941년 서울 출생. 1964년 서울대학교 문리과 대학 영문과 졸업. 1965년 ≪중앙일보≫에 입사, 문화 부장, 편집 국장 대리. ≪문예중앙≫ 주간. 저서는 『휴게실의 문학』, 『오늘의 문학 현장』 등과 번역서는 『지하철 정거장에서』(에즈라 파운드 시선집) 등이 있다(「저자 소개란」, 『글동네에서 생긴 일』, 문학세계사, 1999).

38) 정규웅, 「60년대에 데뷔할 수 있었던 행복」, 『글동네에서 생긴 일』, 문학세계사,

적한 정규웅의 이야기는 한국 문단의 차별성을 통해 '60년대 문학권'의 뿌리를 강조한 것이다.

1960년대 문학권은 단순한 기성 문단 세력에 대한 차별화만 있는 것이 아니라 그들이 4·19 당시 자유당 정권 시절에 보여 준 태도에 대한 반발 작용으로 새로운 세력이 등장한 것이다. 기성 세대의 문인들 중 일부는 이승만 자유당 정권의 만송(晩松) 이기붕(李起鵬)을 부통령으로 당선시키기 위해 그를 찬양하는 글을 쓰거나 지원 유세를 하였다. 당시 이기붕은 이승만 정권의 핵심 인물이었음은 주지하는 바이며, 그의 부정과 부패의 온상이었음을 두루 아는 바이다. 만송을 당선시키기 위해 지원 유세반이 편성되었다. 유세반에 편성돼 있는 문인들은 박종화, 이은상, 김말봉, 조연현 등이었고, '공명선거추진전국위원회'에 참여하고 있는 문인들은 김팔봉, 박계주, 정비석, 이한직, 유치환, 정한숙, 조지훈, 안수길, 박두진 등이었다.[39] 이러한 사실에 대해 조연현은 자신의 의지와 관련이 없다고 했다.

「울음이 타는 가을 강」으로 유명한 삼천포 시인 박재삼(朴在森)은 1955년 ≪현대문학≫ 창간부터 1964년 3월까지 10년을 조연현과 함께 근무했다. 그는 "한때 혁신 정당의 조직 부장인가 뭔가로 조 선생의 춘부장이 곤경에 처한 일이 있고 그 구제를 위해선지 국회에서 보안법 통과 때 찬조 연설을 했고, 또 자유당의 유세에 이은상, 김말봉 씨와 함께 찬조 연사로 지목되었으나 그것은 안 했던 것으로 안다."[40]고 술회했다. 어쨌든 그는 당시의 선거 유세의 논란 틈바구니에 놓였던 문인이었다. 이것이 주변인들에 대한 오해를 사기에 충분한 이유가 된 것이다.

1999, 23쪽.

39) 정규웅, 「60년대에 데뷔할 수 있었던 행복」, 앞의 책, 24쪽.

40) 박재삼, 「대범한 삶의 행적」, ≪문학사상≫, 1986. 9, 320쪽.

조연현은 이 문제와 관련하여 4・19와 5・16 당시 상황과 자신의 입장을 밝히고 있다.[41]

> 저명한 30여 명의 인사가 자기와의 개인적 관계를 통해 본 만송에 대한 인물평을 각 신문에 발표한 일이 있었다. 이것은 물론 자유당(自由黨)의 요구에 의하여 행하여진 것이지만 10여 명의 문단의 저명한 인사들도 이것을 썼었다. 이를 쓴 사람들은 모조리 만송족으로서 비난을 받게 되었다. 정치적 견해에서 그런 일이 비판을 받을 수 있는 일이지만 그것이 당시의 비판자들이 외쳤던 것처럼 정치적 원흉(元兇)에 속하는 죄악이었던 것일까. (…중략…) 허위(虛僞)의 중상(中傷)이었다. 자유당은 이은상, 김말봉, 박종화, 조연현 등 그밖에 몇 사람을 그들의 선거 유세 연사로서 일방적으로 발표한 일이 있었지만 이은상, 김말봉 두 분은 참가했으나 나머지 사람은 아무도 참가한 일이 없었다. 그러나 이 사실은 알면서도 그 유세에 참가한 문단인에 대해서보다도 참가하지 않은 문단인을 참가한 것처럼 뒤집어 씌워 비난하는 일이 더 많았다. 이와 함께 아무런 근거도 없이 누구가 어느 당에서 돈을 얼마를 받아먹었느니 어쨌느니 하는 터무니없는 개인적 중상(中傷)을 함부로 지상에 발표하는 일들이 비일비재(非一非再)였다.
>
> ―조연현, 「4・19의 문단 통합과 5・16의 문단 통합」, 『내가 살아 온 한국문단』, 186쪽

조연현은 "정치적 견해에서 그런 일이 비판을 받을 수 있는 일이지만 그것이 당시의 비판자들이 외쳤던 것처럼 정치적 원흉(元兇)에 속하

41) 첫째는, 예술원을 없애라는 것이었다. 둘째는 문학 단체는 전부 해체해야 된다는 것이었다. 셋째는, 만송족에 대한 비난이었다. 넷째는, 허위의 중상이었다. 다섯째는, 어떤 작가는 한꺼번에 세 신문에 연재소설을 쓰고 있으며, 어떤 사람은 통 글을 발표하지 못하고 있다. 문단이 이래서 되겠느냐는 하는 따위의 불만 같은 것이 이곳 저곳의 지상에 나타났다. 이것은 집필을 의뢰하는 신문이나 잡지에의 불만인지 그것에 응한 작가들에 대한 불만인지 알 수 없는 넋두리 같은 것이었다(184~187쪽 / 「4・19의 파동과 5・16 통합」, 『남기고 싶은 이야기들』, 159~160쪽 참고).

는 죄악이었던 것일까."라는 입장이었고, 자신과 관련해서는 '만송족'과 선거 유세가 자신의 의지와 관련이 없음을 밝히고 있다.[42] 이때를 즈음해서 예술원이나 문협, 자유문협의 중요 요직에 있었던 문인들이 여러 성질의 피해를 입었지만 조연현은 자신이 입은 피해가 가장 큰 것이었다고 강변하였다.

1966년(46세) 예술원상을 받고 치사하는 조연현

42) 홍기돈은 1960년 4월 혁명을 계기로 ≪현대문학≫과 ≪자유문학≫이 붕괴되기 시작했다고 하면서 이들 잡지가 이승만 정권으로부터 자유롭지 못했다고 했다. 그 "단적인 예를 들자면 조연현의 경우 1958년 12월 국가보안법 개막이 논의되자 국회 공청회에 나가 보안법 개정지지 연설을 했는가 하면, 이기붕을 지지하는 원고지 8매 분량의 글을 써서 당시로서는 거금인 5만 원의 원고료를 받기도 했다."고 한다(「김동리와 문학 권력」, 앞의 책, 145쪽). 이기붕 원고와 관련하여 오학영은 "조 선생은 자유당 정권에 협력한 분도 아니지만, 사실 그때 만송에 관한 인물론을 쓴 많은 저명 인사 가운데 그 분이 쓴 내용은 이기붕의 인간성과 그 행적에 대해서만 썼을 뿐 별로 아부아첨한 흔적은 찾아보기 어렵다"(「자존의 인간」, ≪현대문학≫, 1986. 11, 81쪽)고 회고했다. 또 자유당 정권 시절 '정·부통령 선거'와 관련하여 전국 선거 유세 연사(박종화·김말봉·이은상·조연현)로 지목된 데 대해서도 '박종화와 함께 끝내 거절했다'(「선거 유세 사건」, 『남기고 싶은 이야기들』, 154~158쪽)고 밝혔다.

그 이유란 것은 자유당 말기의 국회에 보안법 개정안이 상정되었을 때 그 개정안을 지지하는 연설을 조연현이 국회에서 한 일이 있었기 때문이었다. 조연현은 "반공에 대한 나의 평소의 견해와 신념을 말했던 것이다. 나는 이 법이 개인의 자유나 특히 언론의 자유를 침해해서는 안 되며 더욱이 정치적으로 이용되어서는 안 된다는 점을 강조하고, 그러나 반공을 위한 법의 보강은 필요하다고 말했던 것"[43]이었다. 조연현은 자신의 연설 내용을 비방하는 것이 아니라 국회에서 연설한 자체를 가지고 비판했다는 점과 연설의 보수를 받았다는 것은 이해할 수 없다는 입장이었다. 이런저런 일로 인해 그는 ≪현대문학≫의 주간 자리를 잠시 물러나기도 했다.

그러나 기성 세대 문인들의 문단 정치와 만송족과 관련한 불미한 일에 대한 반발 세력이 60년대 동인 활동을 중심으로 이루어지게 된다. 소위 60년대 작가라는 명칭이 같은 세대의 비평가들에 의해 독립된 개체로 형상화된 것도 이와 같은 기성 세대의 행동이 원인이기도 한 것이다. 이러한 문단 상황에서 ≪창작과 비평≫과 ≪문학과 지성≫은 변화에 일익을 담당하게 된다. 1955년 이후, ≪현대문학≫의 조연현 사단에 대해 동숭동 문리대는 ≪창작과 비평≫, ≪문학과 지성≫을 중심으로 하여 1960년대 이후의 문단을 형성했다고 해도 과언이 아니다. 이 두 문예지는 이후 한국문학의 새로운 형성의 가교였다고 평가할 수 있다.

정규웅은 70년대의 문단 주도권 장악을 위한 실력 대결에서 조연현의 아성으로 불리면서 한 몫을 담당했던 이른바 동국대파가 태동하기 시작한 것도 1960년대 문단 분위기를 반영한 것이었다고 한다. 그가 동국대 교수가 된 것은 1961년이었다. 이후 그는 20년 동안 동국대 출신

43) 조연현, 「4·19의 문단 통합과 5·16의 문단 통합」, 『내가 살아 온 한국문단』, 188~189쪽.

들의 문인을 배출하는 데 지대한 공헌을 한다. 서라벌 예술대학의 문예창작학과(1972년 중앙대학교 4년제 예술대학으로 흡수)는 이미 1950년대부터 문학적 분위기가 만들어졌고, 서울대 문리대는 1960년도 입학생들에 의해 문학적 분위기가 만들어졌다. 이 두 대학 출신 작가들이 60년대 문학과 문단에 큰 역할을 했다. 김광남, 김승옥, 김치수(서울대 불문과), 이청준, 염무웅, 김주영, 김광규(이상 독문과), 박태순(영문과) 등은 서울대 60학번이고, 이들의 선배인 박동규, 임보, 김만옥(국문과), 서정인(영문과), 조동일(불문과), 김기팔, 주성윤(철학과), 김병익(정치학과), 김지하(미학과) 등이 문단에 이미 활동하고 있었다.

서라벌 문창과는 58년 입학해서 60년 초, 졸업한 동기생들은 대부분이 소설가, 시인, 평론가 등으로 활동하는 문인들이 많아서 '문인 제조 공장'의 명성을 낳았다고 한다. 당시 서라벌 예술대학 문창과 교수진의 대표격이었던 김동리의 회고에 따르면, 58년 입학생 42명 가운데 무려 93%에 육박하는 39명이 문단에 진출했다는 것이다. 소설의 유현종, 천승세, 김문수, 송상옥, 김주영, 오찬식, 시의 박경용, 이근배, 박이도, 김사립, 김민부, 조상기, 평론의 홍기삼, 희곡의 윤혁민, 아동문학의 조장희 등이 대표적이라 할 수 있다(정규웅, 36쪽).

서울대 문리대와 서라벌 문창과는 서로 다른 기질을 가지고 문학 활동을 시작한 것이었다. 동숭동 쪽의 젊은이들이 내부적으로 은밀하게 문학에의 꿈을 키워가고 있었다면, 미아리 쪽의 젊은이들은 공개적으로, 경쟁적으로 문학에의 꿈을 실현하고자 했으며, 동숭동 쪽의 젊은이들이 문학과 학문을 병행하여 대학 생활의 연륜을 쌓아가고 있었다면 미아리 쪽의 젊은이들은 대학 생활의 모든 것을 오직 문학에의 완성을 위해 쏟아넣고 있었다(정규웅, 38쪽). 이들은 바로 현대문학을 형성한 대표적 작가들이다. 서라벌 문학권의 형성은 서라벌 대학의 체험적인 교

마산에서 있었던 문예강연회 기념 사진. 박경리, 이호우, 정태용, 문덕수, 이석, 김수돈, 김춘수 등이 참석했다.

수법, 교수진 구성과 능력 등이 작용했던 것이다. 이 당시 서라벌 예술대 교수진 가운데 소설에는 김동리, 손소희, 안수길, 그리고 시에는 서정주, 박목월, 김구용, 평론에는 백철, 정태용 등이었다. 이들이 문단의 세력을 가지고 있다는 것은 당시 문단인이면 다 아는 사실이었다. 물론 이들 교수진의 문학 활동과 작품성은 이미 한국문학사에서 위치했다는 점에서 제자들에게 혹은 문단에 미친 영향력은 증명이 된 셈이다. 그리고 서울대 문리대의 문학권이 ≪문학과 지성≫[44]의 산파역이었던 것은 한국현대문학사의 한 대목임을 부인할 수 없다.

44) 동아일보 해직 기자였던 김병익이 30대 중반에 실업자가 되었는데, "김병익의 이러한 상황 변화가 문학과지성사 설립의 직접적인 계기"(김주연, 「문학과지성사의 출범과 70년대」, 『문학과지성사 30년(1975~2005)』, 문학과지성사, 2005, 46쪽)가 되었다.

비평 문학과 실제 비평

1. 『문학과 사상』과 주체의 비평
2. 『한국현대작가론』과 작가론의 방법

1. 『문학과 사상』과 주체의 비평

문학 의식을 담는 가장 강렬한 문학 형식이 비평이라고 주장한 조연현은 철저한 비평가이며, 비평을 시와 소설과 같은 창작으로 격상시킨 비평문학가이다. 그래서 '비평이란 무엇인가'라고 묻고, 이 물음에 온몸을 던졌던 최초의 비평가가 조연현이라고 김윤식은 평가했던 것이다. 특히 해방 전후 조연현 비평의 결정체인 『문학과 사상』(세계문학사, 1949)은 이런 단면을 보여 준다. 이 비평서는 그의 초기 비평의 세계와 관심 대상의 작가들을 볼 수 있다. 이 비평서의 목차를 보면 다음과 같다.

1. 小說과 思想
   소설 ABC / 본격소설론 / 근대조선소설사상계보론서설
2. 작가론
   서정주론 / 이상론 / 김동리론 / 최명익론 / 최정희론 / 박두진론 / 정비석론 / 오장환론 / 손소희론
3. 문학과 사상
   비평문학론 / 문학의 영역 / 문학과 사상 / 논리와 생리 / 문학과 전통 / 작가의 윤리
4. 문예시평
   개념과 공식 / 순수의 본질 / 고전의 계승에 관하야 / 문학의 구경적인 의의 / 수공예술의 말로 / 개념의 공허와 그 모호성 / 아나키즘과 니힐리즘 / 일군의 신진작가에 대하야 / 가치 의식의 빈곤 / 세계 현역 작가 7인상
5. 사사록(私事錄)
   근사록(近思錄) / 나의 문학적 산보

비평집은 총 5장으로 되어 있는데, 이는 출판 이전에 신문과 잡지 등에 기고했던 글들을 편집해서 출판한 평론집이다. 여기에는 그의 비평가로서 가진 문학과 비평의 시각이 드러나 있기 때문에 꼼꼼한 평가가 요구된다. 그의 문학적 태도는 시 창작의 욕망에서 사회적 정세의 변화로 비평의 관심을 보이고, 문학적 욕망이 비평의 관심으로 전도되어 나타나면서 창초적 비평으로 변화됨을 자서(自序)에서 밝히고 있다. 김동리는 「책 뒤에 부치는 말」에서 합리주의, 기계주의 비평과 같은 재단비평을 비판하는 직관적이면서 감성적인 비평으로 주체파의 기조(基調)를 가졌다고 평가했다. 이런 평가의 근저에는 조연현이 '시인 출신의 평론가'라는 지적이 내장되어 있다.

그는 시인이 되고 싶었지만 되지 못하고 소설가의 욕망도 있었지만 이 또한 되지 못했다. 그래서 그는 숙명(宿命)처럼 비평가가 되었다고 한다. 심지어는 자신의 관상을 보아도 비평가가 될 수밖에 없었다고 말한다. 그는 창작 문학은 인생의 일치라고 하지만 현실적으로는 그 거리를 가지게 되었다고 판단했다. 즉 창작 문학만이 인생의 의미를 담고 있다고 생각한 것이다. 그는 "백 편의 평론이 한 편의 작품을 따를 수 있느냐하는 자문자답은 나에게 치명적"[1]이라고 말한다. 그러나 그는 비평을 숙명처럼 받아들인 순간 창조적인 욕망을 비평을 통해서 표현할 수 있다고 생각하게 된다. 그렇기 때문에 문단의 비평 멸시에 대한 불신을 질타(叱咤)할 수 있었던 것이다. "비평에 있어서의 독창성을 사견이나 편향된 주관 이외의 것으로서 이해할 줄 모른다는 것은 당연한 상식일는지도 모른다. 이러한 저급한 상식 속에서 비평으로서 자기를 표현하고 자기의 세계를 건축해 나가야 한다는 것은 정말 형로(荊路)의 행진이

1) 「근사록(近思錄)－산다는 것과 문학한다는 것」, 『문학과 사상』, 세계문학사, 1949, 297쪽(≪경향신문≫, 1949. 4).

아닐 수 없다."[2]는 것이다. 해방 전 어려운 시기에 그는 '대담한 상인'이 될 수도 있었지만 비평에 모든 것을 걸었다. 원고료의 수입이 단절되는 한이 있더라도 진실로 자신을 위하여 문학 평론을 써야겠다고 결심하게 된다. 그래서 그는 비평의 집착과 창작열을 보인다. 여기에는 "기왕에 평론에 붓을 댄 이상 나의 평론은 시나 소설과 마찬가지로 창작적인 의의를 갖지 않으면 아니 된다는 것을 명심(銘心)"[3]하게 된다. 이는 모든 그의 삶의 방식에서 비평의 중심에 서고자 하는 욕망과 직결된다.

순수문학론의 주장을 담은 조연현 첫 비평서인 『문학과 사상』

그가 말하는 창조적 비평이란 무엇인가? 여기에 그의 첫 평론집 『문학과 사상』이 나타나게 된다. 그는 여기서 소설과 시, 비평에 관한 자신의 글을 정리해 놓았다. 「소설 ABC」(≪협동≫, 1949. 9)는 그의 소설관이 드러난 평문이다. 이 평문에서 그는 할머니가 손자에게 한 이야기에서 오락성과 허구성이라는 소설 원론적인 이야기를 하고 있다. 그런데 여

2) 「근사록(近思錄)－산다는 것과 문학한다는 것」, 앞의 책, 298쪽.
3) 「나의 문학적 산보」, 앞의 책, 304쪽.

기에는 시에 관한 원론은 언급이 없는데, 이는 자신의 시 창작 경험과 이론이 습득되었다고 보기 때문에 이에 대한 견해를 피력하지 않았다고 볼 수 있다. 평론집에는 시인과 소설가들을 실제 비평하고 있는데, 그의 실제 비평을 보여 준 소설론을 먼저 검토하겠다.

(1) 구경(究竟)의 문제와 김동리(金東里)

김동리의 문학관에서 '생의 구경'을 찾은 조연현은 소설에서 실제 비평으로 원용했다. 1948년도에 발표한 평문에는 근대 정신이니, 생의 구경이니, 자아 주체라는 표현은 잘 보이지 않았다. 가령 1948년도에 발

1946년 9월에는 3인 사화집(詞華集) 『青鹿集』이 출간되어 동료 문인들의 축하를 받았다. 뒷줄 왼쪽부터 이상로(李相蘆), 세기(呂世基), 조연현, 김동리(金東里), 고원(高遠), 이한직(李漢稷). 앞줄 왼쪽부터 곽종원(郭鍾元), 박목월(朴木月), 조
(趙芝薰), 박두진(朴斗鎭).

표한 최정희(「三脈의 윤리-『天脈』을 통해 본 최정희, ≪평화일보≫, 1948. 1. 2), 박두진(「星辰에의 신앙-『해』를 통해 본 박두진」, ≪해동공론≫, 1948. 3), 정비석(「倫理의 假裝-정비석의 애욕소설」, ≪백민≫, 1948. 9), 오장환(「원시적 시인-오장환의 푸로필」, ≪예술부락≫, 1946. 1) 등에서는 보이지 않는다. 이 용어를 사용한 「문학의 영역」이 1948년 5월 ≪백민≫에 발표되었다. 이 글이 발표되기 전 김동리가 1948년 3월 ≪백민≫에 「문학하는 것에 대한 사고」를 발표하게 된다. 그의 「근대조선소설사상계보론서설-소설을 통해 본 우리의 근대 정신사 개론」이 ≪신천지≫ 1949년 8월에 발표된다. 그는 또 「구경을 상징하는 사람들」(≪문예≫, 1949~1950. 3)과 「원형적인 인물들의 드라마-도스또옙스키의 작중 인물」(≪현대문학≫, 1975. 10)을 통해 생의 구경 문제를 지속적으로 표명하게 된다. 김동리가 말하는 구경의 생의 형식이란 '자아 속에서 천지의 분신을 발견한다'는 의미로 규정했지만, 문학에서 사상의 문제를 그는 「문학의 영역」에서 김동리와는 다른 견해를 제시하게 된다. 이를 다시 상론한 것이 「문학과 사상-문학에 있어서의 사상성」(≪백민≫, 1948. 5)이다.

일찍이 김윤식은 문협정통파들의 문학과 문제를 김동리의 '구경적 삶의 형식'에서 찾았다. 여기서 한 가지 주목할 것은 좌우 이데올로기 대립기에 우익의 이론적 토대를 제공했던 김동리의 순수문학론이 일본 지식인이 주도했던 '근대초극론'의 영향 관계가 있다는 점이다.[4] 그런

4) '근대초극론'의 논리를 범박하게 요약하자면, 서양의 근대 발전사관의 부정, 르네상스 휴머니즘의 부정, 기계주의의 부정과 신에의 귀의 등의 계기를 거쳐 종국에는 동양적 예지로의 복귀를 통한 새로운 문명의 창출에 도달해야 한다는 것이며, 그 작업은 가장 '동양적 정체성'을 확보하고 있는 '신국일본(神國日本)'에 의해 가능하다는 것이다. 그리고 이러한 논리 구조는 우리가 앞에서 확인했듯이 김동리 '순수문학론'의 논리 구조의 거의 대부분에 해당한다. 김동리 '순수문학론'의 '반근대'의 기획과 '근대화초극론'의 그것이 다른 '근대초극'의 기획이 '신국일본'에 의해 이루어져야 옳다고 믿었다면, 김동리는 세계대전 이후 새롭게 탄생한 '민족국가'에 의해 그것이

데 이와는 별개로 "순수문학론은 '이론'이나 '문학 이념'으로서뿐만 아니라, 실체적인 '정치적 힘'으로도 존재"[5]한다는 것이 현재에도 유효하다는 것이다. 해방 전후의 비평적 기수로서 조연현은 이러한 순수문학론의 논리를 적극 옹호하면서 자신의 이론적 토대로 활용했던 것이다.

작가론의 처음은 서정주론과 김동리론으로 시작한다. 조연현은 시인을 꿈꾸었기 때문에 김동리보다는 서정주에 대한 흥분과 감흥을 감추지 못했다. 폐가 나빠 깨를 물고 있는 김동리의 모습이 퍽 인상적이지만, 을지로 4가 국립극장 뒷골목의 어느 여관에서 만난『花蛇集』의 시인 서정주를 처음으로 만나게 된 극적인 장면을 영원히 잊지 못한다고 술회한다. 흥분과 감격을 가져다 준 희유(稀有)의 만남이었던 것이다.[6]

조연현은 소설 비평은 소설의 가치를 측량하고 구명(究明)하는 것이라고 했다. 이는 "한 편의 소설 속의 인물이나 사건이 어떠한 사건 하에 어떻게 생활되고 어떻게 처리되었느냐 하는 소설의 전체적인 결말이 그 소설이 제시하는 구경의 문제요, 그것이 곧 그대로 그 소설가의 사상의 문제요, 인생관과 세계관의 문제에 속한다."는 것이다. 구경의 문제는 소설가의 사상이요, 인생관의 문제라는 것이다. 여기서 '구경의 문제'는 「본격소설론－소설의 정도와 그 구경」(≪조선교육≫, 1949. 11)에서 다시 한번 상론(詳論)하고 있다. 그는 신문학 초창기의 시(「해에게서 소년에게」)와 소설(「귀의 성」, 「무정」)이 근대정신의 문학적 형식이라고 판단한다.

근대정신을 형식적으로 담은 것이 바로 본격소설인데, 본격소설은 ① 경향소설(傾向小說)과 사소설(私小說)과 대립되는 의미에서 사용되었다.

수행되어야 옳다고 믿은 정도의 차이밖에 없다(한수영, 「순수문학론에서의 미적 자율성과 반근대의 논리－김동리 경우」, 앞의 책, 236쪽).

5) 한수영, 「순수문학론에서의 미적 자율성과 반근대의 논리－김동리 경우」, 위의 책, 238쪽.

6) 「나의 문학적 산보」, 『문학과 사상』, 1949, 301~302쪽(≪白民≫, 1949년 4월).

② 소설의 본격에 배치(背馳)되지 않는 소설이다. ③ 소설의 본질이 어떤 것인가를 알고 그것을 통해서 자기의 인생 문제를 본격적으로 취급한 소설이다. 조연현이 본격소설에서 중요하게 생각한 것은 '자기 인생의 문제'이다. 자기 자신의 인생 문제를 본격적으로 추구하는 태도란 어떤 것인가? 모든 인생 문제가 자기 자신의 문제로 취급되어야 한다는 것이 '구경적인 문제'인 것이다. "한 개의 창작된 소설은 그것의 객관적인 의의보다도 먼저 작가 자신의 주관적인 의의가 작자에게 더욱 중요한 문제가 아닐 수 없다."는 것이다. 즉 소설이 인간의 구경적인 문제를 시험하고 해결한다는 것이다. 그래서 그는 이러한 구경적인 문제를 「무정」과 「황토기」에서 검토하게 된다. 이러한 검토는 「근대조선소설사상계보론서설－소설을 통해 본 우리의 근대 정신사 개론」(≪신천지≫, 1949. 8)이다. 그의 말대로 자신의 소설 비평에서 근대정신의 문제를 체계적으로 방대하게 정리하겠다는 의욕을 보이게 된다.[7] 물론 그가 중학 시절 많은 문학 독서를 통해 얻은 어떤 결론에 대한 표현일 것이다.[8] 이 같은 그의 비평관을 정리해 보면 문학 사상은 구경의 문제이며 본격소설이라는 등식이 성립하는 것이다.

여기서 생의 구경을 짚고 가야 할 것이다. 왜냐하면 김동리의 생의 구경을 조연현이 일정 부분 수용하다가 그 문제점을 지적함으로써 자

7) "최근 나는 「근대조선소설사상계보」라는 방대(尨大)한 착상 아래 이미 그 최초의 명구절에 붓을 진행시키고 있는 도중에 있다. 이 일문은 미구(未久)에 완성될 동 졸고의 서론의 한 형식이 될 것이다, 나는 이 곳에서 내가 착상한 내용의 그 개요를 밝혀둠으로써 동학자의 참고로 제공하는 동시에 구체적인 본론에 들어가기 전에 나의 막연한 착상을 한 개의 통일된 개념으로 정리해둠으로써 나의 최초의 의도를 완수하는데 한 편의(便宜)를 얻고저 하는 것이다."(「근대조선소설사상계보론서설－소설을 통해 본 우리의 근대 정신사 개론」, 『문학과 사상』, 1949, 52쪽, ≪신천지≫, 1949. 8).

8) 그는 외국 문학 작품에서도 근대 정신과 구경적 삶의 모습을 발견할 수 있다고 한다. 제임스 조이스, 발레리, 토스트엡스키, 톨스토이, 스탕달, 모파상 등과 같은 소설의 거장에게서 이를 발견한다고 한다.

신의 비평관을 드러냈기 때문이다. 김동리가 말하는 생의 구경은 종교와 철학의 범주였지만 조연현은 문학과 사상의 일치라고 생각함으로써 김동리의 문학관의 수정을 요구한다. 그리하여 "조연현의 이러한 비판(「문학의 영역—종교와 철학과 문학의 기초」, ≪백민≫, 1948. 5)을 김동리는 전면적으로 받아들여 그의 평론(「문학하는 것에 대한 사고」, ≪백민≫, 1948. 3)을 수정한 사실"[9]을 통해서 그의 이론적 영향에서 벗어나 독자적인 비평가의 안목을 보여 주게 된다. 이러한 비평가의 안목을 가진 조연현을 김윤식은 흥미롭게 분석하고 있다. 조연현의 태도를 비평가로서 주도권을 장악하려는 전략으로 분석하고 있는 바, 즉 김동리를 작가와 이론가(물론 1948년 전후한 우익 문단의 기수 역할)를 분리하려는 조연현의 의도로 파악한 것이다. 즉 소설가로서 그를 근대 정신의 완성자로 극찬함과 동시에 김동리의 이론적 취약성을 지적하여 비평가의 우위를 확보하려는 태도인 것이다. 김동리는 화려한 신춘문예를 통한 당대의 주목받았던 소설가임을 적극 알리는 데는 별 어려움이 없었기 때문이고, 또 자신의 창작적 실패를 비평의 문학화를 통해 자신의 위치를 확보하려는 전략이 함께 노출되는 시점인 것이다.[10] 조연현은 현실 감각과 자신의 위치를 파악하는 능력이 탁월했던 것이다. 이러한 감각은 이후에도 그의 문단적 위치를 파악하는 데에도 유감없이 발휘된다.

그러면서 그는 한국문학 가운데 근대정신의 출발점으로 「무정」, 완성은 김동리의 「황토기」라는 관점에서 탐색하였다. 「무정」은 신소설의 권선징악(勸善懲惡)의 의식에서 벗어나 근대 각성과 열정의 계몽주의(啓蒙主義) 이념을 완성시켰다고 본 최초의 작품이라는 것이다. 완성은 김동리

9) 김윤식, 「제6장 구경적 삶의 형식과 정치적 삶의 형식」, 『해방공간 문단의 내면 풍경』, 민음사, 1996, 202쪽.
10) 김윤식, 「제7장 해방공간의 세 가지 모순 개념과 그 극복 방식」, 앞의 책, 236~240쪽.

의 「황토기」를 꼽았다.

계몽주의적 근대 사상은 "「무정」이 취급하고 주장하고 설교해 온 자유주의적인 연애관, 자유주의적인 결혼관, 자연 과학에의 경이적인 신지식, 신문명에의 계몽의식을 통하여 서구적인 의미에 있어서의 근대적인 생활과 그 사상이 처음으로 이 땅에 표시"되었지만 "구체적인 작중인물들로서 성립된 것이 작품이 아니라 작품 속에 흐르는 신시대에의 정열로서 유지되어진 작품인 것이다. 그러므로 「무정」은 그 시대의 신문명에 대한 열렬한 동경과 의욕이 구체적인 인간성을 통하지 않고 추상적인 설교나 정열의 형식으로서만 제시되어 있기" 때문에 생의 구경적 형식을 담은 것이 아니라는 것이 조연현의 주장이다. 여기서 인간성 탐구보다는 설교를 통한 계몽주의는 아직 근대의식을 구현하지 못했기 때문에 그 구체적인 구현을 김동인의 자연주의,[11] 박종화의 낭만주의,[12] 이기영(李箕永, 1895~1984, 충남 아산 출생, 소설가)[13]의 유물주의(唯物

11) 자연주의 구경은 지사의 우상과 권위를 부정하고 파괴해 버린 인간의 실태는 타락(墮落)과 살인과 퇴폐와 방화와 몰락과 성욕과 시체와 광인이 횡행하는 요렇게 못나고 추하고 더럽고 비뚤어진 것이라는 것이었다(앞의 책, 57쪽).

12) 자연주의가 폭로해 놓은 혐오(嫌惡)한 현실 속에서 인간이 긍정할 수 있는 꿈과 미를 발견하려 한 그들의 노력이 낭만주의라는 근대사상의 명확한 토대를 가짐으로써 대담한 주장을 실천에 옮길 수 있었던 것이다(앞의 책, 58쪽).

13) 1924년 ≪개벽≫ 창간 4주년기념 현상작품모집에 단편소설 「오빠의 비밀편지」가 당선되었다. 1925년에 조명희(趙明熙)의 알선으로 ≪조선지광(朝鮮之光)≫에 취직하는 한편 카프(KAPF)에 가맹하였다. 1931년에는 카프에 대한 제1차 검거로 구속되었다가 이듬해 초에 집행유예로 석방되었다. 1945년 조선프롤레타리아예술연맹의 창립에 주도적 역할을 하였으며, 월북 후 본격적인 작품활동을 하였다. 월북 전의 작품활동을 보면 단편소설 90여 편, 단행본 14권, 희곡 3편, 평론 40여 편으로 매우 활발한 문필활동을 한 작가이다. 대표작으로는 1933년 5월 30일부터 7월 1일까지 ≪조선일보≫에 연재한 「서화(鼠火)」와 1933년 11월 15일부터 1934년 9월 21일까지 ≪조선일보≫에 연재한 「고향」이 있는데, 후자는 조선 농민생활에 대한 대서사적 작품으로 농민소설의 정점으로 평가되고 있다. 이기영의 작품들은 식민지하 조선의 농촌현실을 무대로 한 것으로 농촌의 현실과 그 모순의 극복을 주제로 하고 있다. 이는 작가가 농촌에서 나서 그곳에서 자라면서 모순의 본질을 이해하고 그를 해결하

主義)라는 근대 사상에서 찾았던 것이다.

한국현대소설사에서 김동인과 박종화에 대한 논의보다는 이기영에 대한 논의를 주목했다. 조연현은 맑스－이데올로기는 있어도 이를 구현한 문학 작품이 빈약한 문단에 이기영은 유물주의 문학을 완성한 작가로 평가했다. 이 또한 자신의 생의 구경적 문제를 비판하는 데 적절한 예가 되는 경우이다. 왜냐하면 그의 작품에 나타난 주인공들이 경제적 피지배자인 소작인이나 노동자, 직공 혹은 좌익의 계몽주의 운동가로 나타나면서 지주나 경영주에게 학대받는 인물로 그려지면서 인간 탐구, 인간 추구가 아니라 사관이나 인생관이 공식적이며 비판적인 입장을 취하고 있기 때문이다. 이는 그가 좌우 이데올로기 문학 논쟁에서 확실하게 우익의 입장에 서 있다는 그의 비평관이 드러난 것이다. 그러나 이들 세 작가에게서 조연현은 근대 정신을 찾았다. 그 근대 정신이란 바로 자연주의로, 낭만주의로, 유물주의와 같은 구체적인 사상의 형태로서 처음 이 땅에 형성되었다고 평가한 것이다.

조연현이 말하는 근대 소설 사상의 계보를 '출발－형성－회의－붕괴－허무'로 정리하면 다음과 같다.

근대 정신의 변화	작가 / 작품	근대 정신	관련 평문
출발(出發)	이광수 / 「무정」	계몽주의 사상	
형성(形成)	김동인	자연주의	
	박종화	낭만주의	
	이기영	유물주의	
회의(懷疑) －근대 의식의 동요와 방황	이태준 / 「까마귀」	감상	
	이효석 / 「花粉」	시적 자연에의 동경	
	안회남	신변잡기	

려는 적극적인 대응방식 창출에 노력한 결과라 할 수 있다. 1984년 8월 9일 병으로 북한에서 사망하였다. 북한에서 발표한 장편소설로는 「땅」 제1부 '개간편'(1948)과 「땅」 제2부 '수확편'(1949), 「두만강」 제1부(1954)·제2부(1957)·제3부(1961)와 「조국」(1967), 「역사의 새벽길」 상(1972) 등이 있다(『국어국문학자료사전』, 2258쪽).

회의(懷疑) - 근대 의식의 동요와 방황	유진오 / 「K강사와 김강사」, 「치정」	자기 유지, 모랄	
	김남천 / 「대하」	가계보	
	박태원 / 「천변풍경」	시정(市井)에의 탐닉	
붕괴(崩壞) - 근대 의식의 자기 분열과 자기 해체	최명익	자기 분열을 최초로 완성한 작가	「자의식의 비극-『張三李四』를 통해 본 최명익」(≪백민≫, 1949. 1) 지식인층의 생활과 사상을 그린 점이 이기영과 대립
	이상	자기 해체를 완료한 최초의 작가	「근대 정신의 해체-고 이상의 문학사적 의의」(≪문예≫, 1949. 11)
완성(完成) - 근대 의식의 허무	김동리 / 「황토기」		「허무에의 의지-『황토기』를 통해 본 김동리」(≪국제신문≫, 1949. 1. 30)

특히 김동리의 「황토기」를 근대 정신의 허무를 보여 준 최초의 획기적인 작품으로 평가하게 된다. 그래서 「황토기」를 통해서 인간의 구경적인 과제가 허무라는 것을 제시하고 있다. 김윤식은 조연현의 이 「허무에의 의지」를 '기념비적 평론'이라고 주목했다. 이러한 평가의 근저(根底)에는 「역마」에서 본 구경적 삶의 형식과 그 타개책의 「황토기」를 발견했기 때문이다.[14]

또 『문학과 사상』에서 중요한 부분인 「근대조선소설사상계보론서설」은 개략적으로 압축해 놓은 문학사라고 할 정도로 통시적으로 정리하고 있다. 이는 논증적이기보다는 그의 비평적 직관을 압축해 놓았기 때문에 위의 표에 보듯이 몇 작가에 대해서는 다시 상론(詳論)하는 평문을 쓰게 된다.

(2) 지배소(支配素) 선택과 주체의 문제

조연현이 그토록 열모(悅慕)하던 서정주, 그 시인의 시집 『화사집』과 『귀촉도』를 김동리의 구경적 삶의 문제(김동리, 「문학하는 것에 대한 사고-

14) 김윤식, 앞의 책, 194쪽.

문학의 사상적 기초를 위하야」, ≪백민≫, 1948. 3)에서 빌려 온 개념[15]을 '원죄의 형벌'(「원죄의 형벌—『화사집』과 『귀촉도』를 통해 본 서정주, ≪해동공론≫, 1948. 9)[16]로 파악했다. 가령 『화사집』은 정리할 수 없는 혼돈과 밑이 보이지 않은 심연의 세계로 인간 정신의 혼돈과 심연을 표현한 것이다라고 평가했다. 그리고 시집 『귀촉도』는 원형의 형벌(『화사집』)에서 재생을 노래했다고 한다. 서정주 시에 대한 조연현의 분석 태도는 시 구절에 대한 분석이다. 이를 필자는 '지배소 선택의 방법'이라 명명한다.[17] 즉 시에서 주요한 심상적 시어를 선택해서 시의 주제를 파악하는 방법이다.

김동리의 문학에서 구경적 생의 문제를 수용한 조연현은 김동리의 소설과 이상 소설, 그리고 서정주의 시에서 이를 검토했다. 그리고 이상 시의 대표작인 「오감도」에서 '주체의 해체'를 볼 수 있다고 한다. 이상의 '주체의 해체'란 어떤 의미인가? 앞 장의 표에서 보듯이 '근대 정신의 변화'에서 '회의' 다음에 '주체의 해체'가 일어난다.[18] 조연현의 주체 비평 의식은 「비평문학론」(≪백민≫, 1949. 1)에서 찾아 볼 수 있는데, 이를 김윤식은 "비평가의 자의식이 문제성으로 부각된 최초의 경우"[19]라고 지적했다. 그렇기 때문에 김윤식은 "그들(비평가—필자주) 누구도 조연현처럼 비평의 자의식(문학성)을 문제 삼은 바가 없었다. 비평사에서는 이 사실을 아무리 강조해도 지나치지 않다."고 했다. 이러한 비평의 자의식 문제는 일본 문학 비평가 고바야시 히데오(小林秀雄)의 영향을 받았음을 그의 죽마고우(竹馬故友)였던 유동준은 밝히고 있다.

15) 김명인, 「순수문학론의 모색기」, 앞의 책, 147쪽.
16) 서정주는 조연현의 이러한 평가를 그대로 수용하였다(「조연현 형 회갑찬 참고」).
17) 졸저, 「1. 선택—확대의 방법」, 『현대시 분석 방법론』, 역락, 2005, 55~64쪽.
18) 조연현, 「근대 정신의 해체—고 이상의 문학사적 의의」, 앞의 책, 95쪽(≪문예≫, 1949. 11).
19) 김윤식, 앞의 책, 196쪽.

그는 이상의 문학을 높이 평가하는 것을 반대하는 입장이지만 우리의 근대 정신사적인 위치(근대 정신의 해체)는 높은 평가의 대상이 된다는 것이다. 이러한 비평관은 시뿐만 아니라 소설에서도 드러난다. 「주체의 불안−『梨羅記』를 통해 본 손소희」(≪부인신보≫, 1949. 11)를 통해 일제 시대 민족과 개인의 갈등 속에서 주체를 정하지 못한 주인공을 '주체의 불안'이라고 평가한 것이다. 또한 1930년대 심리주의 소설가 최명익(催明翊, 1903~?, 평양 출생, 소설가)[20]의 소설에 나타난 지식인의 절망과 무기력을 보여 준 '자아 주체의 불안'을 지적(「자의식의 비극−『張三李四』를 통해 본 최명익」, ≪백민≫, 1949. 1)하고 있다. 이상과 손소희, 최명익에게서 시대 상황 속에 놓인 등장인물을 파악했다는 점에서 보면 그는 시대 감각을 항상 염두에 두었던 것이다. 그는 문학에서뿐만 아니라 문단 생활에서도 시대 감각에 대한 태도를 보였다.

(3) 논리와 생리의 비평

생의 구경의 문제는 김동리로부터 영향 받은 비평관이라면 생리 비

20) 호는 송방(松坊). 평양고등보통학교에서 수학하였다. 1928년 홍종인(洪鍾仁)·김재광(金在光)·한수철(韓壽哲) 등과 함께 동인지 ≪백치(白雉)≫를 발간하였으며, 1937년에는 동인지 ≪단층(斷層)≫을 유항림(兪恒林)·김이석(金利錫) 등과 함께 주관하였다. 1936년 ≪조광(朝光)≫에 단편소설 <비오는 날>을 발표하고 문단에 등장하였다. 광복 전에 중편·단편소설 10편 정도를 발표하였으며, 1947년 을유문화사에서 『장삼이사(張三李四)』라는 창작집을 발간하였다. 1945년 평양의 문예단체인 평양예술문화협회의 회장과 북조선문학예술 중앙상임위원을 역임하였으며 평양에 거주하다가 6·25를 맞았다. 1930년대 지식인 소설의 대표적인 작가로, 이상(李箱)과 견주어도 손색없는 심리소설의 지평을 연작가로 평가된다. 그의 소설에 등장하는 인물들은 무력증과 자의식의 과다에 매몰된 지식인이다. 그의 소설에는 자신의 생활을 갖지 못한 채 의지력을 상실한 지식인만이 등장하지는 않는다. 속악하다고 할 수 있는 대중적 삶을 사는 인물도 등장한다. 이는 두 유형의 인물 대비를 통하여 1930년대의 지식인의 무기력과 절망감·소외의식을 강하게 형상화하려는 의도로 볼 수 있다. 결국, '어떻게 살아야 인간은 후회없는 인생을 살 수 있을까?' 하는 과제를 추구한 소설가라 할 수 있다(『국어국문학자료사전』, 2907쪽).

평은 그의 비평의 핵심이라 할 수 있다.[21] 이러한 논의의 근거는 「3. 문학과 사상」에서 다루고 있는 「비평문학론－비평의 논리와 생리」(≪백민≫, 1949. 1)에서 찾을 수 있다. 이 글에서 비평이란 '작품에 대한 정확한 인식과 정당한 평가'를 전제로 한다는 관점이다. 그렇다면 정당한 인식과 정당한 평가란 무엇인가? 이는 비평하는 주체의 판단에 따른다는 것이다. 이를 확대하면 비평가의 생리인 것이다.

> 동일한 현실을 두고 백 명의 시인과 백 명의 소설가가 창작한 작품이 제각각 다른 것처럼 동일한 대상을 비평한 백 명의 비평문도 서로 다른 것이다. 이것은 비평하는 주체가 동일하지 않는 데서 오는 비평의 생리 현상이 아닐 수 없다. 비평하는 주체가 반드시 동일하지 않다는 명백한 사실을 인식하면서도 비평의 동일한 결론을 요구한다는 것은 인간에 대한 깊은 지식의 부족인 동시에 비평의 생리를 모르는 백치가 아닐 수 없는 것이다. 그러므로 우리가 명백히 기억해야 할 것은 비평도 시나 소설과 마찬가지로 하나의 창작이요, 작품이라는 것이다.
>
> －조연현, 「비평문학론－비평의 논리와 생리」, 앞의 책, 160쪽(≪백민≫, 1949. 1)

조연현은 주체의 비평을 비평하는 주체의 생명의 표현이라고 단언한다. 이는 비평은 대상의 가치를 평정(平定)하는 형식을 통하여 자기의 세계를 표현한다는 의미이다. 그래서 학술적인 논문이나 술어나 사전적인 용어의 나열로 작성한 글은 생명을 느껴 볼 수 없다고 한다. 비평은 논리나 지식의 개념이나 이데올로기라고 볼 수 없다는 입장이다. 이러한 관점 때문에 정명환과 '유식과 무식'의 원색적인 논쟁을 통해서 자신의 주장을 펼쳤던 것이다(「Ⅲ. 2. 지성의 논리와 유식 콤플렉스」 참고).

21) 박철희, 「논리와 생리의 시학－조연현의 비평 세계」, ≪문학사상≫, 1986. 9, 335쪽.

유명한 『문장강화』(1936)의 소설가 이태준(李泰俊, 1904~?, 강원도 철원 출생, 소설가)은 1945년 조선문학건설본부에 참가했고, 조선문학가동맹 준비위원을 지내기도 했던 월북작가이다. 그는 평론가는 개념보다는 감성을 우선시해야 한다고 했다. 감성보다는 고정된 개념만으로 정리하는 평가에 대해서 오히려 불안을 느낀다고 했다. 작품의 가능성이 무한한 감성을 담고 있기 때문에 이태준은 다음과 같은 세 가지를 갖추어야 한다고 했다. ① 창작에 다소 경험자일 것, ② 인생관에 남의 것도 존중하는 신사일 것, ③ 개념보다는 감성에 천재이기를 바라는 것이다.[22] 이태준의 논의대로라면 조연현은 인생관에 남의 것도 존중하는 신사인지는 판단할 수 없지만 창작에 다소 경험자이면서 감성의 중요성을 인식한 비평가임에는 틀림없다.

조연현은 배움에는 큰 뜻이 없었던 것이다. 그가 아버지와의 관계에서 소원한 것과 학교에 안주하지 못하는 방랑벽에서 그 원인을 찾을 수 있다. 그는 체질적으로 학문적인 태도를 갖추지 못했던 것이다. 그래서 그는 직관과 영감의 문학 감식안을 가질 수 있었던 것이다. 그가 말하는 생리란 것도 비평가 자신의 안목으로 작품을 평가하는 일이고, 그러한 평가를 통해서 비평가의 의식을 드러낸다는 것이다. 그의 생리 비평은 자란 환경과 그의 학문적인 분위기에 젖지 못한 그의 타고난 비평안이 바탕인 것이다. 곽종원(郭鐘元, 1915~?, 경북 고령 출생, 평론가)이 교수로 근무했던 1953년, 서울 수복 후에 숙명여대에서 그는 강의를 시작하면서[23] 학문적인 체계를 갖추기 시작했다고 보아야 할 것이다. 그리고 그는 1961년(당시 41살)에 동국대 전임이 된다. 또한 이 시기에 그는 국문학 관련 논문을 쓰면서 학문의 체계를 터득하게 된 것이다.

22) 이태준, 「평론가」, 『무서록』, 범우문고, 1995, 55쪽.
23) 곽종원, 「온화한 성품의 풍운아」, ≪문학사상≫, 1986. 9, 327쪽.

조연현이 말하는 논리란 무엇인가? 「논리와 생리-唯物史觀의 生理的 不適應性」(≪백민≫, 1947. 7)에서 그는 유물사관이 기초가 되는 것이 '논리'하고 규정하고 있다. "유물사관에 의하면 논리적으로 이해되지 않는 현실이란 있을 수 없으며 현실의 일체의 것은 논리적으로 파악할 수 있다."고 정리했다. 이러한 바탕은 1947년 당시의 유물사관의 풍조를 그는 근대 자본주의 질곡(桎梏)과 현대 지식인의 주체적 빈곤에 있다는 것이다. 그는 20세기의 지성인 앙드레·지드가 소련의 이념에 지지했지만 현실에 대해서 대단히 회의한 점을 인용하고 있다. 그가 주목한 것은 바로 "유물사관이 인간의 획일주의를 초래한다는 것은 유물사관 그 자체가 각종각색의 개성을 가진 인간의 생리에 부적응하다는 것을 의미"한다는 것이다. 여기서 그는 인간의 생리를 말하고 있는데, 문학비평에 있어서도 문학에 대한 비평가의 주체적인 생리에 있다는 결론을 내렸다. 그는 유물사관의 생리적인 부적응성을 강력히 비판하고 있다. 그가 말하는 논리란 유물사관의 획일성이고 생리란 개성을 가진 인간의 본성을 드러내는 것으로 구별했던 것이다. 이는 논리는 한 개의 개념이고 생리란 현실적 필연성이라는 것이다. 인간이란 한 개의 개념이나 사상에 적응되지 못하는 것은 인간의 생리 때문이다. 이 때문에 인간이 가진 생리란 개념, 사상을 거부하게 된다는 것이다. 이는 생리의 비평이 김동리의 생의 구경이라는 평문을 접하면서 변화를 가지게 된다. 결론적으로 말하면 조연현의 비평관은 생리 비평이며, 생리 비평은 주체 비평과 생의 구경의 결합이라 할 수 있는 것이다.

논리 비평과 생리 비평의 구체적인 대상은 해방 정국에서 활약한 백철과 김동석이었다. 그는 「개념과 공식-백철과 김동석」(≪평화일보≫, 1948. 2. 20)에서 개념 비평을 백철, 공식 비평을 김동석으로 파악했다. 백철은 작품론이든 작가론이든 문학론이든 자연주의, 낭만주의와 같은 개념적 용어로 비평문에 쓴다는 점이고, 김동석은 작품과 작가가 유물사관을 기준으로 작품을 평가하는 공식 비평의 방법에 문제를 제기했다.

김동석에 대한 부정적 평가는 「개념과 공식—백철과 김동석」으로 발표되었는데, 이보다 앞서 「순수의 본질—김동리의 '순수의 정체'를 박(駁)함」(≪구국≫, 1948. 1)을 통해 '김동석의 문학적 교양의 무식을 폭로' 또는 '문학 전반에 대한 근본적인 이해의 백치(白痴)'라고 하여 그의 논리의 비평을 반박함으로써 우익의 이데올로기 태도를 간접적으로 시사했던 것이다. 마찬가지로 백철에 대해서도 「개념과 공허의 그 모호성—백철 씨의 『조선신문학사조사』를 중심으로」(≪문예≫, 1949. 7)를 통해 '내용적인 개념의 공허와 모호성'이라고 지적했다. 또 그가 지적한 것은 백철의 책 가운데 상권의 경우 4/5 이상 기존 자료의 복사로 되어 있어 문학적 감식력과 문학사적 해석력의 빈곤을 지적했다. 이러한 판단의 근거는 유물사관의 임화의 『조선신문학사조사』를 그대로 답습했다는 점을 들고 있다. 심지어는 『조선신문학사조사』를 『조선신문학사조소재소개서』라고 해야 올바르다고 했다. 그렇다면 그가 생각한 문학사란 어떤 것인가? 이후 그의 역저인 『한국현대문학사』 집필 태도의 근간이 되었던 사고를 읽을 수 있다는 점에서 백철을 관심 있게 들여다보아야 할 것이다.

> 문학사라고 하면 여하한 경우를 막론하고 단순한 소재의 나열이나 재료의 복사에 그치는 것이 아니 되는 것이다. 뿐만 아니라 문학사는 어떠한 종류를 막론하고 단순히 문학을 시대적으로 구분하고 사조적으로 분류하는 데만 그치는 것이 아니라 그러한 것이 일관(一貫)한 문학관을 토대로 제시되지 않으면 아니 되는 것이다. 그것은 일관한 문학관의 토대나 기초가 없이 시대의 구분이나 사조의 분류가 불가능할 뿐만 아니라 일관한 문학관이 없이 문학이나 시대나 사조가 인식되고 파악되어 질

수 없는 것이기 때문이다.

－조연현, 「개념과 공허의 그 모호성－백철 씨의 『조선신문학사조사』를 중심으로」(≪문예≫, 1949. 7)

백철의 이러한 문학사 기술 태도는 "문학상의 소재의 자료들을 하나의 통일된 생명체로서 문학사화시키는 데 필요한 주체적인 문학관"이 빈곤한 데 기인한다는 것이다. 뿐만 아니라 그의 저서는 공허하고 모호한 개념적인 규정으로 방대한 낭비라고까지 비판한다. 같은 비평 분야에서 이같은 평가 때문에 백철과는 썩 좋은 관계는 아니었다. 그런데 조연현 사후 정릉 자택으로 문상을 갔다. 당시 백철은 눈수술 직후여서 안대를 하고 상가를 방문한 것이다. 백철은 "누구나 짐작하다시피 나는 생전에 석재와 특별히 친하게 지낸 사이는 아니었다. 그 대신 서로 문학을 하는 데 있어서 대의명분을 존중하여 서로 인정을 하고 경의를 표"[24]하였다고 한다. 뿐만 아니라 조연현을 비평의 권위를 세우는 데 관심을 기울인 주역이었다고 평가했다. 어쨌든 이러한 비판적 태도를 통해 그의 문학사적 기술 방법과 문학사적 감식력의 중요성을 읽을 수 있다. 뿐만 아니라 해방 정국에서 활약한 이들 비평가를 '상식적인 비평가'로 비판함으로써 자신의 비평 방법에 몰두하는 것으로 변화하게 된다. 이러한 지점에서 그는 주체 비평, 구경의 비평, 생리의 비평을 다루게 된다.

「문학과 사상－문학에 있어서 사상성」에서 그는 문학 사상의 중요성을 강조하고 있다. 그는 이 평문에서 문학의 기초적인 내용이 사상이라는 것을 주장하면서 그 구체적인 내용을 「사상에서의 반성－소설에 있어서의 사상의 소재」(≪태양신문≫, 1949. 11)에서 피력했다. 소설에서 사상이라는 것을 조연현은 다음과 같이 설명하였다.

24) 백철, 「질서와 대의명분을 존중하였다」, ≪문학사상≫, 1982. 1, 50쪽.

> 소설이 가진 작중 인물의 생활이나 행위나 성격이나 혹은 소설이 가진 어떤 장면이나 묘사나 사건 속에 포함되고 있다는 것이다. 다시 말하면 소설에 있어서 사상이 제기되는 형식은 그것이 외부에서 차용되어 오거나 어떤 개념이 설명의 의장을 입고 등장하는 것이 아니라 생활이나 행위나 성격이나 혹은 장면이나 묘사나 사건 속에 발효(醱酵)되어 나온다는 것이다.
>
> –조연현, 「사상에서의 반성」, 앞의 책, 173쪽(≪태양신문≫, 1949. 11)

작품 속에서 사상의 위치가 어디에 있는지를 파악하고자 했던 것이다. 인용에서 부언하자면 작품에서 사상이란 ① 작가가 작품 속에서 추구한 사상, ② 등장인물을 통해서 사상적인 용어와 술어를 대화 혹은 독백으로 표현, ③ 사건을 사상적인 측면에서 전개시키는 경우를 설정하였던 것이다.

해방 전후 시기에 정치, 사회적으로 혼란한 시점에서 사상의 문제는 중요한 이데올로기였다. 이데올로기 혼란기에 조연현은 문학에서 사상의 문제를 중요하게 짚었다는 데서 그의 평문이 가치 있는 것이다. 해방 정국의 사상의 혼란은 사상의 빈곤 혹은 사상의 난무라고 할 수 있다. 이 때문에 '주체의 안정'을 찾지 못하고 우리 작가들이 외래 사조를 자기의 사상처럼 오인하며 차용하거나 사조의 중압감에 시달리게 된 것이다. 그래서 문학 비평가로서 그는 사상의 중요성을 나름대로 찾았던 것이다.

(4) 『문학과 사상』의 가치

조연현은 '문학 의식이 가장 강렬한 문학 형식이 비평'이라는 의식을 가진 철저한 비평가이며, 시와 소설과 같은 창작의 비평을 주창한 비평 문학가이다. 그의 비평가로서 의식을 보여준 것이 『문학과 사상』이다.

이 비평서에 나타난 그의 비평 태도와 비평관은 다음과 같다.

첫째, 비평의 숙명 의식을 보여 주면서 당대 평단의 불신을 질타했다.

둘째, 징병과 징용의 일제 강점기에도 그가 비평에 매달린 것은 비평한다는 것과 산다는 것이 일치한다는 점을 실천한 것이다.

셋째, 해방 직후 최태응과 김동리, 서정주와 함께 전국문화단체총연합회와 문학가협회를 결성하여 문학의 정치 예속화를 반대하면서 문학정신을 옹호하는 비평의 입장을 취했다.

넷째, 그의 실제 분석의 단계는 ① 주목하게 된 이유, ② 작품 분석－특정한 용어를 중심으로, ③ 작가에 대한 미래의 변화를 주목하는 순이다.

다섯째, 생의 구경을 거쳐 자신의 주체적 비평관인 생리 비평을 실제로 보여준 비평서이다. 이는 비평가로서 주체적 자각을 한 시기이기도 하다.

『문학과 사상』의 비평서는 그의 비평의 토대이면서 문학사 기술의 태도를 내장하고 있다. 이 비평서는 『한국현대작가론』이나 『한국현대문학사』와 같은 그의 역저의 바탕이 된다는 점에서 또한 가치가 있는 것이다.

2. 『한국현대작가론』과 작가론의 방법

『문학과 사상』에서 그는 자신의 주체적인 비평관을 확립했다. 이 비평관이 실제 비평에 어느 정도 간격이 있는지를 검토해 볼 필요가 있다. 조연현이 다룬 작가 가운데 비교적 많은 관심을 가지고 탐색한 작가는 김동리, 서정주, 김동인, 이광수 등이다. 이는 한국현대문학사에서도 중요하게 다루는 작가들이지만 김동리, 서정주에 대한 그의 열모가 상당 부분 작용했다고 본다. 그리고 김동인의 경우는 '비평격하론'과 관련한 그의 논의는 적극적이며, 이광수에 대한 그의 태도는 문학사적 행위를 주목했다. 김동리의 경우는 「허무에의 의지—『황토기』를 통해 본 김동리」를 수정, 보완해서 재수록하였다. 서정주도 마찬가지이다. 그리고 김동인과 이광수의 경우는 『한국현대문학사』에서 주요하게 다루고 있다. 그가 『한국현대작가론』(청운출판사, 1964)에서 다루고 있는 작가들을 일별해 보면, 황순원 · 김동리 · 서정주 · 박두진 · 김현승 · 신석초 · 강신재 · 손소희 · 최정희 · 손창섭 · 박경리 · 김정한 · 이효석 · 이상 · 최재서 · 나도향 · 박종화 · 염상섭 · 김동인 · 이광수 등이다.

(1) 작가론의 방법과 박종화(朴種和)

현대 작가를 비평하면서 작가론의 관점을 보여주는 것은 김동인, 이광수를 비롯하여 이상과 나도향, 박종화 등이다. 그의 비평 관점 가운데 작가론의 관점을 주목하는 이유는 다른 평문들은 작품론의 성격이 강하기 때문이다. 작품론에 해당하는 작가들을 개략적으로 검토해 본 결과 그의 비평적 특징이 드러나지는 않는다.[25] 따라서 이효석, 이상,

25) 그가 다룬 작가에 대한 평을 정리하면 다음과 같다.
① 황순원 : 시인으로 출발하여 단편소설, 장편소설로 발전한 작가이다.
② 김현승 : 『김현승시초』는 기도하는 서정 혹은 서정적인 기도의 자세를 보여 준 시집이다.
③ 신석초 : 『바라춤』은 동양적 지혜와 정서가 한국적 율조에 의해서 무르익은 고전적인 현대시이다.
④ 강신재 : 단편집 『旅路』 가운데 「안개」, 「눈물」은 비판적 부정적 자세를, 「해방촌 가는 길」, 「절벽」 등은 동정적 긍정적 자세를 보여 준 작품이다.
⑤ 손창섭 : ≪문예≫지 추천 작가이다. 그의 작품에 등장하는 인물들은 비정상적인 치인(痴人)들이라는 데 주목했다.
⑥ 박경리 : 처녀 장편집 『漂流島』는 관념의 우세에 비하여 구성의 허약이 엿보인다고 할 수 있다.

나도향, 박종화를 대상으로 할 필요성이 있는 것이다. 이는 그의 비평 태도를 읽을 수 있다는 점 때문이다.

이효석의 경우는 ① 고향, 생몰 연대, ② 중요 작품 소개, ③ 문학적 변모(동반자적 작가-순수 자연 경향), ④ 작품 분석(「메밀꽃 필 무렵」) 등으로 작가론을 구성하고 있다. 이상의 경우는 ① 고향, 생몰 연대, ② 중요 작품 소개, ③ 작품 분석(「날개」)을 기술하고, 또 한편의 평문에서는 ④ 이상 문학의 성격 혹은 변모, ⑤ 작품 분석(「오감도」), ⑥ 문학사적 가치 등을 기술하고 있다. 그리고 나도향의 경우는 ① 고향, 생몰 연대, ② 작품 분석 등이다. 여기서 박종화와 염상섭의 경우는 앞의 세 작가와 다소 차이가 있다. 박종화의 경우는 ① 고향, 생몰 연대를 기본으로 해서 ② 작품 소개와 함께 작품 연보를 작성하였고, ③ 선구적 업적 등을 정리하고 있다. 선구적 업적은 문단적, 사회적 영향을 정리하고 있다. 그리고 염상섭의 경우는 ① 고향, 생몰 연대, ② 작가 이력, ③ 문단의 선구적 업적, ④ 작품 소개 및 연보 작성, ⑤ 문학적 특징 등으로 작가 연구의 태도를 보여 주고 있다.

이러한 작가 연구의 태도는 이후 작가론 연구의 기본적인 방향을 제시하고 있다는 점에서 중요성을 띤다.[26] 그리고 조연현이 주목한 작가는 이효석, 박종화이다. 이효석(李孝石, 1907~1942, 강원도 평창 출생, 소설가)[27]은 그의 생리 비평의 한 예를 제시할 수 있다는 점이고, 박종화는

⑦ 김성한 : 구체적 묘사력보다는 관념적 사고력이 우세한 작가이다. 이는 주지적 또는 비판적 정신의 우세(「오분간」)를 의미한다.

⑧ 이효석 : 동반자 작가(사회주의적 문학관)에서 변화한 것은 문학적 생리가 맞지 않기 때문이라는 것이다. 그것은 서정적 미학은 그의 중요한 문학적 특징(반산문 또는 시적인 문체)이다. 김동리는 이효석을 반산문의 작가라고 규정했다.

26) 필자의 『작가 연구 방법론』(역락, 2002 / 수정판 2005)을 집필할 때 미처 참고하지 못했지만 그의 작가론 연구는 연구의 방향을 가지고 있다는 점에서 주목할 수 있다.

27) 정식으로 문학활동을 시작한 것은 1928년 「도시와 유령」을 발표한 다음부터이다.

문단의 존경과 함께 개인적 친분이 작용한 것이다. 월탄은 조연현을 자식처럼 생각했으며, 조연현은 상당히 따랐다고 한다. 명절 때면 예의를 갖추고 인사를 드릴 정도로 존경을 했었다고 한다.[28] 조연현의 호가 석재인데, 이 호를 월탄 박종화가 지어준 것이다.[29] 조연현은 박종화의 작품 연보를 자세히 소개함과 동시에 한국 문단에서 사회적, 국가적인 중량을 가진 작가로 평가(「박종화」, 163~164쪽)하고 있다. 조연현의 문단 생활을 살펴보면, 박종화의 문단의 길에 비해 그의 문단의 길도 결코 뒤지지 않는다는 점을 생각해 볼 수 있다.

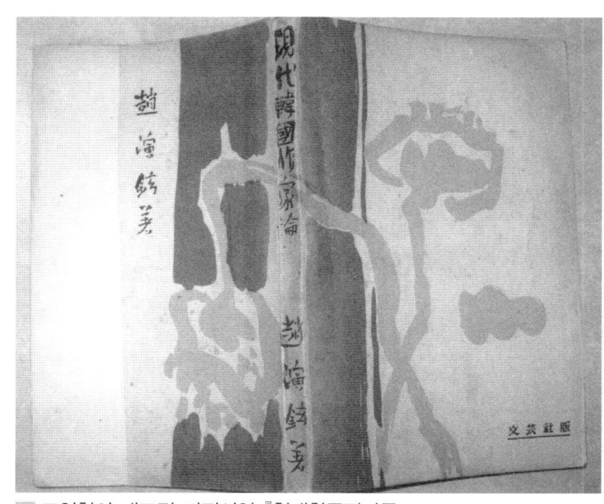

조연현의 대표적 비평서인 『현대한국작가론』

이 작품은 도시유랑민의 비참한 생활을 고발한 것으로, 그뒤 이러한 계열의 작품들로 인하여 유진오(兪鎭午)와 더불어 카프(KAPF) 진영으로부터 동반자작가(同伴者作家)라는 호칭을 듣기도 하였다. 대학을 졸업한 뒤 1931년 이경원(李敬媛)과 혼인하였으나 취직을 못하여 경제적 곤란을 당하던 중 일본인 은사의 주선으로 총독부 경무국 검열계에 취직하였으나 주위의 지탄을 받자 처가가 있는 경성(鏡城)으로 내려가 그곳 경성농업학교 영어교사로 부임하였다. 그의 초기 작품은 경향문학(傾向文學)의 성격이 짙은 「노령근해(露嶺近海)」(1930)·「상륙(上陸)」(1930)·「북국사신(北國私信)」 등으로 대표된다. 생활이 비교적 안정되기 시작한 1932년경으로부터 그의 작품세계는 초기의 경향문학적 요소를 탈피하고 그의 진면목이라고 할 수 있는 순수문학을 추구하게 된다. 그리하여 향토적·이국적·성적 모티프를 중심으로 한 특이한 작품세계를 시적 문체로 승화시킨 작품들을 잇달아 발표하기 시작하였다. 「오리온과 능금」(1932)을 기점으로 하여 「돈(豚)」(1933)·「수탉」(1933) 등은 이같은 그의 문학의 전환을 분명히 나타내주는 작품들이다(『국어국문학자료사전』, 2424쪽).

28) 부인 최상남 인터뷰(2006. 4. 13). 장남 조광권의 결혼식 주례를 섰다고 한다.

29) 유동준, 「투고 시절부터 8·15까지」, ≪현대문학≫, 1982. 1, 51쪽.

上 조연현의 명예박사학위 수여식(1979년) 때의 모습. 오른쪽부터 조연현, 서정주, ○, 박종화, ○, ○, 이원섭.
下 왼쪽에서 두 번째가 박종화. 해방 전후 순수문학의 실질적인 지도자 역할을 했고, '민족과 문학을 지킨 한국문단의 상징적인 존재(김동리)'였다.

> 8·15 광복 이후에는 그의 문단적인 지위가 크게 크로즈업되어 赤色文學運動에 대항하는 민주 진영 문학 운동의 영도자로서 등장되었다.· 전국문필가협회, 한국문학가협회, 전국문화단체 총연합회 등의 민족 진영의 문화 전선을 형성하는 데 가장 중요한 역할을 담당해 왔다. 특히 8·15 이후 그의 위치는 그는 단순한 문단적 존재에만 그친 것이 아니라 사회적 국가적인 존재로서의 커다란 重量을 가진 점이었다. 그는 문단에 있어서 항상 최고조의 직위에 있는 한편 서울대학교 대학원, 동국대학교, 성균관대학교, 연세대학교 등의 강사를 역임함으로써 학계에도 투신했는가 하면, 선전대책중앙위원회, 서울신문사장, 국회선거위원, 대통령선거중앙선거위원, 국무총리정개위원회위원 등 기타의 사회적 국가적인 공직에도 언제나 관련이 되어 왔었다.
>
> —조연현, 「박종화」, 『한국현대작가론』, 청운출판사, 1964, 163~164쪽

조연현은 문단 생활에서 영향 받은 육당, 춘원과는 달리 박종화를 '사회적 국가적인 존재로서의 커다란 중량'을 가진 인물로 평가함과 동시에 문단의 선구적 업적에 대해서도 높은 평가를 내렸다. 이는 조연현이 문단 생활에서 박종화를 문단인의 좌표로 설정한 것이라 할 수 있다. 조연현이 지내 온 문단의 경력이 박종화 못지않게 위치를 차지했기 때문이다.

(2) 『한국현대작가론』의 가치와 최재서(崔載瑞)

『한국현대작가론』은 『문학과 사상』에서 보여준 그의 비평 철학이 보다 구체화된 실제비평서이다. 『문학과 사상』에서 그는 자신의 주체적인 비평관을 확립했다. 이 비평관이 실제 비평에서 어느 정도 간격이 있는지를 보여준 비평서이다. 그리고 작가론 연구 태도의 변화를 보여 주었다.

앞에서 그가 다룬 작가 가운데 평론가는 최재서(崔載瑞, 1908~1964, 황해도 해주 출생, 문학평론가)[30]만을 다루고 있다. 그에 대한 메타 비평도 아니고 단지 그와 동국대 교수 시절에 지냈던 회고와 그의 비평서에 대해 간략히 정리했다는 점에서 보면, 책의 체재가 다소 의도한 바와 다르게 되었다는 점을 알 수 있다. 그러나 그는 1930년대 주지주의(主知主義) 문학론을 소개한 최재서의 과학적 방법론을 높이 평가했다는 점(「최재서」, 150쪽)에서 그의 생리 비평과는 다소 거리가 있음을 알 수 있다. 이는 그가 대학에 몸담으면서 가지게 된 문학 비평에 대한 지적 태도의 이해라고 할 수 있다. 그의 친일문학에 대한 논의[31]는 생략했고, 다만 스스로 반성하는 태도를 보인 최재서만을 인용하면서 그의 반성 태도를 인정했다. 최재서는 신체제, 총력 동원 운동의 이론적 구심점이 요구되는 시대에 우수한 일본어 실력과 명석한 논리로 국책문학의 이론화에 앞장섰다. 이런 공로로 '제2회 총독상'까지 수상하게 된다.[32]

30) 1931년 경성제국대학 영문과를 거쳐, 1933년 경성제국대학 대학원을 졸업하였다. 그뒤 모교 강사 및 보성전문학교(普成專門學校)·경성법학전문학교(京城法學專門學校) 교수를 거쳐 광복 후 연세대학교(1949~1960), 동국대학교 대학원장(1960~1961), 한양대학교 교수를 역임하였다. 비평가로서의 그의 문단활동은 1931년 ≪신흥(新興)≫ 5호에 브래들리(Bradley, A.C.)를 소개하는 「미숙한 문학」을 발표하면서부터 비롯되었고, ≪조선일보≫에 「구미현문단총관－영국편(歐美現文壇總觀英國篇)」(1933), 「현대주지주의 문학이론의 건설－영국평단의 주류」(1934), 「현대주지주의 문학이론」(1934) 및 「비평과 과학」(1934) 등의 글을 발표함으로써 본격화되었다. 이와 같은 일련의 논문을 통하여 흄(Hulme, T. E.)·엘리어트(Eliot, T. S.)·리드(Read, H.) ·리처드(Richards, I. A.) 등의 문학이론을 집중적으로 소개하였다. 영문학에 대한 지식을 바탕으로 한 그의 비평방법과 태도는 한국문학사에서 비평의 학문화의 모델, 또는 강단비평(講壇批評)에 관한 모델로 평가되고 있다. 한편, 김환태(金煥泰)·김문집(金文輯)·이헌구(李軒求)와 더불어 이른바 프로비평의 방법론을 극복하려 하였다. 문학을 이데올로기의 전파수단으로 보거나 또는 작가와 작품을 정론성(廷論性)의 맥락에서만 설명하려는 프로비평의 태도를 뛰어넘기 위하여 김환태와 김문집은 인상주의 비평(印象主義批評)을, 최재서는 신고전주의를 핵으로 한 주지주의 문학론을 제기하였다(『국어국문학자료사전』, 2923쪽).

31) 김용직, 「최재서」, 『한국현대시사－2』, 한국문연, 1986, 574~577쪽.

조연현은 그의 역저 『한국현대문학사』의 집필에 필요한 ≪인문평론≫을 빌리기 위해서 최재서를 만난 적이 있었다. 1940년 한국 문예지의 쌍벽을 이루는 ≪문장≫과 ≪인문평론≫은 조선 어문의 말살 정책을 쓰는 총독부에 의해 폐간(1941. 4. 자진 폐간)되는 비운을 맞는다. '조선 비평 문학의 수립을 목표'로 한 ≪인문평론≫은 1942년 1월 ≪국민문학≫으로 개편, 속간되어 해방되기 반년 전까지 친일문학의 앞잡이로 전락하였다.[33]

김윤식은 평론가 최재서를 문제 삼는 것은 1930년대 한국 근대 사상계 및 문학계에서 중요한 사건성의 하나[34]라고 했다. 단순히 친일 문제를 규정하기보다는 당시의 사회와 개인 최재서를 상보적으로 이해할 때만 '사상의 상대성'을 바로 보게 된다고 입장이다. 어쨌든 그는 일제시대 사상의 문제로 10년 동안 고독한 절필을 하게 되고, 그 고독의 무게를 뚫고 『문학원론』이 나오게 된다. "고독의 산물이었기에 그것은 단연 문학사적이자 비평사적"[35]이 아닐 수 없는 것이다.

32) 김용직, 「최재서」, 앞의 책, 576쪽.
33) 김병익, 「그늘 속에 난숙하는 현대 문학」, 『한국문단사』, 문학과지성사, 2001, 221쪽.
34) 김윤식, 「사상의 상대성과 고독」, 『일제 말기 한국 작가의 일본어 글쓰기론』, 서울대학교 출판부, 2003, 3쪽.
35) 김윤식, 「사상의 상대성과 고독」, 앞의 책, 38쪽.

VI

『한국현대문학사』의 가치와 문단의 명암

1. 문학사 기술 방법론과 평가
2. 문단의 명암과 '작고문인사신철'

1. 문학사 기술 방법론과 평가

≪현대문학≫을 통해 등단한 김윤식은 1930년대 문학 공간의 이해의 한 좌표로 백철(白鐵, 1908~1985, 평안도 의주 출생, 평론가)[1]의 『조선신문학사조사』와 조연현의 『한국현대문학사』를 꼽았다.[2] 백철은 스스로 "내가 『한국신문학사조사』, 그가 『한국현대문학사』. 이 저서는 우리 현대문학에 있어서 큰 공적을 남긴 문학사적인 업적"[3]이라고 평가했다. 그의 『한국현대문학사』는 1930년대뿐만 아니라 문학사와 관련한 방대한 자료 수집과 함께 그의 문단 생활의 중심에 서서 바라 본 시각을 보여 준다. 그가 백철의 『조선신문학사조사』를 비판하면서 제기했던 비평사적 감식과 안목이 어떻게 드러나는지를 볼 수 있다. 박철희는 "백철

1) 1930년에는 일본 나프(NAPF)의 맹원(盟員)이 되었다. 1932년 귀국한 그는 ≪개벽(開闢)≫ 편집부장으로 있으면서 카프(KAPF) 중앙위원으로 활동, 해외문학파(海外文學派)와의 논쟁에 참여하였다. 1934년 제2차카프검거사건에 연좌, 전주형무소에 수감되었는데, 이 사건은 그의 문학활동에 전향의 계기가 되었다. 1939년 ≪매일신보(每日新報)≫ 문화부장으로 취임했으며, 1942년 일제의 협조 강요를 피하며, 북지(北支 : 中國 華北地方) 특파원으로 자원하였다. 1945년 광복이 되자 서울여자사범대학 교수로 취임했으며 그뒤 교육계에 투신, 대학 강단에서 현대문학을 강의하는 한편 다시 비평활동을 시작하였다. 1948년 서울대학교, 이듬해 동국대학교 문리과대학 학장에서 취임하였다. 1957년에는 미국 예일대학과 스탠포드대학 교환교수로 다녀왔고, 1963년에는 국제펜클럽한국본부 위원장에 피임, 이후 여러 차례 재임하는 동안 수차에 걸쳐 해외작가대회에 참가하는 한편 한국작품의 해외 소개에도 이바지하였다. 1966년 예술원회원에 피임되고 1972년 중앙대학교 문리과대학 학장에 다시 취임하였고, 서울시문화상·예술원상을 수상하였다. 1972년에는 정부로부터 공로훈장 모란장을 받았다. 격동의 프로문학기를 거쳐 광복을 맞고 국제펜클럽한국본부 위원장을 맡기까지의 그의 비평적 편력은 한국적인 문학정신의 구명에 중요한 비중을 지닌 것으로 평가된다(『국어국문학자료사전』, 1236~1237쪽).
2) 김윤식, 「6. 조연현 소묘」, 앞의 책, 342쪽.
3) 백철, 「질서와 대의명분을 존중하였다」, ≪현대문학≫, 1982. 1, 50쪽.

의 『신문학사조사』에 이어 두 번째의 현대문학사인 이 책은 자료만을 나열하거나 개념적으로 서술하지 않고 철저한 분석에 의하여 논증하고 구체적으로 가치를 평가"[4]한 점을 주목했다. 해방 후 문학사의 최초의 두 업적은 후학들이 연구하는 데 길잡이 된 것만으로도 그 가치가 높은 것이다. 특히 『한국현대문학사』의 개정판에는 초판과 달리 문학사 기술 문제에 대한 그의 고민의 흔적이 뚜렷하다. 이는 문학사 기술 문제가 그에게 얼마나 중요한가를 인식하고 있었다는 의미이다. 따라서 그의 초판과 개정판에 나타난 차이를 파악할 필요가 있는 것이다.

『한국현대문학사』(제1부)의 순서에 「自序-서론 · 한국현대사의 특수성과 한국현대문학의 현실적 조건」에는 '근대(近代)'라는 개념으로부터 시작한다. 그는 『한국현대문학사』를 기술하면서 왜 근대라는 개념으로부터 시작했는가를 주목할 필요가 있다. 근대의 기준을 '봉건적인 것'과 '개명(開明)'의 뜻으로 이분하고 있다. 그렇다면 봉건적인 것은 이조(李朝) 사회 말엽으로 ① 철학적으로는 유학 사상, ② 정치 제도는 귀족 정치 체제, ③ 사회적 구성은 가족제도, ④ 경제 조직은 농산(農產) 본위이다. 이러한 봉건 사회의 특징을 타파하고자 했던 것이 갑오개혁(甲午改革)이라는 점을 조연현은 주목했다. 특히 연좌제(緣坐制)와 노비제(奴婢制) 폐지는 봉건적인 것을 부정하는 뚜렷한 개혁이라면서 부부(夫婦) 재가의 자유와 은본위의 통화제 실시는 근대적인 것의 발족(發足)이라고 파악했다. 이처럼 그는 『한국현대문학사』를 기술하면서 가장 중요하게 생각한 것이 근대라는 개념이다. 그런데 유독 이 개념에 매달리는 이유는 무엇일까?[5] 그는 문학에서 근대의 개념(근대성)이 어떻게 반영되는지

---

4) 박철희, 앞의 책, 341쪽.
5) 김윤식의 논저에서 '근대' 개념이 중요하다는 것은 조연현과의 검토에서 다루어 볼 수 있다. 물론 임화가 『신문학사』에서 갑오경장을 근대의 출발로 잡았다는 점에서도

를 검토하는 중심추의 기능으로 근대에 대해 심각하게 고민한 것이다.

문학사가들은 갑오경장을 근대 또는 근대문학의 기점으로 설정했는데, 이는 과학적 근거를 확보함으로써 제시된 것은 아니었다고 한다.[6] 소위 갑오경장설은 "안확(安廓, 1886~1946)·김태준(金台俊, 1905~1949)·임화(林和, 1908~1953)에 의해 정초된 갑오경장설은 해방 후 백철과 조연현에 의해 하나의 통설"[7]로 굳어지게 된 것이다. 이 또한 백철의 논의를 보충하면서 조연현이 갑오경장설을 확정지었다고 한다.[8]

그는 갑오개혁(甲午改革)[9]이 근대화를 가져온 것이 사실이지만 이는 외세, 특히 일본에 의한 것이라는 사실이 비극적 전제라고 생각한다. "갑오경장이 한국의 비극적 운명의 일표현(一表現)이기는 하였으나 이것이 한국의 근대화를 촉진시킨 획기적인 일역사적(一歷史的)인 방향이었던 것은 틀림없는 것"(22쪽)이라는 시각이다. 그래서 조연현은 한국의 근대화가 한국의 자각적(自覺的)이며 주체적(主體的)인 역량에 의해서 시작되고 진행된 것이기보다는 추종적(追從的)인 방법으로 진행되었기 때문에 근대화는 한국근대사에서 '무리한 부자연성(不自然性)'이 조정되었다고 진단했다.

또 여기서 14~15세기 형성된 구라파(歐羅巴)의 근대화 물결까지 가세함으로써 한국의 근대적인 과정이 기형적(畸型的)으로 형성될 수밖에 없

조연현과 비교의 관점이 제시되어야 할 것이다.

6) 최원식, 「근대문학 기점론」, ≪현대문학≫, 1997. 1, 113쪽.

7) 최원식, 앞의 책, 116쪽.

8) 최원식은 「근대문학 기점론」에서 ① 갑오경장설 : 안확·김태준·임화 → 백철·조연현, ② 18세기설 : 김일근 → 정병욱 → 김현·김윤식(18세기설은 김현이 담당) → 김용직의 반론, ③ 애국계몽기설 : 최원식(이하 내용은 ≪현대문학≫, 1997. 1, 112~123쪽).

9) 갑오경장(甲午更張) 대신에 갑오개혁(甲午改革)이라는 용어를 쓴다. 다만 본고에서는 조연현의 용어를 그대로 인용해서 쓰기로 한다. 그의 (증보 개정판) 『한국현대문학사』(성문각, 1969)에서는 갑오개혁이라고 고쳐 쓰고 있다.

다는 입장이다. 근대사의 기형성을 설명할 때 조연현은 "하나는 엄밀한 의미에서 보면 한국엔 '근대'가 없었다라는 점이며, 그 또 하나는 한국의 현대적인 과정을 분석하면 그것은 구라파(歐羅巴)의 근대적인 과정에 지나지 않는다"(24~25쪽)는 인식을 가지고 있었다. 그리고 구라파(歐羅巴)의 근대와 현대가 명료한 구별 없이 병행된 것이 한국의 근대와 현대사의 과정이라는 생각을 가지고 있었다. 그래서 후진성(後進性)과 기형성(畸型性)의 기본 요소라고 설명한다. 결론적으로 한국의 '근대'는 '부자연성, 후진성, 기형성'인 특성에다 일제의 침략적인 식민지 하에 있다는 정치적 암흑성까지 포함된 상태라는 것이다. 구라파(歐羅巴)의 근대적 출발을 십자군(十字軍) 운동 이후 모든 국가들이 독립 국가를 형성하는 것으로 출발했는데, 우리의 근대는 일본 제국주의로부터 출발했다는 점이다. 일본 제국주의의 상황은 주지하다시피 주권 강탈, 경제 착취, 언어 말살과 같은 상황이 구라파(歐羅巴)와 다르다는 점이다.

이러한 암흑의 상황에서 기독교의 유입이 한국현대사 발전에 기여했다는 중요한 기술 관점을 제시하고 있다. 기독교가 한국에 영향을 끼친 것은 고종(高宗) 21년 아펜셀러가 설립한 배재학당(培材學堂)이 설립된 시기로 본다. 다만 대원군(大院君)의 서교도 탄압으로 주춤했다가 갑오경장 때 다시 비약적으로 확대되었다고 본 것이다. 기독교의 한국 포교는 종교적 신앙뿐만 아니라 한국의 봉건성(封建性)을 밀어내고 한국의 근대적인 발전을 돕는 결과로 나타났다는 관점이다. 특히 기독교의 공적은 '국문(國文)의 장려와 서양의 직접적인 교류 운동'이라고 평가했다. 국한문 혼용의 언문일치 운동이 근대 문화 운동의 중요한 내용이고, 순국문의 사용은 소설과 번역된 성서(聖書)에서 볼 수 있다는 점을 주시했다. 또 선교사와 유학생의 교류가 한국의 현대화에 기여했다는 것이다. 이는 한국현대사의 특수성(特殊性)이라고 명명했다.

결론적으로 말하면 한국의 근대문학 및 현대문학을 정확히 이해하고 정당하게 해석하는 것은 ① 부자연성(不自然性), ② 후진성(後進性), ③ 기형성(畸型性), ④ 특수성(特殊性)이 전제되어야 한다는 입장이다.[10)]

이처럼 그의 문학사적 시각은 시대 상황과 일본 문화, 서구 기독교 영향을 결부시켜 파악하고 있다는 점이다. 이는 국내적인 요인보다는 외래적 요인이 근대화를 촉진하게 되었고, 이러한 근대화가 한국문학에 영향을 끼쳤다는 관점이다. 즉 조연현의 한국현대문학사의 기술 태도는 이러한 한국현대사의 상황이 그대로 반영된다는 관점을 볼 수 있다.[11)]

(1) 증보 개정판의 문학사 기술 방법론

『한국현대문학사』(제1부, 1957, 현대문학사)는 조연현이 집필했던 제1부에 속했던 것이고, 이후 『한국현대문학사』(1961, 성문각 / 1969, 증보개정판)를 완성하게 된 그의 역저이다. 그의 문학적 결정판인 역저의 초판과 증보 개정판(이하 증보판)의 차이점을 통해 그의 비평적 시각을 검토할 필요가 있다. 우선 눈에 들어오는 것은 두 책의 경우 목차가 달라졌다는 점이다.

10)

		근대(현대)문학의 이해		
전제	부자연성 (不自然性)	후진성 (後進性)	기형성 (畸形性)	특수성 (特殊性)

11) 가령 언어와 문자의 불일치와 문예사조의 무질서한 교체 등을 들고 있다. 이인직의 『鬼의 聲』 시대와 이광수의 『無情』 시대의 철자법의 차이는 바로 일제 강점기에 이루어진 것이다. 문학의 사상이 완전히 표현되려면 언어와 문자의 완전한 체제는 갖추어야 하는데, 이를 갖추지 못한 일제 강점기라는 시대사와 궤를 같이 한다는 관점이 조연현의 시각이다.

a. 『한국현대문학사』(제1부, 1957년 현대문학사 간)
自序..............................(三)
緖論・韓國現代史의 特殊性과 韓國現代文學 現實的 條件...........(十七)
b. 『한국현대문학사』(1961년 성문각 간)
緖論・新文學史의 方法論

이는 조연현의 비평적 시각의 변화를 읽을 수 있는 대목이다. 1957년과 1961년 사이 4년 정도의 시간적 변화와 함께 그의 문학사의 시각이 변화되었음을 의미한다. 이 시기 동안 그는 『문학과 그 주변』(인간사, 1958)・『문학적 인생론』(정음사, 1959)을 출판한다. 이는 모두 40대 이전 30대 후반에 왕성한 집필 활동의 결과물이다. 어쨌든 그의 증보판은 조연현의 비평적 시각의 변화와 함께 책의 체제의 완성을 기하고자 노력했다고 볼 수 있다.

조연현의 이러한 문학사 기술의 관점이 『한국현대문학사』에 그대로 반영되었다는 것을 본론에서 확인해 볼 수 있다. 『한국현대문학사』 제1부가 끝난 것이 아니라 스스로 완성되었다고 하는 증보판 『한국현대문학사』를 볼 필요가 있다. 왜냐하면 여기서 조연현의 문학사 기술의 관점이 분명히 드러나기 때문이다. 증보판에는 '신문학사의 방법론'이 먼저 나온다. 문학사 기술에서 '근대'라는 기점보다는 '방법론'이 우선이라는 그의 문학사 기술의 시각이 뚜렷하게 드러난 증거이다. 이는 문학사 기술에서 학문적 성향이 나타났다는 점에서 주목할 필요가 있는 것이다. 대체로 증보판은 앞선 논저에서 부족한 인식, 잘못된 자료의 수정, 새로운 내용의 증보 등이 포함된다.

우선 서론의 목차만 살펴보면 다음과 같다.

(제1부) 초판본	증보 개정판	비 고
1. 甲午更張의 近代史的 意義	1. 서언(序言)	
2. 韓國近代史의 微妙한 不自然性	2. 신문학(新文學)의 개념(槪念)	
3. 韓國近代史의 後進性과 그 畸型性	3. 범위(範圍)와 대상(對象)	
4. 近代的인 것과 現代的인 것과의 混成	4. 역사적 특성(特性)과 문학적 영향(影響)	※(제1부)초판본의 내용을 요약함.
5. 韓國現代史의 政治的 暗黑性	5. 정리(整理) 방법(方法)	
6. 韓國現代史에 끼친 基督敎의 影響	6. 연대별(年代別) 특성의 중요성(重要性)	
7. 韓國現代文學의 現實的 條件	7. 문학사가(文學史家)의 정신(精神)	

증보판은 그 나름대로 문학사 기술 방법론의 체계[12]를 세웠다는 점에서 주목을 요한다. 주지하다시피 먼저 ≪현대문학≫에 집필하고 난 뒤, 개정판(이후 개정 증보판 포함)을 내면서 방법론에 심혈을 기울였다는 점에서 귀납적 구성 방식을 취했다고 볼 수 있다. 조연현은 어떤 체계를 가지고 문학사를 기술했는지 검토해보자.

'1. 서언(序言)'에서는 지나온 반세기(半世紀)의 문학 활동이 어떤 의미를 가지느냐와 금후의 방향을 설정하는 데 중요한 도움이 된다는 전제에서 '신문학사(新文學史)에 대한 방법론(方法論)'이 문제가 된다는 인식을 가지게 되었다. 시간적으로 볼 때, 1969년 성문각 간행이고 이미 약 14년 전인 1955년부터 ≪현대문학≫에 연재했기 때문에 "『한국현대문학사』를 집필하면서 생각한, 이 문제에 대한 대체의 개요"(19쪽) 가운데 이러한 기술 방법론에 대한 내용을 생각하고 있었는지 확인할 방법은 없다. 다만 여기서 파악할 수 있는 것은 문학사 기술에서 역사적 배경이 중요하지만 기술 방법론이 또한 중요하다는 사실을 확인할 수는 있다.

12) 임성운은 문학사 기술 방법의 유형을 ① 발생사로서의 문학사 기술 방법－㉠ 실증주의적 방법 · ㉡ 정신사적 방법 · ㉢ 사회학적 방법, ② 형식사로서의 문학사 기술 방법, ③ 수용사로서의 문학사 기술 방법 등으로 나누었다(「문학사 기술 방법 연구」, 동국대학교 박사학위논문, 1991).

'2. 신문학(新文學)의 개념(槪念)'에서는 구문학(舊文學), 즉 이조 말엽까지 봉건적 문학 또는 중세적(中世紀) 문학과 대립되는 '근대적인 문학'을 구별했다. 그런데 신문학은 새로운 문학이라고 전제하면 '근대문학'에 대해 또한 '현대문학'이 새로운 문학이라고 해서 또 신문학의 개념이 혼용되기 쉽다. 그래서 조연현은 '신문학=근대문학(1920년대 이전까지)+현대문학(1930년대 이후)'으로 나누면서 그 경계에서 근대문학적인 개념과 현대문학적 개념의 중요성을 들었다.

'3. 범위(範圍)와 대상(對象)'에서는 한국문학의 개념과 근대, 현대문학의 개념 문제를 짚고 있다. 한국문학에 대한 개념적 정의를 조연현은 "한국 사람이 한국의 언어와 문자를 통하여 한국 사람의 생활과 사상"(20쪽)을 표현한 문학이라고 하였다. 여기서 조연현은 세 가지 전제적 조건을 내세운다. 첫째 주체적 조건(한국 사람), 둘째 형식적 조건(한국의 언어와 문자), 셋째 내용적 조건(한국 사람의 생활과 사상) 등이다. 이는 한국문학의 범주 설정에서 하나의 보편적 기준을 제시했다는 점에서 의미가 있다.

한국문학에 대한 개념을 설정할 때도 이와 같은 방식으로 설정했다. 즉 "한국의 현대인(이하 근대도 같은 단위로 해석함)이 현대식 표기 방식을 통하여 현대 한국인의 생활과 사상을 표현한 문학"(증보판, 21쪽)이다. 여기서 조연현은 "(신문학)의 출발을 갑오개혁 이후부터라고 策定하는 것은 두 가지 이유에서이다. 하나는 이조 오백 년의 봉건 사회가 근대적 사회로 전환된 것이 갑오개혁부터인 까닭이며, 그 또 하나는 갑오개혁 이후부터 그와 같은 문학이 사실상 등장"(증보판, 22쪽)했다는 점이다. 여기에는 한문문학을 한국문학에 포함시킨다는 결론을 내렸다. 여기서 재미있는 것은 한문문학의 한국문학의 범위를 처음으로 반대한 이광수의 견해를 비판했다.

'4. 역사적 특성(特性)과 문학적 영향(影響)'에서는 초판본(제1부)을 기술할 때 중요한 배경으로 활용했던 부분을 요약해서 정리했다. 증보판에서도 다루었다는 점에서 문학사에 대한 기술의 관점의 지속성과 함께 중요성이 변화하지 않았다는 의미이기도 하다. 용어만 압축해서 정리한 것이다. 즉 ① 시간적 후진성, ② 시대적 미숙성, ③ 근대와 현대의 혼잡성, ④ 정치적 암흑성과 국토 양단 등이다. 여기서 ④의 '국토 양단'은 추가된 용어이다. 이는 초판본의 경우 1920년대까지를 다루었는데 증보판에서는 해방 전후를 염두에 둔 것과 관련성이 있는 것이다.

'5. 정리(整理) 방법(方法)'에서는 신문학사를 정리하는 방법으로 ① 정치적, 사회적 변천 과정에 기초를 두는 방법, ② 문학 자체의 변천 과정에 기초를 두는 방법, ③ 주요 작품 및 중요 작가에 기초를 두는 방법, ④ 문예 사조에 기초를 두는 방법, ⑤ 각 분과별(시, 소설, 희곡, 평론 등)로 정리, ⑥ 종합적 방법으로 나누고 있다. 위와 같이 나눈 근거는 ①은 정치, 사회적 변화와 문학의 변화의 필연성으로, ②는 문학사 내부적 요인으로 문학 자체의 변화만을 다룬 것이다. 이 둘의 방법론이 일치한다고 본 것이 조연현이다. 표를 만들어 보면 다음과 같다.

	① 정치적, 사회적 변천 과정에 기초를 두는 방법	② 문학 자체의 변천 과정에 기초를 두는 방법
제1기	갑오개혁부터 일본 강제 통합까지	창가와 신소설 시대
제2기	일본 강제 통합부터 3·1운동까지	신체시와 초기 이광수 소설 시대
제3기	3·1 운동부터 滿, 日 사변까지	문예사조 혼류 시대(근대문학전개기)
제4기	滿, 日 사변부터 8·15까지	순수문학 주류시대(현대적 성격의 문학 대두)
제5기	8·15 이후	재출발기(현대문학 발전기)

조연현은 문학사를 정리하는 방법으로 정치·역사적 변화를 상당히 중요하게 생각하고 있음을 알 수 있다. 즉 "일정한 역사적 변화는 필연

적으로 문학적 변화를 초래한다."는 것과 "일정한 문학적 변화에서 일정한 시대적 변화를 볼 수 있다"(증보판, 26쪽)는 관점이다. 문학사의 시기 구분과 문학 창작 장르가 어느 정도 일치하느냐는 학자마다 견해가 다르지만 문학사 기술에서 위와 같은 방법을 기술했다는 점에서 그의 문학사에 대한 안목이라고 평가할 수 있다.

그리고 ③의 경우는 작품 중심의 연대적 개관과 작가 중심의 연대적 개관으로 구분해 놓고 있다. ④의 경우는 문예사조를 유파별로 개관하는 것과 종합적으로 개관하는 방법이다. 또 ⑤의 경우는 형식적 문제와 정신적 문제를 중심으로 기술하는 방법이다. ⑥은 위의 종합의 방법이다. 이러한 문학사 기술 방법론의 설정은 타당성과 함께 기술의 일장일단을 안고 있다.

'6. 연대별(年代別) 특성의 중요성(重要性)'에서는 신문학사의 시기를 10년 단위로 설정한다는 점이다. 물론 이는 10년 단위의 일본문학사의 정리 시기를 따랐다는 비판을 받기도 한다. 그러나 "우리의 신문학이 대개 10년 간격을 두고 그 문학적 성격이나 방향이 변모되어 왔다는 것은 우리의 신문학이 갖는 그 연대적 특성"이라는 그의 관점은 이후 한국문학사 기술에 상당히 중요한 참고 자료가 된다. 즉 1900년대-신문학 태동기, 1910년대-신문학 발아기, 1920년대-신문학 발전기, 1930년대-성숙기, 1940년대-재출발기로 나눌 수 있다. 여기까지 조연현의 문학사 기술 방법론에 있어 첫째, 1900년대에서 해방 이전의 구별, 둘째 10년 단위의 구별, 셋째 신문학 발전 과정, 넷째 창작 장르를 종합해서 볼 수 있다는 점에서 중요한 기준을 제시한 것이다.

그의 역저에서 '7. 문학사가(文學史家)의 정신(精神)'은 대단히 중요한 부분이다. 왜냐하면 그는 문학사의 기술 방법론을 뛰어 넘어 문학사의 사관을 가져야 한다는 점을 강조했기 때문이다. 그것은 결국 문학사가에겐 사관을 수립하는 것이며, 올바른 사관을 선택하는 것은 문학사가에겐 가장 중요한 임무이다.[13] 그래서 문학사란 "문학의 인생적 의미가 그 속에 形相되어 있지 않다면 그것은 산 문학사가 아니라 문학사의 形體일 뿐"(증보판, 29쪽)이라는 것이다. 즉 문학의 역사를 과거에 대한 설명이나 기록으로서가 아니라, 과거의 정신적(精神的) 입상(立像)으로서 만들어야 하는 것이 문학사가의 정신이라는 것이다. 이를 좀더 부연하자면 '단순한 기록이 아니라 표현'이라는 점에서 문학사가의 정신적 표현이라는 함의이다.

문학사 기술 방법과 문학사에 대한 시각을 임화와 비교의 필요성이 있다. 가령 한문문학에 대한 국문학의 배제는 이미 임화의 『신문학사』에서 언급한 내용을 다시 인용하고 있다는 점과 문학사 서술 방법에 대한 고민이 임화보다는 정교해졌다는 점을 들 수 있다. 이는 문학사 기술에 있어 임화에 대한 영향력으로 볼 수 있다. 다만 임화와는 다른 문학사 기술을 염두에 두었고, 이데올로기 차원에서 보더라도 임화를 넘어서야 한다는 강박관념의 작용으로도 볼 수 있다. 이념적 차원에서 임화에 대한 반발과 백철의 『조선신문학사조사』를 비판함으로써 자신의 문학사가의 위치를 정할 수 있는 것이다. 해방 공간과 1950년대 임화의 위치를 파악한 김윤식의 『해방 공간 문학사론』에 따르면 '8・15해방이 닥쳐왔을 때 맨 먼저 이에 대한 민감한 정치적 감각을 보인 것이 임화 중심의 조선문학건설본부'이고, 이후 그는 1953년 북에서 김남천과 함께 처형당했다.

임화가 조선 문학의 연구 과제를 언급한 글(「조선문학 연구의 일과제—신문학사의 방법론」)은 조연현의 문학사 기술 태도와 차이가 있다. 임화는

13) 정종진, 「문학사의 필요성」, 『문학사 방법론』, 청주대학교 출판부, 1989, 11쪽.

신문학 연구 방법론으로 ① 대상, ② 토대, ③ 환경, ④ 전통, ⑤ 양식, ⑥ 정신으로 제시하고 있다. 이 글은 자료에 의하면[14] 1940년 1월 13일부터 20일까지 ≪동아일보≫에 연재한 내용이다. 그러나 이 글은 "엄밀히 말해 방법론으로서의 일관된 체계, 즉 논리적 체계를 갖춘 구조로 받아들이기에는 대단히 미흡한 구조"[15]이다. 그러나 임화의 이식문학사관의 근간[16]이 되는 평문이기에 중요한 가치를 지닌다. 어쨌든 조연현의 문학사 서술 방법론에 대한 관심은 학문적 체계를 갖추어야 한다는 문학사 서술 의식을 임화에 이어 깨달았는 것이다.

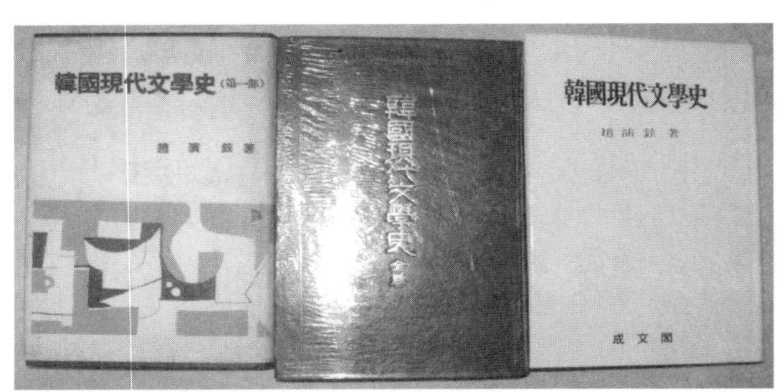

조연현의 역저인 『한국현대문학사』(제1부)와 증보판

위와 같은 방법론에서 한 가지 생각할 부분은 그의 『한국현대문학사』(제1부)가 먼저 ≪현대문학≫에서 연재하고[17] 정리해서 출판한 것이기 때

14) 임규찬 · 한진일 편, 「조선문학연구의 일 과제－신문학사의 방법론」, 『임화 신문학사』, 한길사, 1993, 373~386쪽(이 글은 1940년 학예사에서 발간된 평론집 『문학의 논리』에 재수록되면서 '신문학사의 방법'으로 게재된다).

15) 임규찬, 「임화 '신문학사'의 올바른 이해를 위하여」, 『임화 신문학사』, 한길사, 1993, 433쪽.

16) "신문학이 서구적인 문학장르(구체적으로는 자유시와 현대소설)를 채용하면서부터 형성되고 문학사의 모든 시대가 외국 문학의 자극과 영향과 모방으로 일관되었다 하여 과언이 아닐 만큼 신문학사란 이식문화의 역사다."(「3. 환경」, ≪동아일보≫, 1940. 1. 16)

문에 과연 증보판의 서론에서 언급한 내용을 구상하고 쓴 것인지를 다소 생각해 볼 여지가 있다.[18] 그렇지 않으면 먼저 집필 이후의 생각을 서론에 정리했을 수도 있는 것이다. 어쨌든 "문학사가 개인으로 보아서도 문학사 기술은 그의 능력을 발휘하는 최종의 경연장"[19]이라고 한다면 그의 『한국현대문학사』는 이러한 전제에 합당한 결과물이라고 할 수 있다.

(2) 『한국현대문학사』(제1부)와 최남선(崔南善) · 이광수(李光洙)

전술한 바와 같이 그의 『한국현대문학사』(제1부)는 한국현대사의 특수성이 그대로 문학사 반영이라고 평가했다. 목차에서 그 대강을 살펴보면 다음과 같다.

'제1장 近代文學의 胎動'의 '1. 근대문학 태동의 역사적 배경과 그 문화적 환경'에서 보듯이 근대문학의 태동을 역사와 문화의 배경을 전제로 파악하고 있다. 제1장에서는 창가(唱歌)의 봉건성(封建性)과 신소설의 봉건성(封建性)을 짚었다. 이는 곧 근대문학에서는 볼 수 없는 특성이기 때문에 근대문학의 태동이라 명명한 것이다. 이를 정리하면 다음과 같다.

17) ≪현대문학≫이 날로 그 성가가 높아지기 시작한 그해 6월호부터 나는 그 동안 구상하고 준비해 온 『한국현대문학사』를 ≪현대문학≫에 연재하기 시작했다. 연재가 시작된 지 3개월도 채 안됐는데 당시 ≪평화일보≫의 문화부장 일을 맡아보고 있었던 소설가 이붕구 씨가 그것을 ≪평화일보≫에 연재하겠다 해서 그때부터 나의 이 원고는 잡지와 신문에 동시에 발표가 돼 나갔다(「공청회 연사로 국회 연설」, 『남기고 싶은 이야기들』, 149쪽).

18) 이식문학론으로 유명한 임화는 그의 「신문학사의 방법」(『문학의 논리』, 학예사, 1940, 832쪽)과는 대조를 보인다. 당대 이 시기에 관련한 문학사 연구서들을 통해서 조연현의 문학사 시각을 비교 검토하는 것이 필요하다.
신승엽, 「이식과 창조의 변증법－임화의 '이식문학론'」(≪창작과 비평≫, 1991 가을호).
최원식, 「민족문학의 근대적 전환－근대문학 기점론을 중심으로」, 『민족문학사강좌』(하), 창비사, 1995, 33쪽.

19) 정종진, 앞의 책, 11쪽.

근대문학 장르	형성 배경과 문학사 관련성
1. 태동(胎動) – 창가(唱歌), 신소설(新小說)	역사적 배경–갑오경장 문화적 배경–국한문혼용의 언문일치
2. 탄생(誕生) – 신체시(新體詩), 근대소설 : 『無情』	사회적 배경
3. 전개(展開) – 동인지(同人誌) 속출 (후기 문예사적 혼류(混流), 신문학 운동)	정치적 배경

위의 정리에서 보듯이 장르 발생의 원인을 각각에 초점을 맞춤으로 해서 일관성이나 체계를 갖추지 못한 점이 보인다. 그의 입장에서 보면 태동은 역사·문화적 배경이 중심이고, 탄생은 사회적 배경, 전개는 정치적 배경이 작용했다는 판단은 장르 발생을 다양한 관점에서 보려는 그의 문학사관이라 할 수 있다.

비평가의 고뇌는 작품 평가에 있으며, 작품 평가는 곧 문학사 정리의 전단계이다. 조연현의 문학사에 대한 인식을 들여다 볼 수 있다는 점에서 그의 『한국현대문학사』를 검토할 필요성이 있다. 특히 "책의 서문을 통해 작가가 출판한 책에 대한 감회, 또는 출판의 필요성, 출판 동기, 그리고 책의 전체적인 구성 내용을 파악할 수 있다."[20]는 점에서 『한국현대문학사』의 자서(自序)를 읽을 필요가 있다.

① 내용 : 甲午改革 이후로부터 오늘날까지의 우리 문학의 變遷過程을 역사적으로 정리

② 집필의 어려움

㉠ 자료의 빈곤－일제시대 상황, 6·25 때 자료 소실이 원인

㉡ 괴뢰(傀儡) 집단에 사역(使役)되고 있는 문학인에 의한 부분

③ 집필 태도 : 자료가 지나간 것의 한갓 형해(形骸)에 지나지 않는 것이라면 이러한 형해(形骸)에 생명을 부여시킬 수 있는 능력은 오직 자료에 대한 애정에서만 좌우될 수 있는 것이다.

20) 졸저, 「Ⅱ. 기초 자료 조사」, 『작가연구방법론』(수정판), 역락, 2005, 46쪽.

④ 구성 체재 : 일부에 수록된 것은 1955년 6월부터 1956년 12월까지 ≪현대문학≫지에 연재했던 내용이다.

①－여기서 조연현은 현대문학사의 기점을 갑오개혁 이후로 잡고 있다. 왜냐하면 서구적인 의미에서 근대적인 과정이 우리의 역사 속에 없었고, 갑오개혁이 우리의 근대적인 최초의 출발이었던 것이 확실하기 때문이다. 문학사의 시기 구분에서 조연현이 역사적 상황을 기점으로 잡았다는 것은 역사적 흐름을 중요하게 생각하고 있다는 의미이다. 이는 해방 이후 한국사의 굴곡에서 예민하게 반응을 보인 그의 문단의 태도와 무관한 것은 아니다. 해방 전후의 이념 혼란에서 1960년대 보안법 문제, 1970년대 문단의 해체와 문협 선거의 흐름을 가장 잘 읽고 대처한 인물이다. 그리고 구시대의 문학, 즉 고전문학사와 구별을 짓는 근대문학의 기점을 갑오개혁으로 잡았다는 것에서 이후 연구자들의 동의와 비판을 받기도 했다.

②－조연현이 『한국현대문학사』를 집필하면서 자료의 빈곤을 들었는데, 이 문제는 어쩔 수 없다고 했다. 왜냐하면 역사의 격동기에 많은 것이 소실되었기 때문이다. 문학 관련 자료들을 개인이 보존하는 데는 한계가 있다. 그 이유 가운데 하나는 "6 · 25 이후 조국에 반역(反逆)한 사람들의 문학적인 행정(行程)을 아직은 완전히 취급해 볼 수 없는 우리의 현실적인 사정에 기인(起因)"한다고 했다. 그럼에도 불구하고 조연현은 조국에 반역한 사람들의 문학적인 행정은 가능한 한 사실대로 기술하되 그들의 정치적 문학적인 과오(過誤)를 지적해 둠으로써 이러한 역사적인 저술(著述)에 남겨질 수 없는 공란(空欄)을 극복하려는 입장을 취했다. 여기서 눈여겨볼 대목은 정치적 문학적 과오(過誤)를 지적한 것이다. 정치적 과오와 문학적 과오란 무엇인가? 이는 조연현이 당대 시대 상황

의 관련을 가지고 문학사를 기술하겠다는 의미이다. 여기에는 춘원과 육당을 깊이 다루되, 친일에서 자신의 반성의 태도를 보인 백철, 최재서를 다루었다. 그런데 춘원과 육당을 다룬 그의 평문에는 석재의 문학적 삶과 행적에서 상당 부분 연관성을 찾을 수 있다는 점이 특이하다. 비판과 동시에 그들의 영향을 받았다고 볼 수 있는 것이다.

③－위에서 보듯이 조연현의 문학사 기술 태도에는 단순한 형해(形骸)에 생명을 부여하는 것이다. 생명의 부여는 바로 자료에 대한 애정의 농도라는 것이다. 여기서 자료에 대한 애정은 엉뚱하게도 서구 문학에서부터 생겼다고 조연현은 고백한다. 그것은 스스로 밝혔듯이 『한국현대문학사』를 집필하면서부터이다. 이 저서를 통해서 그의 집약된 문학관을 엿볼 수 있기 때문에 유심히 읽을 가치가 있는 것이다.

문학사의 특징과 시기 구분은 문학사 정리에서 대단히 중요한 작업이다. 그는 이 두 가지를 문학사 서술의 중요한 저울로 사용하고 있다.

근대문학 태동기의 문학 장르를 창가와 신소설로 다루고 있는데, 이러한 문학 장르의 형성 배경을 역사적 배경과 문화적 배경을 바탕으로 문학사를 정리했다. 조연현은 "갑오경장은 비록 그 최초의 동기가 일본의 강압에서 유래된 것이라 해도 그것이 한국 자체의 근대적인 각성과 연결되어 있었던 것이기 때문에 이조 봉건 사회에서 근대적인 한국으로 전환하는 획기적인 분수령을 만들게 하였다."(제1부, 41쪽)는 점을 주시했다. 그래서 상당 부분 갑오경장에 대한 역사적 배경과 갑오경장의 개혁 내용들을 요약 정리했다. 그리고 문화적 배경은 국한문 혼용의 언문일치의 문장이 일대 문화적 전진이라고 평가했고, 여기에 미국 유학생인 유길준(兪吉濬, 1856~1914, 서울 출생, 조선 말 정치가)의 『西遊見聞』이 이러한 역할을 했다는 것이다. "갑오경장 이후의 이러한 역사적, 사회적 동향과 그 문화적인 환경은 필연적으로 이에 적합한 한국의 근대문학을 태동케 했으니 이를 반영해서 나타난 것이 창가와 신소설"(제1부, 47쪽)이라는 입장이다. 제1부에서 중요한 것을 역사적 혹은 문화적 배경 속에서 근대문학인 창가와 신소설이 태동했다고 보는데, 근대문학의 요소가 무엇인지를 나름대로 기준을 제시했다는 점에서 그의 문학사의 견해가 주목된다.

창가 유행 시기는 1896~1908년(약 14~15년)이며, 4.4조 가사 형식이며, 자연발생적으로 전국에 파급된 생활 양식의 하나라고 평가하면서 근대문학의 태동을 정리했다. 근대문학의 태동기에 있었던 창가의 특징과 창가의 근대문학의 요소가 무엇인지를 정리해 보면, ① 표현 형식－4.4조, 6.5조, 7.5조, 8.5조에 제한, ② 내용－충군사상(忠君思想), ③ 구전문학－원시적인 부동 문학의 성격으로 파악했다.

그가 말하는 근대문학의 성격은 ① 표현 형식의 자유성－언문일치의 문장, 4.4조, 6.5조, 7.5조, 8.5조로부터 확대, ② 내용의 사상성－신분적인 계급 의식으로부터 개방과 독립 국가의 의욕과 봉건적인 과거에 대한 비판, 선진 해외 문화에 대한 동경과 정열 등이다. 여기서 더욱 중요한 것은 "과거의 가사나 창가적인 시가(詩歌)가 가진 유폐성(遊閉性)이나 현실에의 방관적이며 소극적인 음풍농월로부터 벗어나 현실을 개조하고 혁신하려는 적극적인 행동력을 표시해 보여 주었다는 뚜렷한 증거가 아닐 수 없으며 이것이 봉건적인 것으로부터 근대적인 성격을 갖기 시작한 그 중요한 내용적인 일특질(一特質)이 아닐 수 없다."(제1부, 64쪽)는 것이다. 결론적으로 말하면 두 가지인데, 그 하나는 형식상의 자유성과 내용상의 근대 사상성이 창가의 근대문학적 요소를 형성하고 있다는 것이다.

조연현은 근대문학의 태동기에 신소설이 등장했다고 본다. 특히 ≪萬歲報≫에 발표한 이인직(李人稙, 1862~1916, 경기도 이천 출생, 신소설작가)[21]

의 「血의 淚」(1906)를 발표한 해부터 한일병합(韓日併合, 1910)까지 약 4~5년 전성시대였다. 신소설에도 국한문 혼용보다는 순국문 신소설에서 근대소설의 특징이 있다고 보고 있다. 왜냐하면 국한문 혼용은 번안소설(翻案小說)인 경우가 대부분이지만, 순국문 신소설의 경우는 창작 소설의 범주에 있기 때문에 이를 대상으로 삼아야 한다는 주장이다. 이인직, 이해조(李海朝, 1869~1927, 경기도 포천 출생, 신소설작가), 최찬식(崔讚植, 1881~1951, 경기도 광주 출생, 소설가) 등이 주도했던 신소설은 그 표현 형식에 있어 ① 언문일치와 산문성, ② 서술 양식이 묘사 형식, ③ 신소설은 진행의 전후 순서를 마음대로 기록함, ④ 현실 생활에서에서 취재 등이다. 그리고 신소설의 대체적인 주제는 ① 개화와 자주 독립, ② 선진 문물 사회와의 교류와 해외 유학, ③ 과학에 대한 경이와 그 보급, ④ 인습과 미신 타파, ⑤ 봉건적 요소의 상호 갈등 등을 다루고 있다.

여기에는 개화 생활의 합리성과 봉건적인 생활 양식의 모순과 갈등, 예를 들면 근대문학의 태동으로서 신소설을 근대문학적 요소가 무엇인지를 파악할 필요가 있다. 즉 신소설에서 봉건성과 근대문학의 성격이 어떻게 공존하는지를 파악할 필요가 있다고 본다. 그래서 그는 신소설이 '이중적인 결합 위에서 형성'(제1부, 109쪽)된 것으로 보고 있다. 그가 생각한 봉건적 요소를 구체적으로 보면, ① 표현상 봉건성－완전한 언문일치체 문장이 아니다, ② 내용상의 봉건성－권선징악(勸善懲惡), ③ 표면상의 계급 타파에도 불구하고 신분상의 계급 의식이 그대로 반영되었다는 점, ④ 성격 창조나 심리 묘사가 아니라 흥미 위주의 줄거리 구성 등이다. 그럼에도 불구하고 조연현은 신소설에서 근대문학의 요소를 찾았다. 그 내용을 인용하면 다음과 같다.

21) 전광용, 「이인직의 생애와 문학」, 『신문학과 시대의식』, 새문사, 1981, 17~28쪽.

> 그 형식상의 근대성으로서는 위에서 본 바와 같이 비록 불완전하나마 고대소설에 비해서 언문일치체와 그 산문성이 시용(試用)된 것, 그 서사 양식이 묘사 형식인 것, 사건 진행의 역행성, 취재의 현실성 등을 지적할 수 있다. 이러한 것을 고대소설의 율문체와 한문체, 설화형식, 사건 진행의 시간적인 순서 배열, 신화와 전설에서의 취재 등과 대조해 볼 때 얼마나 근대적인 세계에 접근된 것인가를 알 수 있다.
>
> —제1부, 111쪽

조연현은 근대문학의 특징을 가진 문학 장르는 창가와 신소설이고, 이 두 장르가 '이중적 요소', 즉 봉건성과 근대성을 공유하고 있다는 점을 주목하고, 그의 문학사적 가치를 찾았다.

임화는 처음으로 신소설에 관한 관심을 촉구하고, 작품을 자세히 고찰한 공적이 있으나 이식문학론(移植文學論) 관점을 견지하고 있다는 것은 알려진 사실이다.22) 임화의 관점과 달리 전대소설과의 영향과 차이(가령 「숙향전」과 「치악산」, 「유충렬전」과 「치악산」 등)에서 신소설을 검토한 조동일의 논의는 좋은 참고가 된다. 가령 조동일은 전대소설과 신소설의 경우 구성의 일치는 볼 수 있고, 전대소설은 지상계와 천상계가 있으나 신소설은 지상계만 있다는 것을 밝혔다. 신소설에 대한 접근의 시각이 조동일과 다른 점을 발견할 수 있다. 즉 조연현은 문학의 내적 구조적 특성과 사회·역사적 배경을 결부하며 분석하는 태도인데 비해 조동일은 전대문학과 신소설의 연계성(맥락)으로 특징을 밝혔다는 점이다. 이러한 신소설에 대한 시각을 통해서 조연현은 사회와 역사의 배경을 문학사 기술의 중심에 놓고 있다는 것을 다시 한번 감지할 수 있다.23) 또 그는 항상 사회와 역사의 변화에 주목하고 있다는 것이다. 그

22) 조동일, 「문제제기」, 『신소설의 문학사적 성격』, 서울대학교 출판부, 1973, 7쪽.
23) 정종진, 「한국문학사 기술 방법의 검토」, 앞의 책, 74~131쪽 참고.

의 문학 활동과 관련한 문단 생활에서 나타난 태도 가운데 현실에 밀착되어 있다는 점에서도 이를 확인할 수 있다.

앞에서 보듯이 조연현은 제1부에서 근대문학의 태동기를 거쳐 탄생기를 설정하였다. 이러한 설정 배경에는 사회적 배경을 그 중심에 놓고 문학사를 기술하고 있다. 근대문학의 태동기에는 "개화기 운동이 실제적인 정치 운동이요 문화 운동이었다면 신문학 운동은 그러한 개화기 운동의 정신을 문장이라는 방법에만 국한시킨 문자 그대로의 새로운 문학 운동이었던 것"(제1부, 123쪽)이라고 전제했다. 여기서 조연현은 근대문학 탄생의 근간을 사회적 원인에서 찾았다. "신문학 운동이 제기된 기간이 한일합병이라는 역사적인 중대한 일시기를 전후한 것임을 미루어 볼 때 개화 운동은 한일합병과 함께 그 정치적인 활동이 생명을 잃어버려가고 있었다."(124쪽)고 보았다. 한일합병이 선포된 1910년부터 1919년 3·1운동까지 약 10년 동안을 '전기 신문학 운동'이라고 명명했다. 여기서 '전기 신문학 운동'의 출발을 ≪소년≫의 창간(1908)으로부터 시작되었다는 관점을 보였다. 이러한 관점이 후일 그가 창간을 주도한 ≪문예≫와 ≪현대문학≫의 관점에 어떻게 반영되었는지를 검토해 볼 수 있다(「Ⅳ. 문예지와 문단 지형도」 참고).

조연현은 '전기 신문학 운동'이 계몽 운동이었다는 결론에 도달했다. 왜냐하면 조연현은 당대 사회적인 배경이 1910년대부터 1919년까지의 무단 통치하의 현실적인 결실이 3·1운동이었다면 '전기 신문학 운동'은 현실적인 목표가 한국의 자주독립이었으며, 그 구체적인 방법은 문학을 통한 계몽 운동이라는 것이다. 그 구체적인 도화선을 ≪소년≫과 그것을 추진시킨 ≪청춘≫과 이것을 계승 발전시킨 ≪태서문예신보≫ 등을 주목했다. 그는 "세 잡지로서 이것이 초창기의 한국문단에 끼친 영향과 공로는 실로 거대한 것"(제1부, 127~128쪽)이라고 평가했다.

그는 잡지에 대단히 열광적인 태도를 보인다. 문학 잡지를 통해서 '전기 신문학 운동'을 파악한 것은 당대 문예의 발전을 달리 설명할 방법이 없다는 점에서 본다면 타당성이 있다. 그가 잡지의 중요성을 짚었다는 점에서 이후의 문학사가들의 연구의 길잡이 역할을 했다고 볼 수 있다. 이보다 더 중요한 것은 그가 문학잡지를 통해서 현대문학사와 문단의 주도적 역할을 했다는 점이다.

또 조연현은 근대문학의 탄생을 일본과 중국과 비교했다는 점에서 비교문학의 시각을 보여주고 있다. 근대문학 태동기에 또 하나 주목할 만한 것은 한국 문단 형성의 초창기를 정리했다는 점이다. 그는 ≪소년≫, ≪청춘≫, ≪태서문예신보≫를 통하여 글을 발표했던 이들이 곧 '전기 근대문학'의 문단을 형성했다고 파악한 것이다.

❶ 선구적 천재 육당의 평가와 문제

조연현은 한국문학사를 기술하면서 초창기 문단을 소위 말해서 춘원과 육당의 '2인 문단 시대'로 규정했다. 이들 두 작가가 ≪소년≫의 글과 편집을 도맡아 했기 때문에 이들을 평가한 것이다. 이광수 스스로도 ≪소년≫ 잡지에 대한 자부심을 가지고 있었다. 그리고 이후 ≪태서문예신보≫를 통해 장두철(張斗徹), 김안서(金岸曙), 백대진(白大鎭), 이일(李一), 황석우(黃錫禹) 등 신진 시인들이 등장하면서 다변화되었다고 보았다. 어쨌든 '전기 신문학 운동'기에는 육당의 신체시와 춘원의 초기 소설 등과 같은 구체적인 작품을 꼽았다. 조연현은 최초의 신체시로 최남선의 「해에게서 소년에게」를 꼽았고, 춘원의 단편소설 「怨恨」을 꼽았다.[24] 특히 춘원의 『無情』이 한국 최초의 근대소설을 대표한다고 분석

24) 일반적으로 이광수의 「어린 벗에게」를 이광수의 처녀작으로 보는 동시에 그것을 한국 최초의 근대소설로 보고 있으나 「어린 벗에게」는 「少年의 悲哀」보다 한달 늦게

하고 있다. 이는 일반 문학사가들의 공통적인 관습이라고 평가했다. 그에 따르면 작품의 공인성(公認性), 작품 발표의 시간적 순서, 작품의 성과가 뛰어남, 당대 조류를 반영했다는 점, 다른 작품이 단편인데 비해 정열과 의욕을 다한 장편이라는 것이 그 근거이다.

이러한 평가 방법은 다소 생각해 볼 문제이다. 작품성이나 발표 시간의 문제가 대표성을 띤다는 것은 문제라고 볼 수 있다. 그리고 작품성이 뛰어나다는 점도 어떻게 설명할 수 있는지 궁금하다. 그의 논의에 따르면 근대문학의 요소가 있다고 볼 수 있는 것이다.[25] 그렇다면 이의 내용을 짚을 수 있다(「나. 『無情』의 근대문학적 요소」, 117~191쪽). 또한 당대의 조류를 가장 잘 반영했다는 점도 객관적 자료 분석이 없이 평가했다는 점이다. 그리고 정열을 바친 장편소설이기 때문에 대표한다는 것도 다소 문제가 아닐 수 없다.

조연현은 구라파(歐羅巴)의 근대문학 특징을 철학적으로는 자아(自我)의 각성(覺性), 형식적으로는 문장의 산문성(散文性)과 취재의 현실성, 방법론적으로 심리 묘사와 성격 창조라고 정리하면서 『無情』도 이에 준하여 검토하였다. 물론 작품을 인용하고 이에 인용된 지문 분석을 통해 근대문학의 특징을 짚어내는 방식으로 분석하였다. 내용상으로 볼 때 『無情』의 중심인물인 병옥이 차중에서 영채에게 들려주는 격정적인 충고는 자아 각성을 보여 준다는 점이고, 방법의 특징은 심리 추구와 성격

발표된 것이다. 전자가 발표된 것은 ≪靑春≫지의 9호이지만 후자가 발표된 것은 동지의 8호다. 그렇다면 「少年의 悲哀」가 춘원의 처녀작이라고 볼 수 있으나, 1934년에 창간된 노자영 주간의 ≪新人文學≫지 창간호에 발표된 이광수의 「나의 문단생활 30년」을 보면 「少年의 悲哀」보다 9년이나 앞선 ≪소년≫지 창간의 해인 1908년에 이미 「怨恨」이라는 작품을 발표했던 사실을 알 수 있게 한다(제1부, 170쪽).

25) 김윤식은 근대문학을 심도 있게 논의했다는 점에서 그의 저서들을 탐독해야 할 것이다. 가령 『한국문학의 근대성 비판』(문예출판사, 1992)은 참고가 된다. 김윤식 이후의 많은 학자들이 '근대(성)'에 관한 지대한 관심을 가지고 있다는 것은 두루 아는 바이다.

창조인데, 이형식・영채・선형・신우선 등의 중요 인물을 통해서 보여준다는 것이다. 가령 이형식을 성실한 인격주의자로, 신우선은 현세주의자로 성격화했다는 점을 주목한 것이다. 결국 "신소설이 가진 봉건적인 잔해를 극복 청산하고 근대 소설의 면모를 갖춘 것만은 누구나 인정하지 않을 수 없는 뚜렷한 사실이요 경이였던 것"(제1부, 191쪽)이라는 점에서 한국 근대 소설을 대표한다고 평가했다.

조연현은 제1부의 총 4장 중에서 「제3장 최남선과 이광수의 문학」은 따로 설정해 검토할 정도로 주목하여 평가했다. 그가 정리한 목차만 보아도 2인 문단 시대의 주인공을 어떻게 검토했는지 짐작할 수 있다. 그는 최남선의 선구적 업적과 문학적 공적을 정리했다. 최남선의 선구적 공적은, 그는 일본 유학에서 돌아와 춘원과 육당의 선구적 업적을 ≪신문관≫, ≪소년≫, ≪샛별≫, ≪아이들 보기≫, ≪붉은 저고리≫, ≪청춘≫의 잡지를 발행하여 한국 신문학 운동의 첨단적인 기초를 세워 놓았다고 한다. 이러한 첨단적인 의식 또한 그의 문예지 창간의 의식이 반영되었다고 할 수 있다. 그리고 문학사적 공적은 잡지를 통해서 '신문장 건립 운동－국주한종(國主漢從)의 언문일치 문장'과 한국 시가 전통의 혁명을 일으킨 '최초의 신체시인'이었다는 점과 함께 근대 문장을 개척했다는 평가를 내렸다. 근대 문장의 개척과 함께 사상적으로 조선주의(朝鮮主義)의 확립의 일환으로 시조 부흥과 근대 수필 문학의 개척을 평가했다. 육당에 대한 이러한 평가를 통해 그의 의식에 최남선에 대한 일종의 동경심이 자리했다고 볼 수 있다. 왜냐하면 그가 여러 문학 잡지를 창간하고, 수필에 많은 관심과 작품을 남겼기 때문이다.

최남선의 조선주의는 "고조선에 대한 분석과 재인식이 아니면 현존한 한국의 각종 현상에 대한 역사적 재검토"(198쪽)였다. 이러한 조선주의가 문학과 어떤 상관관계를 가지는가? 조연현은 그의 조선주의가 필연적으로는 복고주의(復古主義)의 경향이며, 이러한 경향은 역사 연구와 문학에서 시조와 수필로 나타났다는 것이 그의 관점이다. 그 예를 한국 최초의 시조전집(時調專集)인 『백팔번뇌』(1926)가 간행된 해이며, 『尋春巡禮』(1926)도 간행되었다. 이는 근본적으로는 그의 조선주의 사상과 일치한다고 본 것이다.

조연현은 육당의 문화적 · 사회적으로 선구적인 거대한 공적을 세웠다고 평가했지만 춘원의 경우는 일제 통치의 중기에 문학보다는 역사에 전임했다고 연구의 방향을 잡았다. 그래서 최남선은 사학가로서 공적도 문학적 공과에 비견된다고 하였다. 그럼에도 불구하고 최남선의 변절에 대한 문제를 지적하고 있다. 『한국현대문학사』(제1부)의 자서(自序)에는 "본저를 위하여 귀중한 증언과 재료를 제공 및 借用해 주신 최남선, 박종화, 조윤제…… 등등"에게 감사하다는 문구에서도 확인해 볼 수 있듯이 최남선에게 일정한 도움을 받았음을 염두에 둘 때, 그에 대한 부정적 평가에 대해 상당히 곤혹스러웠다는 점을 충분히 짐작할 수 있다. 그럼에도 불구하고 냉철하게 문학사적 공과와 비문학적인 과오를 지적하였던 것이다.[26] 그가 문학사를 기술하면서 그들의 정치적 · 문학적 과오를 지적한 것이다. 조선총독부의 조선역사편찬위원회의 일원이 됨으로써 최남선은 오래 견지해 온 그의 민족적인 절개(節介)와 함께 그

26) 이광수의 시 「展望」, 「조선의 학도여」, 「새해」, 「모든 것을 바치리」, 「宣傳大詔」 등이고, 소설은 「그들의 사랑」이고, 평론은 「반도민중의 애국 운동」, 「신적 신체제와 조선 문화의 진로」 등이고, 수필에는 「전시 3주년」, 「母. 妹, 妻에게」 등이고 기타 「지원병 훈련기」 등이 있다(김병걸 · 김규동 편, 『친일문학작품선집(1, 2)』, 실천문학사, 1986). 이외에도 최남선, 김안서, 김동인, 주요한, 박종화, 박영희, 김팔봉, 김동환, 김소운, 이무영, 이효석, 백철, 유치진, 이석훈, 최재서, 김해강, 정비석, 유진오, 조용만, 모윤숙, 김용제, 최정희, 장덕조, 장혁주, 김상용, 노천명, 함대훈, 김문집, 서정주 등이다. 노천명과의 불화 사건 때문에 조연현은 곤혹을 치르게 된다. 노천명의 「싱가폴 陷落」, 「부인근로대」, 「님의 부르심을 받들고서」, 「여인 鍊成」 등이 친일 작품으로 분류된다.

의 사학자로서의 양심을 또한 포기했다고 적었다. 여기서 최남선의 평가를 통해 조연현의 의식을 충분히 읽어낼 수 있다는 점에서 중요하다. 그는 "3・1 운동에 선포된 독립 선언의 기초자였던 그의 민족적인 변절은 그것이 어떠한 객관적인 환경의 소이이든 그것이 어떠한 선의의 주관적인 동기에서 행해진 것이든 일반 민중의 격분과 반목을 사게 된 중대한 과오"(214쪽)라는 점을 부각시켰다.

문학과 시대 상황에 놓인 작가의 고민을 그는 냉혹하게 바라보려고 했다. 하지만 조연현은 시대 상황에 놓인 육당과 춘원을 이해하려는 듯한 태도를 취한다.

> 최남선과 마찬가지로 중대한 민족적 과오를 범했던 이광수가 최남선과 같은 처지에 놓였을 무렵 일종의 자기 변명이요 참회록일 수도 있는「나의 고백」속에서 최남선을 민족의 희생자라고 한 것은 그들 자신의 자기 변명적인 요소를 제외한다면 그것도 역사적인 일판단일 수도 있는 문제였다. 그만치 일제의 한국 지도층에 대한 탄압과 유혹은 가혹한 것이었기 때문이다. 누구나 자진해서 혹은 유쾌한 마음으로 일제에 협력했던 사람은 없었을 것이지만 그러면서도 일제에 협력하는 형식을 취하지 않을 수 없었던 것이 또한 객관적인 우리의 환경이었기도 했다. 거대한 격류(激流)처럼 흘러가는 시대의 조류 속에서 자기의 양심과 절개를 견지한다는 것은 무력한 개인으로서는 가장 어려운 일이었을런지도 모른다. 그러나 이광수의 그러한 자기 변명에서 출발된 최남선에 대한 변호는 그 자신에 대해서와 마찬가지로 불쾌한 반반 이외의 어떠한 힘도 효과도 가질 수는 없는 것이었다. 그러나 한국의 민중들은 우리 근대문화사상에 남긴 그의 공적을 잊어버리지 않았다. 그가 자기의 과오를 솔직히 인정하는 태도를 보였을 때 민중들은 그의 과오를 잊어버리기로 한 것이 되었다. 그는 다시 역사에 대한 연구와 저술에 여생을 보내게 되었다.
>
> —제1부, 215~216쪽

위와 같은 동정의 의미에도 불구하고 학술원과 예술원에서 그의 문학사적 공과를 인정받지 못했다고 지적한다. 그 이유는 일제에 대한 그의 협력[27]이 방해가 되었고, 또 학자군에서도 작가군에서도 인정하지 못하는 상황에 놓였다고 평가했다. 조연현은 육당이 일제의 협력보다는 학자들에게는 작가로, 작가들에게는 학자로 인정되는 이유를 객관적 이유로 들었다. 그래서 조연현은 "예술적인 기질과 학문적인 기질을 혼합해서 가졌던 이 선구적인 天才兒"(제1부, 217쪽)에 머물렀다고 평가했다. 그러나 육당은 초창기의 선구적인 업적이 일제의 협력으로 말년의 고독과 허무의 결과를 맞이했다고 했다. 이것은 최남선과 같은 선구자들의 운명의 공통성이라는 것이다. 조연현이 한국문학사에서 역사적・사회적 배경을 바탕으로 기술한다는 점은 누누이 지적되어 온 바이다. 이러한 예는 시대 상황 속에서 육당이 행했던 친일적 행위에 대한 문학사적 평가를 기술했다는 점에서 주목해 볼 수 있다.

여기서 이들이 잡지를 주도하면서 한국 근대문학을 탄생시켰다는 점을 주목해 보면, 조연현의 의식을 읽을 수 있다. 즉 자신이 잡지를 주도하면서 한국 문단에서 어떤 역할을 했다는 자부심을 읽을 수 있는 것이다. 물론 춘원과 육당의 문학적 평가는 방법과 가치 부여의 관점에서 보면 사뭇 달라질 수밖에 없지만 그의 의식이 자부심에 찬 것만은 분명한 것이다.

어쨌든 그가 춘원과 육당에 대해 심도 있게 논의함으로써 2인 문단시대의 작가에 대한 애정과 문학사의 흐름을 잡았다는 점은 중요한 대목이다. 그는 왜 유독 춘원과 육당에 몰두한 것인가? 어쩌면 그의 문학의 화두가 이 두 사람으로부터 시작되었다고 볼 수 있지 않는가. 또 문

27) 이경훈, 『이광수의 친일 문학론 연구』, 태학사, 1998.

학적 영향 관계에만 머문 것이 아니라 1940년대 자신의 창씨개명과 동시에 친일 관련 평문에 대한 강한 부정 의식이 작용했다고 볼 수 있다. 즉 2인 문단 시대의 작가들이 남긴 정치적·시대적 과오를 부각시킴으로써 자신의 일제시대의 활동을 차별화시켜 볼 수 있다는 생각, 혹은 이들과 상대적인 위치에서 자신의 활동을 미미한 행위로 희석시키려는 의도가 깔렸다고 볼 수도 있을 것이다. 육당에 대한 그의 평가는 석재의 문학과 삶에 어떤 영향 관계를 발견할 수 있다. 이를 정리하면 다음과 같다.

〈육당의 석재에 대한 영향 관계〉

육당	석재
근대문장의 확립 ······················	수필 이론과 수필 창작의 문장
신문학 운동의 기초 ·················	잡지 창간, 주간 등
(잡지 창간/'첨단적인 인식' 이라고 평가)	(≪문예≫, ≪현대문학≫도 일종의 '첨단적인 인식')
조선주의 ·································	국가 이념에 투철한 행동
(시조 부흥, 창작)	(순수문학을 통한 우익 활동)
친일적 행위 ····························	?
	(상당히 비판적인 태도)

❷ 근대문학의 혁명아 춘원의 평가와 영향

이광수는 육당과 함께 잡지 편집과 언문일치 운동 및 신문학 운동의 핵심적인 인물이며, 최초의 신체시인(新體詩人)이며, 근대 소설의 기반을 닦았다는 평가를 했다. 다만 육당과 달리 춘원의 사상적인 혁명성을 중시했다. 그것은 「情育論」(1908)을 통한 도덕 중심의 봉건 교육 방법에 대한 획기적인 정서 교육을 주창했다는 점에서, 더욱이 16세 춘원의 조숙성을 조연현은 높이 평가했다. 조연현이 10대였던 중학 시절에 동인지 활동을 스스로 높이 평가했던 점과 비교해 보면, 문학적 조숙성을 보인 춘원과의 비교를 통한 그의 선구적 의식을 볼 수 있다.

『무정』과 「자녀중심론」을 통해서 그의 혁명적인 풍모를 드러냈다고 하였다. 몇 천 년 한국의 전통적인 가족제도나 사회 윤리에 대한 공공연한 최초의 반역적인 선언이라는 것이다. 특히 그의 『무정』에 나타난 애정의 자율성과 근대적인 자아의 각성이 그 절정에 달한다고 평가한 것이다. 조연현은 육당을 형식상 선구자—근대적인 문장 형식의 언문일치, 춘원을 실제상의 혁명아(革命兒)로 평가하였다. 이처럼 조연현은 혁명적인 선구자를 높이 평가했다. 그래서 그 자신이 혁명적 선구자의 삶을 살려는 의식에 사로 잡혀 있었던 것이다.[28] 혁명적 선구자는 항상 과단성 있고, 앞장서는 행동을 보여주어야 한다. 그가 문단 생활에서 여러 단체의 장(長)을 도맡고, 여러 문예 잡지를 창간하여 주도한 것도 결코 이러한 그의 의식과 무관한 것은 아닐 것이다.

조연현은 육당과 달리 최초의 근대 문인인 춘원의 작품성에 대해서는 부정적이었다.

> 그의 수필은 수필이라기보다는 하나의 설교거나 수양 교서에 가까운 것이며, 그의 평론은 객관적인 분석이나 가치 판단의 기초 위에서 이루어지고 있는 것이 아니라 자기의 주장이나 이상을 표백하는 주관적인 신념이나 포부에 입각한 것이며, 그의 시는 시가 가져야 할 언어에 대한 민감성이나 정서 구성의 치밀한 수사적인 연금(鍊金)이 묵살 혹은 결핍된 하나의 신앙적인 염원일 뿐이다. 그가 비교적 사신의 문학을 대성시켰다고 보아지는 것은 소설에 있지만 그의 소설 역시 소설로서의 골격

28) 부인 최상남 여사는 조연현이 나폴레옹의 카리스마 기질을 좋아했다고 한다.

을 갖춘 것이라고 보기에는 너무나 설교적인 자아도취의 이상적인 관념의 표백에만 머물고 있다. 주체의 상식성과 통속성 심리 추구나 성격 창조의 추상성 묘사의 비구상성 등과 같은 것은 그의 소설이 지니고 있는 치명적인 결함이다.

－제1부, 228~229쪽

위와 같이 춘원의 문학성에 대한 가치 평가보다는 "이상주의적인 계몽문학"의 특징을 가진 작가라고 단언한다. 그렇다면 이상주의적인 계몽문학에 담긴 구체적인 내용이 무엇인가? 그의 문학 속에 담긴 것은 민족주의적인 이념, 종교적인 이념, 초이성적인 애정관 등이다. 그 구체적인 것을 주제 측면에서 다루고 있다는 것이다. 춘원 문학(주로 소설)의 특징은 주제의 비독창적인 상식성, 구성의 공식적 유사성, 표현의 추상성과 개념성, 설교의 과잉과 이상의 비현실성으로 요약했다. 이러한 춘원 문학의 특징이 문학의 무력을 증명해 주는 중요한 요소들이라는 것이다.29)

육당과 마찬가지로 춘원 역시 그의 일제 강점기의 친일 관계 논란에서 자유로울 수 없다. 그래서 이 문제를 짚고 가면서도 그의 문학사적 위치를 평가했다. 일제 말기에 조국과 민족을 반역한 일제 치욕의 기록을 남겼더라도 근대문학의 혁명아라는 명성만은 남겨두어야 한다는 것이 조연현의 주장이다. 그리고 그가 근대문학에서 남긴 휴머니즘의 사상을 들고 있다. 그의 작품 「어린 벗에게」에서 보여 준 애정의 자각과 자율성을 호소한 것이 바로 휴머니즘의 출발이라고 본 조연현은 춘원

29) 송욱은 춘원을 통속성의 대표적 작가로 평가했다. "『문학 평전』에 실린 춘원 문학에 대한 비판을 ≪동아일보≫에 싣고자 했으나, 춘원이 ≪동아일보≫와 관련이 있기에 실리지 못하고 말았다고 한다. 그래서 원고를 수정 보완하여 「Ⅳ-Ⅰ, 한국 지식인과 역사적 현실」－이광수의 『민족개조론』(1969, 302～333쪽)이라는 평문을 완성하였다고 한다(졸저, 「Ⅲ. 문학 창작과 비평의 지평」, 『송욱평전』, 좋은날, 2000, 138쪽).

의 이 점을 높이 평가한 것이다. 춘원에 대한 그의 평가는 석재의 문학과 삶에 어떤 영향 관계를 발견할 수 있다. 이를 정리하면 다음과 같다.

〈춘원의 석재에 대한 영향 관계〉

춘원	석재
혁명적 풍모(『무정』, 「자녀중심론」) ····	나폴레옹 같은 영웅을 존경함
신문학 운동의 기초 ························	잡지 창간을 주도하여 현대문학의 틀을 잡음
문학의 계몽성 ································	?
친일 행위 ······································	상당히 비판적 태도

③ 근대문학의 전개―동인지와 문예사조의 혼류(混流)

1919년 3월 1일에서 만주사변을 전후한 시기로 '후기 신문학운동기'로 동인지들이 쏟아졌고, 문예사조가 뒤섞여 유행한 시기였다. 이 시기에는 ≪창조≫, ≪폐허≫, ≪백조≫ 등과 함께 낭만주의, 사실주의, 자연주의, 프로문학 등과 같은 문예사조의 흐름이 나타난 시기였다. 주지하다시피 ≪창조≫는 김동인, 주요한, 전영택을 중심으로 2호까지 동경, 9호까지는 서울에서 출판한 우리나라 최초의 순문예지이다.

조연현은 김동인(金東仁, 1900~1951, 평양 출생, 소설가)이 『춘원연구』[30]에서 스스로 평가한 ≪창조≫의 공적은 완전한 국어체 문장 확립, 계몽문학을 거부한 사실문학(寫實文學)의 건설 등으로 정리했다. ≪창조≫

30) ≪삼천리(三千里)≫에 1934년 12월에서 1935년 10월까지, 1938년 1월부터 4월까지 ≪삼천리문학(三千里文學)≫에 1938년 1월부터 4월까지, 그리고 1938년 10월부터 1939년 6월까지 다시 ≪삼천리≫에 발표되었다. 그뒤 전영택(田榮澤)과 백철(白鐵)의 서(序)와 정비석(鄭飛石)의 발문을 붙이고, 비평문 「조선근대소설고(朝鮮近代小說考)」 등을 합하여 1956년에 신구문화사(新丘文化社)에서 『춘원연구』라는 단행본으로 간행되었다. 또한, 1976년 삼중당(三中堂)에서 펴낸 『김동인전집』 7권 중 제6권에 재수록되었다. 이광수(李光洙)의 소설을 생애와 더불어 평설(評說)한 인상비평적인 비평문이다(『국어국문학자료사전』, 2950쪽).

9월호에는 한국 최초의 논전(論戰)을 유발한 김유방(金惟邦)의 「작품에 대한 평자적 가치」라는 논문을 소개하면서 김동인과 염상섭의 논쟁[31]을 주목했다. ≪폐허≫에 대해서 백철은 퇴폐적이라 평가했지만 조연현은 오히려 낭만적이라고 평가했다. 이러한 평가에 대해서 김동인의 논의를 끌여들이고 있다.

이들 동인 가운데 황석우(黃錫禹, 1895～1960, 서울 출생, 시인)의 퇴폐적 낭만적 경향, 김억(金億, 1896～?, 평북 전주 출생, 시인)의 서구 상징주의, 오상순(吳相淳, 1894～1963, 서울 출생, 시인)의 허무적 이상주의와 같은 다양한 성격을 가지고 있다고 평가했다. 이외에 당시 발간했던 잡지들에 대한 문학사적 가치를 평가했다. 이들 문예지들이 가진 공통점은 우선 계몽주의에 대한 거부, 구어체 문장의 확립, 특히 ≪창조≫의 공적－춘원까지 사용한 '－이러라', '－이더라'를 '이다', '이었다', 'he', 'she'를 '그', 구체적인 문예 운동의 전개, 형식 치중의 경향 등으로 정리했다. 이처럼 그는 문학사를 정리하면서 특정 작가와 문학 잡지를 중심으로 기술하고 있다. 물론 문학사의 변화를 역사적·사회적 배경을 바탕으로 하여 이러한 변화를 정리한 것이다. 그는 이 부분의 문학사를 서술하면서 항상 번호를 매겨 정리하는 방식을 취하고 있는데, 이는 논증적이지 못하다는 약점이 있다. 왜냐하면 결론 중심의 요약 정리의 서술 방식이기 때문이다.

그리고 프로 문학과 대립한 기성 문단이 결집하여 만든 '국민문학파'에 대한 언급을 다루고 있다. 여기에는 프로 문학의 선봉이었던 김기진

31) 김영민, 「제1장 비평의 공정성과 범주·역할 논쟁」, 『한국문학비평논쟁사』, 한길사, 1992, 13～38쪽.
임규찬, 「20년대 초 김동인－염상섭 논쟁」(관련 논의는 133쪽의 각주 ① 참고), 『문학사와 비평의 쟁점』, 태학사, 2003, 133～148쪽.

과 박영희, 그 중간의 절충주의(折衷主義)를 간략히 언급하고 있다. 절충주의는 엄밀한 의미에서 보면 반(反)프로문학의 경향이라 볼 수 있다. "민족을 떠난 계급이 없고, 계급을 떠난 민족이 있을 수 없다."는 계급 제일주의의 프로 문학의 논조를 비판하고, 민족 제일주의를 다같이 극단적이라는 데 문제를 제기한 절충주의를 정리했다. 이처럼 조연현이 문단의 논쟁점에도 관심을 기울였다고 볼 수 있다.

『한국현대문학사』(제1부)의 태동기의 문학사 기술 방법은 시대적 배경과 문학사의 선구적 업적과 작가 중심, 탄생기는 2인 문단 시대의 작가 중심, 전개기에는 순문예지(동인지 중심)와 문예사조 중심으로 정리하였다. 이렇게 함으로써 조연현은 방대한 한국문학사를 체계적으로 정리했다.[32] 제1부를 쓸 1950년대 문학사의 흐름에서 볼 때, 깊이 있는 분석은 아니더라도 그의 열정과 노력이 분명하게 보이는 저술임이 틀림없다. 따라서 그의 『한국현대문학사』(제1부)는 1950년대 중반, 문학사의 중심축에 놓아도 손색이 없는 역저이다. 또한 그의 『한국현대문학사』(제1부)와 『문학과 사상』은 그의 문학 비평의 열정을 확인할 수 있는 역저들이다.

(3) 『한국현대문학사』(제2부)와 작가론의 문제점

제2부는 일종의 작가론이다. 증보 개정판(성문각, 1969, 이하 증보판)의 「제5장 1920년대의 중요 작가들」에서 김동인으로부터 염상섭·박종

32) 논자에 따라서는 문학사의 영역을 ① 막대한 문학집적물을 여과시키는 작업, ② 여과 선택된 작품에 대한 길잡이, ③ 선택된 작품에 대한 감동의 원인 제시, ④ 문학사는 과거의 기술이지만 동시에 미래의 문학사 방향을 제시 등으로 접근하기도 한다(정종진, 『문학사 방법론』, 청주대학교 출판부, 1989).

화・현진건・이기영・전영택・나도향・최학송・이익상・조포석・주요섭 등 11명과 주요한으로부터 김안서・한용운・오상순・김소월・변영로・이상화・김동환・김동명 등 기타 시인들을 분석했고, 박영희・김기진・양주동 등 기타 문인들을 다루고 있다. 이들을 다루되 한결같이 작가 전기를 대략, 즉 약전(略傳)을 다루고 있다는 점에서 작가론의 성격을 띤다.

그러나 그의 문학사 기술 방법론이 일관성을 유지하지 못한 부분이 있다. 가령 그의 『한국현대작가론』(청운출판사, 1964)의 김동인에 대한 논의를 그대로 수록했다는 사실이다. 이는 한국문학사가 특정 부분에 와서는 작가론의 중심이 됨으로써 문학사 기술 방법론의 경계가 작가론의 연장이라는 애매한 태도를 보인다는 점이다. 이는 『한국현대문학사』(제2부)가 문학사가(文學史家)의 정신을 치열하게 보여주지 못했다는 한계로 지적될 수 있는 것이다. 즉 문학사의 기술 태도와 작가론의 연구 태도의 경계를 설정하지 못했다고 평가를 받는 것이다. 그래서 그가 다룬 작가론 형태의 문학사를 검토해 볼 필요성이 있다.

❶ 소설가의 평가와 문학사의 태도

『한국현대문학사』는 「제5장 1920년대의 중요 작가들－1. 김동인」을 처음 서술하고 있다. 그 서술의 목차를 보면 다음과 같다.

가. 약전(略傳)
나. 그의 선구적 공적
다. 문학적 특성
① 표현상의 특징
② 창작 영역의 다양성
③ 경향상의 다양성

라. 그의 문학적 전개

① 중요 작품의 계보를 통해 본 그의 문학적 과정

② 탐미주의적 경향

③ 자연주의적 경향

④ 인도주의적 경향

⑤ 민족주의적 경향

⑥ 평론가로서의 김동인

⑦ 역사 소설 및 야담 작가로서의 김동인

마. 그의 문학사적 위치

위와 같은 방법론으로 한국현대문학사를 다룬다는 점이 특징이라고 할 수 있으나, 과연 작가론이 『한국현대문학사』의 한 방법론이 되느냐는 것은 고려해 볼 문제이다. 또한 한국현대문학사를 서술하면서 조연현의 서술 방식이 일관된 방법론은 분명 아니라는 점이다. 일본에서 주로 쓰였던 10년 단위로 문학사를 서술한 점과 사조사를 중심으로 작가를 연구한 점도 비주체적[33]이라는 비판을 받을 수 있다. 그래서 그는 문학사 서술 후에 증보판에서 스스로의 모순을 어떤 형태로든 극복해야 하기 때문에 '문학사 기술 방법론'을 나름대로 체계화하려고 노력했던 것이다. 그러나 그는 백철의 문학비평의 태도가 사조 중심이었음을 신랄하게 비판한 것이다. 그럼에도 불구하고 그는 김동인의 '문학적 전개'에서 백철의 평가 태도를 그대로 답습함으로써 자신의 모순점을 드러냈다.

그가 소설가 11명 가운데 '작가의 선구적 공적'과 '문학사적 위치'를 다룬 작가가 4명이고, 이를 생략한 작가가 7명이다. 이들의 명단을 들

33) 정종진, 「한국문학사 기술 방법의 검토」, 앞의 책, 97쪽.

여다보면 전자의 내용을 기술한 작가는 김동인, 염상섭, 박종화, 현진건이고, 이를 생략한 소설가는 이기영, 전영택, 나도향, 최학송, 이익상, 조포석, 주요섭 등이다. 7명의 소설가의 공통적인 기술 방향은 다음과 같다.

가. 약전
나. 작품 연보
다. 경향(및 평가)

이처럼 1920년대 중요 작가들을 서술하면서 시대적 배경을 중심으로 기술했던 '전기 신문학사'와는 사뭇 달라진 것이다. 그리고 1920년대 문학사 서술에서도 일관성을 유지하지 못했다는 것을 알 수 있다. 그렇다면 4명의 소설가와 7명의 소설가를 다룰 때, 왜 두 가지 방향을 정했는가?

김동인의 경우는 '그의 선구적 공적'과 '그의 문학사적 위치'는 중복되는 부분이 많다. 굳이 두 부분을 구별해서 정리할 필요성이 있는가? 이 둘을 한데 묶어 정리하는 것이 타당하다. 왜냐하면 그의 선구적 공적이 결국 문학사적 위치와 다른 점이 없기 때문이다. 김동인의 경우를 보자.

나. 그의 선구적 공적 : ≪창조≫지의 창간을 통해서 ① 구어체 문장 확립, ② 구체적 문예 운동 전개, ③ 계몽주의 거부, 순문학 정신과 근대 사실주의 도입 등으로 정리했다. 그리고 근대문학사상의 업적으로 ① 근대적 단편소설을 개척(「배따라기」), ② 최초의 탐미주의자, ③ 가장 전형적인 자연주의 문학 건설 등으로 정리했다.
다. 그의 문학사적 위치 : 김동인의 문학사적 위치는 국어체 문장의 개

> 척, 최초의 순문학 운동지, 단편소설의 개척자, 최초의 탐미주의자, 최초의 자연주의적 문학 확립 등이다.

위의 두 내용을 비교해 보면 유사함을 알 수 있다. 따라서 이 두 항목을 설정할 필요가 없다는 것을 알 수 있다. 이와 같은 문학사의 기술 문제점 외에도 앞에서 언급한 것처럼 중복되는 부분을 계속해서 그의 저서에 기술했다는 점이다.

그의 대표적 평론집이자 문학 연구서인 『한국현대작가론』의 「김동인」 부분과 일치하는 부분이 있다. 다만 「다. 그의 문학사적 위치」에서 김동인의 평론가로서의 역할에 대해서 평가한 점이 「나. 그의 선구적 공적」에 없는 부분이다. 김동인에 대해서 "문학상의 문제로 인한 논쟁으로서 근대적인 문예비평이 활동할 수 있는 길을 티웠고, 『近代小說考』와 『春園研究』로서 문예비평이 문학사적 영역과 작가론으로서 그 자신의 독자적인 길을 개척"(증보판, 376쪽)했다고 평가한다. 물론 이도 심도 있게 분석하거나 평가한 것이 아니라 단순 서술이기 때문에 다소 문제가 있지만 김동인의 전모를 평가한 점이 중요하다.

염상섭도 「나. 그의 선구적 공적」과 「다. 그의 문학사적 위치」의 항목이 대동소이(大同小異)하다. 그는 "염상섭의 문학사적인 위치와 그 대부분이 초두에 언급한 그의 선구적인 공적이 이에 해당"(증보판, 393쪽)한다고 했던 점에서도 스스로 인정했다. 마찬가지로 박종화도 "개척적인 그의 문학적인 활동이 그의 선구적인 공적을 설명"(증보판, 397쪽)한다고 했다. 현진건에 와서는 이 두 부분을 한데 묶어 「바. 선구적 공적과 문학사적 위치」를 정리했다. 그래서 "그의 선구적인 공적이 그대로 그의 문학사적인 위치"(증보판, 415쪽)라고 스스로 인정하는 태도를 보임으로써 문학사를 정교하게 정리하지 못했다는 것을 알 수 있다.

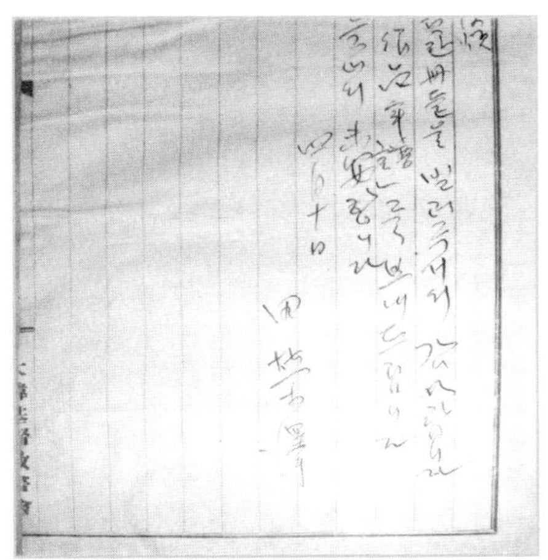

조연현은 사신을 주고받은 문인들의 편지를 일련번호를 적어서 묶어 두었다. 사진은 전영택이 조연현에게 보낸 사신의 일부

이후에 이루어진 문학사의 정리에 있어 7명의 작가는 세 항목으로 나누었는데, 이들 작가들은 선구적 공적이나 문학사적 위치를 파악하지 않았다. 그런데 이 작가들을 주목한 이유는 무엇인가? 조연현은 해방 전후에 좌우 이데올로기의 입장에서 본다면 그의 비평적 시각을 볼 수 있다. 이기영의 「가. 약전」에서는 1924년 「옵바의 비밀 편지」가 ≪개벽≫ 현상 공모에서 3등으로 입선하면서 문단에 입성하였으며, 프로 문학에 활동하다가 8・15 광복 후 '조선문학가동맹'에 가담하여 민주주의와 민족주의에 항거하여 조국과 문학을 한꺼번에 반역(反逆)하였다고 평가했다. 그리고 그의 작품이 갖는 공식적 기계적인 기초—빈궁, 경제적 빈부의 갈등—를 비판했던 것이다. 그리고 전영택(田榮澤, 1894~1968, 평양 출생, 소설가・종교인)은 미국 유학파 목사이며 작가로, 나도향(羅稻香, 1902~1927, 서울 출생, 소설가)은 25세의 요절 작가로 정리했을 뿐 문학사적 가치를 파악하지 않았다. 전영택의 경우는 "동시대의 작가인 김동인, 염상섭, 박종화 등의 그것과 비교해 보면 전영택의 창작 활동은 첫째로 그 양적인 면에서 퍽 빈약하다는 것"(증보판, 420쪽)을 이유로 들고 있다. 나도향의 「벙어리 삼용이」, 「물레방아」, 「뽕」 등의 우수작을 발표하면서 작가의 숙련기에 요절했다는 점을 주시했다. 그는 나도향을 평가하면서 김동인의 『近代小說考』에서 인용하였고, 『春園硏究』도 인용함으로써 비평가 김동인을 인정하는 분위기이다.

프로 문학의 대표적 작가인 최학송(崔鶴松, 1901～1932, 함북 성진 출생, 소설가),[34] 이익상(李益相, 1895～1930, 전북 출생, 소설가)[35]을 간략하게 소개하고 있다. 이는 문학사 서술에 있어 1950년대 정치적·사회적 배경과 결코 무관하지 않으며, 조연현 개인의 문학사관과도 관련이 있다고 판단된다. 그렇다면 비평가인 김기진(金基鎭, 1903～?, 충북 청원 출생, 평론가·소설가)과 박영희(朴英熙, 1901～?, 서울 출생, 시인·평론가)도 프로 문학 이론의 두 기수인 점에서 보면, 이들도 소설가와 마찬가지로 간단하게 처리해야 함에도 불구하고 이들을 다룸에 있어 두 가지 의식을 드러내고 있다. 하나는 프로 문학 비평가들의 전향[36] 사실을 강조함으로써 조연현의 생리 비평을 강조할 수 있고, 또 하나는 문학사가의 의식과 함께 자신이 비평가임을 의식하게 되면 이를 소홀히 다룰 수 없다는 강렬

34) 1925년 조선문단사에 입사, 「십삼원(拾參圓)」(1925), 「탈출기(脫出記)」(1925), 「박돌(朴乭)의 죽음」(1925), 「기아(饑餓)와 살육(殺戮)」(1925) 등의 작품을 발표함으로써, 일약 신경향파(新傾向派)의 유행작가로 각광을 받았다. 이들 일련의 작품은 우리나라 최초의 이른바 체험문학을 구현한 것으로 평가된다. 문장은 직설적이고 간결하며 박진력을 가지고 있다. 8년이라는 짧은 창작 기간을 통해 발표한 30여의 작품들은 대부분 그가 몸소 체험한 것으로 일관되며 특히 「탈출기(脫出記)」는 자전적 요소를 강하게 지닌 작품으로 평가된다(『국어국문학자료사전』, 2935쪽).

35) 1923년 ≪백조≫의 동인이었던 김기진(金基鎭)·박영희(朴英熙) 등과 현실 극복을 위한 '힘의 문학'을 주장하면서 파스큘라(PASKYULA)라는 문학단체를 만들었으며, 이를 바탕으로 현실에 대한 적극적인 관심과 저항의식을 내세우는 신경향파 문학의 중심인물이 되었다. 1925년에는 파스큘라 동인들과 함께 조선프롤레타리아예술동맹의 발기인이 되어 계급문학운동에 참여하기도 하였다(『국어국문학자료사전』, 2375쪽).

36) 노상래는 한국의 전향을 크게 4가지로 분류했다. "첫째는 1920년대 중반에 행한 일련의 전향이다. 김기진에 의해 자극 받은 박영희 등이 개인적, 낭만주의적 사고에서 민족적, 사회주의적 사고로 자발적으로 행한 전향이다. 둘째는 1930년대 제1, 2차 카프 검거 선풍의 시기에 즈음하여 행한 카프원들의 사상적 전향으로, 이때의 전향은 다분히 강제적인 것이었다. 셋째, 해방을 즈음하여 행한 전향이다. 이때의 전향은 선택의 자유가 허용된 해방 정국 속에서 행한 특이한 전향의 형태다. 넷째, 군정 기간과 단독 정부 수립을 즈음하여 인위적인 이데올로기 양극화 현상 때문에 사회주의자들에 대한 대대적인 검거령이 남한에서 행해지던 때에, 수많은 사회주의자들이 행한 반강제적, 반자발적 전향이다(『한국 문인의 전향 연구』, 영한, 2000, 3~4쪽).

한 비평 의식의 책무라 볼 수 있다.

철저한 비평 의식을 또 한번 볼 수 있는 것은 그의 증보판『한국현대문학사』(성문각, 1969)의 「부록 1. 개화기 문학 형성과정고」인데, 이는 제1부『한국현대문학사』의 「제1장 근대문학의 태동」에서 다룬 창가와 신소설의 내용을 보완한 것인데, 여기에 빠진 비평과 개화기 문학의 형성과정에 대한 논의를 추가했던 것이다. "주로 창가 가사와 신소설이 지적되어 왔는데, 이 밖에도 문예비평에 해당되는 이론 문학의 태동도 전혀 없지 않았다."(가. 서문, 517쪽)고 하면서 시, 소설, 평론 세 분야의 형성관계를 고찰하겠다고 한 것에서도 그의 비평 의식을 유추할 수 있다.

박영희의 경우는 전향에 대한 구체적인 분석이나 연구가 따르지 않은 채, 피상적인 행동의 결과를 가지고 평가한 점은 문제라고 판단된다. 이러한 그의 문학사적 시각이 도처에 있다는 것이 그의 한국현대문학사 서술의 한계일 수 있다. 전향 문제에 본격적인 관심을 가진 김윤식의 연구[37]에 작가들의 전기적 고찰을 더 보탠 노상래는, 박영희의 경우는 일제시대에 살아남기 위해 문학을 선택한 '완전 전향'으로 분류하였다.[38]

프로 문학의 대표 작가인 최학송은 "「기아와 살육」은 초기 프로 문학의 자연발생적인 반항적 성격을 대표하는 것"(증보판, 424쪽)으로, 이익

37) 『임화연구』, 『박영희연구』, 『한국근대문예비평사연구』, 『한국근대문학사상사』, 『한국현대문학사상사론』 등이 있다. 『한국현대문학사상사론』의 「1930년대 후반기 카프문인들의 전향 유형」에서 ① 관념으로서의 전향－박영희, 백철, 임화, ② 삶의 방식으로서의 전향－한설야, 이기영, 김남천, ③ 모더니즘과 리얼리즘의 관련성－박태원, 최명익 등으로 분류했다.

38) 노상래, 「완전전향－박영희의 경우」, 앞의 책, 101쪽. 그리고 김남천은 '위장 전향'으로 일제의 정치적 야욕에 표면적으로 전향하여 굴복하되 그 속에는 대항 논리로 문학 활동을 하여 '전향 작가의 바람직한 방향'으로 평가했다. 한설야의 경우는 전향하고 싶지 않지만 문학적으로 전향하는데, 이를 '비전향의 전향'의 작가로 분류하고, 한설야는 현실을 무시했지만 역사의 발전적 방향에 기여한 점을 평가했다.

상의 「광란(狂亂)」도 자연발생적인 반항적 요소의 작품으로, 그리고 조포석의 「낙동강」은 "초기 프로 문학의 불철저한 자연발생적인 반항 요소를 의식적 투쟁적인 계급 문학으로 전환시킨 기점을 이룬 프로 문학 사상의 위치를 가진 작가"(증보판, 425쪽)로 평가했다.

그런데 소위 대표적 프로 문학 작가들과 함께 주요섭(朱耀燮, 1902~1972, 평양 출생, 소설가)을 함께 묶어 정리한 것은 주목된다. 「사랑방 손님과 어머니」의 작가 주요섭은 초기 프로 문학의 일반적 특성인 하층민의 생활과 자연발생적인 반항의 요소(「인력거꾼」, 「살인」)에서 「사랑방 손님과 어머니」로 오면서 예술적인 향취를 보여 준 작가로 변모되었음을 서술하고 있다. 이는 문학사 기술에 있어 사상성보다는 문학성을 강조하는 그의 비평 태도가 깔렸다고 볼 수 있다.

② 시인의 평가와 문제점

근대문학기(1919~1920)에 그가 다룬 시인 가운데 문학사적 위치를 다룬 시인은 김소월뿐이고, 선구적 공적을 다룬 시인은 주요한 · 김안서이고, 비평가로서는 박영희와 김기진, 양주동의 선구적 공적을 다루고 있다. 주요한의 선구적 공적은 "한국 근대시를 형성시킨 최초"라는 수식어를 달았고, 김안서는 외국 문학 번역의 선구자, 전통적 율조(律調)를 근대시로 부활, 한국 근대시 초기를 개척했다는 평가를 했다. 그리고 한용운의 『님의 침묵』, 오상순의 유랑 문단 생활을 묘사했을 뿐이다. 오상순은 관념적이고 추상적이라고 평가했다. 김소월은 1920년대 천재적인 이름을 가질 수 있는 거의 유일한 시인이라고 평가하고, 그의 특징을 향토성, 전통적 운율, 전통적 서정성 등을 꼽았다. 그리고 변영로 · 이상화 · 김동환 · 김동명 · 이은상 · 이병기 · 홍사용 · 이장희 · 황석우 · 김형원(金炯元, 1900~?, 충남 강경 출생, 시인) 등과 여류 시인 나혜석(羅

惠錫, 1886~1946, 경기도 수원 출생, 소설가) · 김원주 등을 거명하고 있다. 물론 이것조차도 한국문학사의 기술의 한 방법이라면 별다른 비판의 소지가 없지만 작품을 제하고서 작가의 문단 생활만으로 한국현대문학사를 기술했다는 것은 다소 무리인 듯하다.

결국 한국문학의 근대문학기는 작가의 일대기와 문학관의 관련성을 언급한 것이 아니라 단순한 전기적 국면을 정리하고 작품의 개략적인 내용을 정리하는 수준에 머물렀다. 하지만 이러한 문학사적 평가가 이후에 이루어진 개별 문학 연구나 작가 연구에서 하나의 본이 된다는 점에서 높이 평가할 수 있다.

③ 비평가의 평가와 문제점

조연현이 다루고 있는 비평가는 박영희 · 김기진 · 양주동 등이다. 앞의 시인이나 소설가들에 비해서 이들은 한결같이 선구적 공적을 다루고 있다. 실제로 문학사적 위치가 있는 것도 사실이지만, 비평가에 대한 남다른 그의 자긍심과 가치를 찾고자 한 노력으로 볼 수 있다. 더구나 카프 계열의 비평가를 상술할 정도로 비평가에 대한 남다른 애착을 볼 수 있다. "얻은 것은 이데올로기요, 잃은 것은 예술이다."라는 유명한 명제를 남긴 박영희는 ≪백조≫ 동인으로 초기 낭만주의 문학 운동 전개, 영탄과 도피적 경향을 비판하고 프로 문학 도입의 중요한 역할, 프로 문학의 과오를 인정한 자각적인 인식, 문예 비평을 하나의 문학 영역으로 개척한 점을 평가했다.[39] 김기진은 프로 문학의 최초의 제창자, 현대문학 비평의 터전을 제공-주관적 감상 수준에서 사상적 배경과 논리적 체계를 갖춘 평론가-했다는 평가를 했다. 그리고 양주동은

39) 김윤식, 『박영희연구』, 열음사, 1989 참고.

민족주의와 계급주의의 독단을 비판한 절충주의적 관점으로 문학에 대한 본질적 이해를 증진시켰다는 평가를 내렸다. 이후에 후대 연구자들이 그의 평가의 연장선상에서 치밀하게 고증하여 연구한 점으로 볼 때, 그의 비평사적 안목은 앞섰다고 인정하지 않을 수 없다.

「제6장 1930년대의 개관」에서 조연현은 1930년대 문학사의 중요성을 다음과 같이 정리했다. 문학사에서 시기 구별과 그 구별의 특징을 찾는다는 것은 매우 어려운 점이다. 이러한 점을 조연현은 나름대로 명쾌하게 제시했다.

> 1930년을 전후해서부터 1935년을 전후한 그 전반기는 동인지 문단 시대가 사회적 문단 시대로 변하고, 습작 문단이 작가 문단으로 바뀌고 순문학과 대중 문학이 분립되어 문학의 예술적 영역과 오락적 영역이 확연해짐으로써 처음으로 한국의 현대문학이 일정한 수준에 도달된 시기이며, 1935년을 전후하면서부터는 그 후반기는 전반기의 문학적 수준이 확대 심화되는 동시에 종래까지 근대문학적인 성격 위에 놓여 있었던 한국문학이 처음으로 현대문학적 성격을 띠기 시작한 시기이기 때문이다.
>
> —증보판, 463쪽

1930년대의 문학사를 이와 같이 정리한다는 것은 결코 쉬운 것이 아니다. 현장 비평의 감각이 살아 있음을 볼 수 있는 연역적 평가 방법이다. 먼저 일반적인 결론을 제시하고 이에 따른 구체적인 사례를 들어 논증하는 방식이다. 이것이 올바르다는 것의 평가가 아니라 그의 문학사 기술 방식인 것이다. 또한 이러한 문학사 기술 방식이 문학사가인 조연현의 실생활에도 결론과 본론만을 먼저 찾는 태도가 나타난다는 점이다. 그의 직선적이며, 결론을 먼저 도달하고자 하는 문체 서술 방식이 그대로 반영된 것이다. 자신의 이와 같은 문체 서술 방식은 명쾌한 장점이 있다. 그래서 그는 문학사를 정리할 때 번호를 붙이거나 첫째, 둘째, 셋째…… 이와 같은 정리 방식을 취한다. 이러한 방식은 그의 『한국현대문학사』에서 여지없이 드러난다. 박양균(朴暘均)은 "사리를 헤아리는 데 정확하였고, 이것들을 처리하는 데 명확하였다. 결론을 늘 앞에 하면서 지엽적인 군더더기는 아예 질색인 성품"40)이라고 했다. 막내딸 조혜령도 아버지의 생활과 성품에서 항상 본론(문제의 핵심 또는 결론)부터 찾으신다고 말한다.

동인지 문단 시대에서 사회적 문단 시대로 변화한 것은 문학이 개인적 취미에서 사회적 상품이 되었고, 다수의 잡지가 간행됨으로써 발표기관의 다양화 등이 원인이다. 1920년대까지는 중학생 수준의 문학 동호인의 습작 문단 시대였고, 1930년대 작가 문단 시대였다고 서술한 것은 작품성에 근거한 평가 방식이다. 1920년대 습작 문단 시대에서 1930년대 작가 문단으로 변화된 원인은 이광수, 김동인 등과 같은 작가들이 활동한 1920년대와 1920년대 활동한 작가들이 지속적으로 작품 활동을 보여 주지 못했기 때문이다. 그리고 잡지나 신문의 현상 공모를 통해서 역량 있는 작가들이 대거 배출됨으로써 작가 문단 시대가 도래한 것이다. 이때 발표된 작품들은 단편 중심의 순문학과 신문 연재 소설의 장편화, 오락성이 가미되었다. 그리고 1930년대는 무엇보다도 근대문학의 성격에서 현대문학의 성격으로 전환되었다는 점을 주목했다.

1930년대 전반기에 가장 중요한 것은 순수 문학의 등장이며, 주지주의 · 모더니즘 · 초현실주의 · 신심리주의 등의 조류가 한국문학에 도입됨으로써 현대문학사의 분수령을 이룬 것이다. 그래서 조연현은 1930년대 현대문학에서 순수문학에 대해서 장구한 설명을 곁들이고 있다.

40) 「우리 문학과 문단을 키워 온 주역」, ≪현대문학≫, 1982. 1, 69쪽.

그는 순수 문학이 대두하게 된 배경을 정치적·문화적·문단적 배경을 들고 있다. 1930년대는 일제의 암흑 정치 시대요, 한글 운동의 확산, 더 이상 프로 문학과 민족주의 문학이 발전할 수 없는 강압적 정치 상황과 같은 외부적인 요인과 문학 자체 내의 변화할 수 없는 한계 상황을 들고 있다. 그런데 이런 배경이 1930년대 순수문학의 배경과 관련이 약하다는 점에서 그의 문학사 배경의 설정이 오히려 장애가 된다. 어쨌든 1930년대 순수문학에 대한 장구한 설명을 통해서 조연현의 순수문학론에 대한 근본적인 태도를 다시 한번 읽을 수 있다.[41]

조연현은 ≪시문학≫, ≪구인회≫, ≪시인부락≫ 등이 이 시기에 등장함으로써 순수문학이 발전하게 된다는 논리이다. 이들 잡지의 활동을 통해서 순수문학의 개념과 1930년대 현대문학사를 정리하고 있다. 그렇다면 그의 문학사적 배경과 문학 잡지의 관련성을 짚어야 함에도 불구하고 전혀 관련성을 짚지 못함으로써 문학사 배경 설명의 설정 근거가 약하다는 문제점을 노출한다. 그럼에도 불구하고 그는 한국현대문학사를 서술하면서 끝없이 문학 잡지에 대한 가치 평가를 하고 있음을 알 수 있다. 이는 1920년대 문학사 서술을 잡지 중심으로 기술한 점을 돌이켜 생각해보면 그의 문학사 서술에서 문예잡지의 역할이 얼마나 중요하게 자리하는지를 알 수 있다.

41) 1930년대에 본격적인 문단이 확립되었다고 평가한다. 여기에 이르러 우리는 그가 왜 그토록 집요하게 문학사를 문단사로 대체하려고 노력했는가 하는 그 의도를 분명히 인식하게 된다. 그것은 1930년대의 이른바 순수문학의 등장 이전의 문학, 즉 민족주의든 사회주의든 또는 절충파든, 이념과 고투하지 않을 수 없었던 앞 시기의 문학을 문학의 본령에서 벗어난 것으로 격하하려는 의식적·무의식적 기도에 다름아니었다. 그의 문학사=문단사는 결국 이념적 성격이 강한 한국근대문학사를 순수문학 중심으로 전복적으로 재편하려는 프로젝트였다(최원식, 「근대문학 기점론」, ≪현대문학≫, 1997. 1, 118쪽).

④ 증보판의 특징

증보판에서 주목할 부분은 부록이다. 왜냐하면 이는 『한국현대문학사』에서 조연현이 부족하다고 판단한 부분을 보완했기 때문이다.

'부록 1'은 창가의 고발 내용, 신소설의 형태에 관한 개화기 문학을 논구(論究)하였고, '부록 2'는 문학 논쟁을 중심에 놓았고, '부록 3'은 신파소설에 대해서 검토하여 한국문학사에서 제외되었던 부분을 다루었다. 그리고 '부록 4'는 일제 말기 문학, '부록 5'는 해방 문단 20년의 개괄 내용이다. 그런데 왜 이와 같은 내용을 첨부하였는가? 적어도 '부록 4'와 '부록 5'는 전체 한국문학사를 정리한다는 점에서 연관성이 있다는 것이다. 즉 『한국현대문학사』가 1930년대까지 서술이기 때문에 일제 말기인 1940년대의 '부록 4'와 해방 이후 20년(1950~1960)의 문학사를 서술한 '부록 5'는 직접적 관련성이 있다. 그런데 '부록 1', '부록 2', '부록 3'의 내용이 이 문학사의 부록인 셈이다. 아마도 '부록 4'와 '부록 5'는 심도 있게 논의하지 못했기 때문에 부록으로 설정한 것이라 볼 수 있다.

우선 '부록 1'에서는 창가와 신소설 그리고 평론의 세 분야의 형성 과정을 검토함으로써 '전기 근대문학'을 보완하였고, 또한 『한국현대문학사』에서 누락된 「부록 3-신파소설고」에서 방대한 문학사에서 제외되었던 신파소설을 보완하여 검토했다는 점에서 그의 치밀하면서도 꼼꼼한 성격을 볼 수 있다. '부록 2'는 김동인과 염상섭의 문학 논쟁을 검토하였다.

⑤ 비평과 논쟁의 시각

비평에 대한 조연현의 관점은 「부록 Ⅱ. 문학논쟁고」(『한국현대문학사』,

성문각, 1969년 초판 / 1993년 10판)에서 볼 수 있다. 그 내용을 정리해 보면, 김동인의 비평격하론, 프로문학론, 백철의 휴머니즘론, 최재서의 주지주의론, 구상 시인의 응향 사건,[42] 김안서와 박종화의 논쟁 등과 같은 비평 논쟁[43]들을 정리하고 있다. 이를 통해 논쟁을 바라보는 그의 비평적 태도를 읽을 수 있다. 특히 '비평격하론'을 주장했던 김동인에 대한 그의 감정은 상당히 격한 것으로 보인다. 조연현은 김동인의 「文學에 있어서의 批評의 機能과 役割」에서 보여 준 비평격하론을 비판하였다. 그 비판의 내용을 요약해 볼 수 있다.

첫째, 비평의 멸시나 불신은 특정한 비평가의 잘못된 판단이나 행동에 있는 것이지 비평 그 자체의 기능이나 직능까지도 거부할 수 없다는 입장이었다. 조연현은 김동인이 비평이 가치 판단을 하기보다는 해설 정도에 그쳐야 한다는 비평격하론에서 작품 해설도 일종의 가치 판단의 기능 속에 작가들에게 흔히 있는 일쯤으로 일소(一笑)에 붙일 수 있다는 입장이다. 1920년대 소설의 중심에 있었던 김동인의 비평 태도를 반박함으로써 비평의 확고한 필요성을 보여 준 것이라 할 수 있다.

둘째, 이러한 논거의 주장을 뒷받침하면서 염상섭의 반박 논의를 들고 있다. 즉 김동인의 비평에 대한 경멸을 통렬히 비판한 점을 인용한 것이다.

42) 응향 사건으로 인해 기적적으로 탈출하여 1947년 2월에 서울에 도착한 구상은 다시 한번의 위기를 맞는데, 남한의 민족 진영 문단에서 이를 옹호한 북한의 문학가 동맹을 공격하는데 앞장선 이가 바로 김동리이다. 그는 「문학과 자유를 옹호함」을 발표하고 이에 조연현, 곽종원, 임긍재 등이 동조하게 된다. 이처럼 응향 사건은 좌우 진영의 분수령을 짓게 된다는 점에서 문학사에서 중요한 사건이다.

43) 이광수의 「민족개조론 시비」, 회월과 팔봉의 「내용과 형식 논쟁」·「대중화 논쟁」·「프로 문학 대 민족주의 문학의 쟁점」, 이헌구와 최재서의 「프로 문학 대 해외 문학 논쟁」, 안함광과 백철의 「농민 문학의 제문제」·「전향론 시비」, 유진오와 김동리의 「세대 논쟁, 순수 논쟁」 등으로 정리할 수 있다(임헌영·홍정선 편, 『한국 근대 비평사의 쟁점』, 동성사, 1986).

셋째, 김동인이 그의 『春園研究』나 『近代小說考』를 통해서 재판관처럼 춘원의 작품을 낱낱이 분석하고, 1930년대 소설을 가치 평가한 것은 하나의 아이러니였다는 것이다. 결론적으로 김동인의 비평격하론과 염상섭의 비평옹호론[44]을 통해 조연현은 비평의 직능을 강조하였다. 비평은 작품의 가치 판단이 우선시되어야 한다는 비평의 기본항을 중시했던 것이다.

문학논쟁사에서 조연현이 주목한 것은 1925~1926년에서 1933, 4년에 태동하고 사라진 프로문학론이다. 조연현은 해방 전후해서 가장 격렬한 내적 고민을 겪었다. 특히 좌우 논쟁기에 있어 그가 취한 행동의 반경은 고향에서 사회주의 반대 경험에서 엿볼 수 있다. 그는 한국문인들이 일제 강점기에 겪어야 했던 '일제 억압 체제의 순응과 저항'이라는 이중 콤플렉스에 시달렸던 것이다. 프로문학론의 양거두인 박영희와 김팔봉의 계급주의적 사회주의 이념에 반박한 양주동의 절충주의(折衷主義)를 인용하고 있다. 또 박영희와 김팔봉의 내용·형식주의 논쟁을 언급하면서 그 전말을 정리했다. 그런데 김동인, 염상섭과 달리 이데올로기의 문제가 개제됨으로써 조연현은 아무런 주석을 달지 않았다. 분명 조연현은 민족주의적 보수주의의 성향의 비평가인데, 이에 대한 자신의 입장을 표명하지 않았다. 이를 어떻게 설명할 것인가? 자신의 친일 평문과 관련해서 일종의 콤플렉스 현상이라고 볼 수 있을까?

여기에 백철의 휴머니즘을 정리하고 있다. 백철이 카프 계열에서 이

44) 김동인-염상섭 대립은 "근대문학이 본격적으로 형성되던 시기에 처음으로 전개된 규모 있는 논쟁"이었고, 또 "논쟁 당사자가 근대 문학을 본무대에 올린 장본인들이자 또 당시 동인지 시대의 ≪창조≫와 ≪폐허≫의 대표주자들이라는 점에서 자연 관심의 대상이 될 수밖에 없는 논쟁"이었다. 그러나 이 논쟁은 '인신공격적 성격이 강하고, 뚜렷한 결과 없이 막을 내린 일회적 성격'(임규찬, 「20년대 초 김동인-염상섭 논쟁」, 앞의 책, 134~135쪽)이 강했다.

탈하여 주창한 논조는 "현대의 위기를 극복하기 위해서 새로운 휴머니즘 운동을 전개해야 한다."는 것과 "문학에 있어서의 개성의 중요성과 가치를 새로이 인식"(560쪽)해야 한다는 주장을 인용하고 있다.[45] 이 논조에 강력하게 반발한 것이 임화이다.[46] 백철과 임화의 휴머니즘 논쟁을 통해서 조연현은 "1930년대 하반기에 있었던 휴머니즘 논쟁은 어느 쪽이나 문제의 핵심보다는 주변만을 서로 매만진 感"이 없지 않다고 진단했다. 그리고 앞서 김동인과 염상섭 논쟁에서 내렸던 비평의 당위성처럼 논평을 내리지 않고 유보했다. 그리고 이상의 「날개」에 대한 최재서의 논평과 김문집의 논쟁도 정리했다.

그의 비평 시각은 첫째, 문학사를 논쟁으로 파악했다는 점이다. 둘째, 자신의 확고한 입장을 유보하고 있다는 점이다. 가령 좌우 이데올로기와 관련한 문제에서 보인다. 셋째, 비평가들의 논쟁을 통해서 서로 공박하는 부분을 중시했다는 점이다. 여기서 정명환과의 논쟁에서는 적극적인 태도를 보였다가 두 번의 원고 작성 후, 논쟁을 멈추었다. 둘째의 유보적 태도는 이데올로기와 관련성이고, 셋째의 적극적인 태도는 비평의 관점에 대한 논쟁이었기 때문에 다소 혼란이 올 수 있었을 것이다.

부록 가운데 특히 「부록 3－신파소설고」(577~581쪽)는 주목을 요하는 글이다. 1910년대 이후 8·15 해방까지 신식 교육을 받지 못한 농어촌 머슴, 촌부, 늙은이 사이에 널리 읽혔던 소설이다. 저자가 대부분 익명이고, 비극적 내용의 애정 소설이 대부분이다.

> 無署名이기 때문에 아무도 모르는 일이며, 설사 그 작가가 비공식적

45) "나프(NAPF)의 회원이자 카프 맹원이었던 백철이 휴머니즘 문학을 통해 비평 세계를 왜 계속적으로 변화시켰는가"(16쪽)를 논의한 김현정의 『백철문학연구』(역락, 2005)는 참고 자료이다.

46) 이훈, 「1930년대 임화의 문학론 연구」, 서울대 박사학위논문, 1993.

> 으로 알려지는 경우에 있어서도 문단적 문학적 대상이 아니기 때문에 비평을 받지는 아니했던 것이다. 이러한 무책임한 소설이 가장 많은 독자층을 유지해 왔다는 것은 얼마나 위험한 일이었던가. 그러나 아무도 이 위험을 경고한 사람은 없었던 것이다. 그만큼 가장 많은 독자를 가진 이 '신파소설'은 일반문화계나 지도적 사회로부터는 완전히 무관심한 방임하에 있었던 것이다.
>
> —증보판, 580쪽

문학사에서 제외되었던 신파소설의 개념을 정리하고, 신파소설의 특성[47]과 독자 사회학까지를 염두에 두고, 비평의 역할, 신파소설의 비판, 순수 문학의 옹호를 염두에 둔 가치 있는 논의였다고 할 수 있다. 대체로 주목하지 않은 문학의 소통 구조를 밝힌 것은 분명히 문학사가의 몫이다. 이러한 몫을 그의 「부록 3－신파소설고」에서 보여 주었다는 점이 공감을 준다. "신파소설이 신소설의 계보를 계승한 것이기는 하지만 '신소설'의 문학적 근대적 요소는 이광수의 『無情』 이후의 '문단 소설' 쪽으로 인계되고, '신소설'의 低俗性과 그 전근대적인 요소만이 '신파소설'에 계승되었다는 것을 의미"(583쪽)한다는 점에서 그의 문학사의 흐름을 중요하게 짚었다고 볼 수 있다.[48] 이는 폭 넓은 문학사의 안목과 함께 상당히 예리한 분석력이 돋보인 부분이다.

문학사가 지닌 약점은 개별 작가에 대한 깊이 있는 분석이 아니라는 점이다. 그래서 작가 세계를 깊이 있게 그려내지 못한다. 여기에 문학

47) ① 문장이 비구상적인 美文調로 되어 있는 점, ② 수사나 형용사가 지나치게 과장되어 있는 점, ③ 진행이 줄거리 중심인 점, ④ 사건이 필연성보다는 전혀 우연성에 의존되어 진행되어 가고 있는 점, ⑤ 까닭 없이 비극적인 사건을 조작하고 있는 점, ⑥ 모든 사건이나 수사가 천박하고 저급한 점, ⑦ 주제가 아주 통속적인 점 등이다(『한국현대문학사』, 582~583쪽).

48) 1920년대 이후 현대 소설=문단 소설(순문학적 소설) + 대중 소설(신문 연재 소설과 이에 준하는 소설)인데, 예외적으로 신파소설(속칭 : 딱본, 딱지본)을 설정함.

사가의 어려운 점이 있다. 그럼에도 불구하고 문학사는 작가들의 뛰어난 문학 세계 혹은 평가에 대한 중첩된 결과를 정리한다. 그래서 냉철하고 직관적인 안목을 요하는 것이 문학사가의 태도이다. 그렇지 않으면 문학사가 방만해지기 쉬운 법이다. 조연현은 일정 부분 이를 극복한 비평가이자 문학사가이다.

(4) 『한국현대문학사』의 변형과 열정의 한계

조연현은 9·28 수복과 함께 목숨을 구하고, 연건동으로 돌아 왔을 때 "문학사를 쓰기 위한 재료로서 모아 두었던 옛날 잡지들이 많이 없어진 것이 마음을 무겁게 했다."[49]고 했던 점으로 보아 그는 이미 잡지 중심의 한국현대문학사 기술을 의도하고 있었던 것이다. 실제로 동국대 교수 시절(1961년부터 1978년까지 동국대 근무) 최재서가 주간했던 ≪인문평론≫을 구하려고 직접 만나기도 했던 점을 고려해 보면 문학사 기술에 상당 부분 잡지에 기대고 있음을 알 수 있다.

그의 『한국현대문학사』 가치는 역사·문화적 배경 설명을 통해 문학의 특징을 검토하고, 여기에 실제 작가의 작품의 예를 드는 데 있다. 그리고 아주 일목요연하게 문학사의 특징을 설명하고 있음을 알 수 있다. 가령 근대문학을 창가와 신소설을 나누면서 그 특징을 간단명료하게 설명하고 있다는 점에서 독자들이 쉽게 한국문학사를 볼 수 있다는 점이다. 문학사의 일목요연한 정리만큼이나 그의 일상생활에서 말하는 것도 간단명료했다. 그의 강의 방식도 그러했다. 실제 동국대 교수 시절 그의 문학사 강의가 명쾌하고 논리정연하다는 평을 많이 받았다.

49) 「≪문예≫ 전시판 준비」, 『남기고 싶은 이야기들』, 75쪽.

그의 『한국현대문학사』는 그가 남긴 현대문학의 유일무이한 업적이다. 이 역저는 그의 문학에 대한 열정과 현대문학에 대한 총체적 시각이 담겨 있다. 그래서 그가 쓴 현대문학 관련 저서의 밑바탕이 된다. 그 밑바탕을 볼 수 있는 『韓國現代文學史概觀』(정음사, 1964)과 『내가 살아온 韓國文壇』(현대문학사, 1968), 『韓國新文學考』(을유문화사, 1977)는 이 『한국현대문학사』를 토대로 쓰거나 압축해서 필요에 따라 편집한 저서들이다. 1955년 6월부터 ≪현대문학≫에 연재하여 7년째인 1961년에 완성을 본 조연현의 『한국현대문학사』는 비평문학의 한 거점을 수립한 역저이다.

서울 정릉 자택에 보관중인 ≪현대문학≫ 잡지

특히 『한국현대문학사』는 해방 전후의 한국문학사가 정치주의적인 판단에 의거한 공식의 나열, 혹은 외래문화사조를 교본으로 한 개념의 풀이 등을 주로 한데 비해, 문학사상을 주조로 가치 창조의 비평을 확립하는 자세로써 문학사를 다룬 흔적이 뚜렷하다. 『한국현대문학사』의 바탕인 다른 책의 서문을 인용하면 다음과 같다.

가) 이 책자는 기간(旣刊)된 졸저 『한국현대문학사』 제1, 2부 중에서 각 연대의 개관만을 간추리고, 뒤에 '일제말기의 개관'을 새로이 첨가한 것이다. 그러니까 이 책자는 제명 그대로 우리나라 현대문학의 사적 개관이 되는 셈이다. 내가 이런 책자를 꾸미게 된 것은 주로 두 가지 이유에서이다. 그 하나는 몇 대학에서 교재로 채택되고 있는 전기한 졸저가 너무 방대(尨大)하여 학생들에게 많은 부담을 주기 때문이며, 그 다른 하나는 우리나라 현대문학에 대한 개괄적인 사적 개요(概要)를 요구하는 상당수의 독자들의 편의를 위해서이다. 앞으로 기회를 보아 8·15 이후의 개관까지도 이 곳에 첨가해 볼 작정이다.

—『韓國現代文學史概觀』의 自序

나) 1967년 2월부터 1968년 1월까지 ≪現代文學≫지에 발표한 것을 그대로 한 권의 책으로 만든 것이다. 처음에는 '순문예지 그 주변'이라는 제명으로 연재하다가 곧 '내가 살아온 한국문단'이라고 개명하였다. 일종의 문단측면사가 될 수도 있는 성질의 내용이다. 이 글 속에는 200여 명에 달하는 생존해 있는 문인 및 사회 저명인사의 성함(姓啣)이 등장된다. 인신을 해치는 구절이 없도록 전적으로 유의했지만 혹시 결례된 부분이 있다면 이것은 나의 본의가 아니니 양해(諒解)해 주시기 바란다. 세월이 좀 더 지나면 나는 이 책의 보충편과 속편을 또 쓰게 될지도 모르겠다. 지금 내가 생각하는 것은 나는 우리 문단을 위하여 후회가 없도록 성의껏 일해야 되겠다는 것뿐이다.

—『내가 살아 온 韓國文壇』의 自序

> **다**) 이 책은 1966년에 문화당에서 일 천 부 한정판으로 발행하여 몇 대학에서 국문학 특강 교재로서만 사용해 온 것인데 이번에 문화당의 승낙을 얻어 다소 내용을 수정하여 일반용으로 을유문고로서 내게 되었다. 이를 쾌히 응해 주신 을유문화사와 문화당에 사의를 표한다. 이 책 속에 수록된 내용은 주로 개화기 이후의 우리나라 문학에 관한 역사적 정리로서, 내가 『한국현대문학사』를 저술할 때 얻어진 부산물들이다. 이 책 속에 수록된 내용의 일부는 나의 다른 저서 속에도 포함되어 있는 것이지만, 우리나라 신문학에 관계되는 것들을 한 자리에 놓아보기 위해서는 부득이했던 것이다. 독자의 양해를 빌어마지 않는다.
>
> —『韓國新文學考』의 서문

위의 세 책은 정교하게 세련되었다기보다는 그때그때 필요에 의해서 편집되었다고 볼 수 있다. 이는 당시 한국현대문학 연구의 수준이 정립되지 못했다는 반증이면서 동시에 조연현이 가진 『한국현대문학사』의 현실적 유용성이 자리했다고 볼 수 있다. 왜냐하면 그의 말에 따르면 『韓國現代文學史概觀』은 "그 하나는 몇 대학에서 교재로 채택되고 있는 전기한 졸저가 너무 방대(尨大)하여 학생들에게 많은 부담을 주기 때문이며, 그 다른 하나는 우리나라 현대문학에 대한 개괄적인 사적 개요(概要)를 요구하는 상당수의 독자들의 편의"를 위해서 출판되었기 때문이다. 『내가 살아 온 韓國文壇』은 보완되어 『남기고 싶은 이야기들』(부름, 1981)로 출판되었다.

그리고 『韓國新文學考』는 『한국현대문학사』를 저술할 때 얻어진 부산물들이다. 이 책 속에 수록된 내용의 일부는 그의 다른 저서 속에도 포함되어 있는 것이지만, 우리나라 신문학에 관계되는 것들을 한 자리에 모아 놓기 위해서는 부득이했던 것이라고 밝히고 있다. 이를 정확하게 비교해보기 위해 목차만 정리하면 다음과 같다.

A. 『한국현대문학사』(1, 2부)	B. 『韓國現代文學史槪觀』	비교 내용
제1장 근대문학의 태동	**제1장** 태동기의 개관	제목 차이
1. 근대문학 태동의 역사적 배경과 그 문화적 환경	1. 근대문학 태동의 역사적 배경과 그 문화적 환경	동일
2. 창가의 성행과 그 근대문학적 요소	2. 창가의 성행	제목 차이
3. 신소설 유행과 그 근대문학적 요소	3. 신소설 유행	〃
4. 창가와 신소설의 문학적 위치	4. 창가와 신소설의 문학적 위치	동일
제2장 근대문학의 탄생	**제2장** 1910년대 개관	제목 차이
1. 신문학 운동의 사회적 배경과 그 윤곽	1. 전기 신문학 운동의 윤곽	〃
2. 근대시의 출현	2. 근대시의 출현	〃
3. 근대소설의 등장	3. 근대소설의 등장	〃
제4장 근대문학의 전개	**제3장** 1920년대 개관	*A의 제3장은 「최남선과 이광수의 문학」/제목 차이
1. 후기 신문학 운동의 개관	1. 후기 신문학 운동의 개관	동일
2. 문예사조의 혼류와 그 전개	2. 문예사조의 혼류와 그 전개	〃
제6장 1930년대 개관	**제4장** 1930년대 개관	*A의 제5장은 「1920년대 중요작가들」/동일
1. 1930년대의 문학사적 중요성	1. 1930년대의 문학사적 중요성	동일
2. 순수문학 대두의 제배경	2. 순수문학 대두의 제배경	〃
3. 순수문학의 형성과정	3. 순수문학의 형성과정	〃
부록4 일제 말기의 문학	**제5장** 일제 말기 개관	제목 차이
1. 말기의 개념과 제반 상황	1. 말기의 개념과 제반 상황	동일
2. 말기의 문학적 민족적 등대	2. 말기의 문학적 민족적 등대	〃
3. 말기 문학의 몇 가지 특성과 방향	3. 말기 문학의 몇 가지 특성과 방향	〃

위의 비교표에서 보듯이 제목의 차이만 보일 뿐 내용이 동일하다는 점에서 보면, 『韓國現代文學史槪觀』은 『한국현대문학사』(1, 2부)의 내용을 편집한 것에 지나지 않음을 볼 수 있다. 다만 그 차이를 보이기 위함인지, 그의 열정인지를 분간하기 힘들지만 그는 계속해서 책의 뒷부분을 집필하기를 원한다고 밝히고 있다. 『韓國現代文學史槪觀』의 경우, "앞으로 기회를 보아 8·15 이후의 개관까지도 이 곳에 첨가해 볼 작정"이라거나 『내가 살아 온 韓國文壇』의 경우는 "이 책의 보충편과 속

편을 또 쓰게 될지도 모르겠다."고 했다. 어쨌든 그의 역저 『한국현대문학사』는 위의 세 책의 근간이 되었다는 점에서 그의 비평적 정점이라 할 수 있지만, 동시에 그는 계속해서 한국현대문학사에서 한 발자국도 더 나아가지 못했다는 비판을 받을 수 있다. 또 이러한 변형에만 머물러 현대문학 연구나 현장 비평의 한계를 보였다는 점에서 그의 비평 문학의 왕성한 활동기를 1940년대 후반과 1960년대 후반(개정판까지)으로 약 20년 동안이라고 정리할 수 있다. 그의 『한국현대문학사』의 초판본과 개정판에서 차이를 보인 「신문학사 방법론」이 그의 평론집 『문학과 현장』(관동출판사, 1975)에 재수록된 점에서도 볼 수 있다. 이뿐만 아니라 여러 책에서 그의 재수록의 평문들을 볼 수 있다는 것이 증거이다.

그는 비평을 하는 동안 무가치한 생활을 했다고 자탄했다. 지금껏 비평은 한마디로 '일시적인 붓작란'이었다고 고백한 것이다. 이러한 그의 고백에는 대부분의 저서들이 『한국현대문학사』를 근간으로 변형 또는 수정형으로 출판된 것도 한 이유인 것이다. 그래서 그는 "현재 진행 중에 있는 『한국현대문학사』와 현재 정리 중에 있는 『한국현대작가론』만이 나의 앞으로의 유일한 비평적 작업"[50]이라고 하였다. 그러나 『한국현대작가론』이 그의 비평의 활로를 찾는 방편이었지만 『문학과 사상』의 일부 내용을 삽입함으로써 일정 부분 한계를 또다시 드러내게 된다. 가령 『문학과 사상』과 『한국현대작가론』에서 다룬 작가들만 살펴보아도 이를 알 수 있다. 세 권에서 다룬 작가들을 정리하면 다음과 같다.

a. 『문학과 사상』(문학세계사, 1948)

「2. 작가론」

서정주론 / 김동리론 / 최명익론 / 최정희론 / 박두진론 / 오장환론 / 정비

50) 「자서」, 『휴일의 의장』, 인간사, 1957.

석론 / 이상론

b. 『한국현대문학사』(현대문학사, 1957)

「제5장 1920년대 중요 작가들」

1. 김동인 / 2. 염상섭 / 3. 박종화 / 4. 현진건 / 5. 이기영 / 6. 전영택, 나도향 / 7. 최학송, 이익상, 조포석, 주요섭 / 8. 주요한 / 9. 김안서 / 10. 한용운 / 11. 오상순 / 12. 김소월 / 13. 변영로, 이상화, 김동환, 김동명 / 14. 박영희, 김기진, 양주동 등

c. 『한국현대작가론』(청운출판사, 1964)

황순원 / 김동리(1) / 김동리(2) / 서정주 / 유치환 / 박두진(1) / 박두진(2) / 김현승 / 조지훈 / 신석초 / 강신재 / 손소희(1) / 손소희(2) / 최정희 / 손창섭 / 박경리 / 김성한 / 이효석 / 이상(1) / 이상(2) / 최재서 / 나도향 / 박종화 / 염상섭 / 김동인 / 이광수 / 최남선

『문학과 사상』 (문학세계사, 1948)	『한국현대문학사』 (현대문학사, 1957)	『한국현대작가론』 (청운출판사, 1964)
김동리	×	김동리(1) · (2)
×	염상섭	염상섭
×	박종화	박종화
×	김동인	김동인
박두진	×	박두진(1) · (2)

위의 정리에서 보듯이 그의 실제 비평은 반복되는 부분이 많음과 동시에 특정 작가들의 중복은 그의 생각과 달리 더 이상 비평 활동이 진전되지 못했다는 것을 반증하는 것이다.

2. 문단의 명암과 '작고문인사신철'

(1) 비평가 조연현의 정원

조연현은 해방 전후에서 1980년대 초 역사의 질곡 속에서 시인으로, 비평가로, 문학사가로, 수필가로, 대학 교수로서 삶과 문학의 흔적을 남겼다. 그래서 "그의 40년에 이르는 비평적 편력 속에 포함된 여러 가지 문제점과 한계는 적지 않지만, 그의 한국문학에 바친 애정과 문단 운동가로서의 사명감으로 해서, 근대 이후 한국문학은 조연현을 기다려서 하나의 전환점을 맞이했었다는 것만은 분명"[51]한 사실이다.

서정주 · 김동리와 함께 한국문학사의 한 축이었던 조연현은 비평가이면서 ≪문예≫와 ≪현대문학≫ 창간을 주도했던 그의 비평사적 안목은 시대와 함께 있었다. 그는 이데올로기의 첨병으로, 때로는 문단 권력의 선두에서 있었던 대표적 문인이었다.

이제 한국문학사가 꽂힌 그의 집에서 나와야 할 시간이다. 그래서 필자는 지금까지 비평가 조연현의 정원에서 살핀 것들을 정리하고자 한다.

첫째, 그의 첫 평론집인 『문학과 사상』은 해방 전후 우익의 이념에 대한 대표적인 비평 태도를 보여주었다. 뿐만 아니라 그의 주체 · 생리의 비평 철학을 보여주었다.

둘째, 실존주의에 대한 그의 시각을 통해 그가 여타 문인과 다른 문학 비평의 감각을 지녔다고 평가할 수 있다.

셋째, 조연현은 시대에 대한 문학의 역할을 읽고 있는 비평가라고 할

51) 박철희, 앞의 책, 341쪽.

수 있다. 그리고 ≪문예≫는 문단 이데올로기 문제를 극복하는 수단과 동시에 비평가의 입지를 굳히는 문예지로 만들었다. 또 ≪현대문학≫을 통한 수많은 문인 배출과 함께 문단 형성의 힘을 보여 주었다. ≪현대문학≫은 ≪자유문학≫ 문인 단체와 논쟁이었다면, 김동리가 창간한 ≪월간문학≫은 문단 권력에 대한 또 다른 논쟁의 잡지였다고 볼 수 있다.

넷째, 그의 『한국현대문학사』는 한국현대문학사 기술 방법을 체계화했다는 점과 근대 문학에 대한 논의와 '근대'의 개념 문제를 임화와 함께 현대문학사에 제기했다는 점에서 평가할 수 있다. 그리고 백철의 『한국신문학사조사』와 함께 해방 후 최초의 문학사적 업적이라 할 수 있다. 임화가 사용한 '신문학' 대신에 '근대(현대)문학'이란 용어를 사용했던 점도 주목할 부분이다. 또 이 책의 내용을 수정 보완해서 분책하여 출판한 몇 권의 책을 통해서 그의 문학사의 관심과 함께 열정을 읽을 수 있다.

다섯째, 『한국현대작가론』은 그의 비평 철학이 구체화된 실제 비평서이다. 여기에는 생리 비평 태도와 함께 작가론의 연구 태도를 보여주었다. 그리하여 주체·생리 비평에서 작가론의 연구 방법, 그리고 현대문학사로 이어지는 매개체로서 비평서라 할 수 있다. 즉 현대문학사의 기초 자료인 작가들의 문학사적 평가를 검토한 것이다.

위와 같은 정리는 궁극적으로는 조연현의 삶과 비평의 정체성을 한국비평문학사에 위치시키는 것이다. 조연현의 비평 문학의 활동기는 1940년 후반에서 1960년대 후반기이다. 이는 1940년대에서 1970년대까지 비평 문학의 흐름과 문단을 파악하는 계기가 된다. 따라서 비평 문학의 한 정점을 확인하는 단초가 된다. 이후 동국대와 한양대에서 교수 재직시 수많은 제자 문인들을 배출하였다. 따라서 조연현의 연구는 한국문학과 문단의 질서를 확인하는 작업이기도 하다.

조연현은 독자들이 비평을 외면하는 것은 어렵기 때문이고, 작가들에게 외면당하는 것은 설득력을 잃었기 때문이라고 말한다. 더구나 작가들에게 외면당하는 비평은 아주 슬픈 일이라고 했다. 그래서 그는 독자들과 작가들 사이에 공존해 있는 비평가를 생각했다. 이같이 비평가에 대한 그의 생각은 후대 비평가들이 가슴에 새겨야 할 보편적 진리이다.

비평이 독자를 외면한다는 점에서 본다면 그의 『한국현대문학사』는 쉽게 정리되었다는 점에서는 장점이다. 비평가의 역할에 대해서 그의 생각을 접근해 보면 하나는 이념적 측면에서 보수주의일 수 있고, 문학연구의 차원에서는 평이한 접근과 분석력을 보여준다고 할 수 있다. 예나 지금이나 비평이 독자들의 관심을 얻기 힘든 상황이고 또 작가들 역시 비평에 대한 신뢰가 낮은 것도 인정할 수밖에 없는 상황이다. 더구나 1970년 이전 비평 영역이란 그 체계나 역할이 활발했다고 하더라도 이를 외면한 것은 인정할 수밖에 없다. 이러한 현상에 대해서 '비평가의 책임과 반성'의 문제를 조연현이 먼저 제기했다. 그는 우리나라 평론이 읽히지 않는 이유를 어렵게 쓴다는 점을 들었다. 비평 용어나 전문 지식이 필요불가결하더라도 쉽게 쓰는 것이 중요하다는 입장이다. 독자들이 공감을 가질 수 있는 평론을 해야 한다는 입장이다.[52] 결국 비평이 독자들로부터 외면당하는 이와 같은 문제는 지금에도 그 타당성을 인정받을 수 있는 보편적인 문제 제기이다. 조연현은 독자들의 외면 못지않게 비평이 갖는 문제가 과학적이고 논리적인 논쟁보다는 자기 감정에 치우쳐 결국에는 인신공격으로 끝나는 경우가 많음을 지적했다. 또한 비평이 작가로부터 소외받는다는 문제는 '아주 슬픈 일'이라고 했다. 그 원인은 작품의 장점보다는 단점을 더 많이 지적했다는

52) 「비평의 60년」, 『문학과 사회』, 어문각, 1973, 184~186쪽.

것이고, 이 지적을 작가들이 반발하여 비평을 소외시켰다고 했다. 그럼에도 불구하고 공감을 주는 작품의 단점을 지적해야 한다는 것이다. 공감을 얻지 못한 이유는 평론가의 판단 부족과 해석의 빈곤 같은 것도 들 수 있지만 이와 함께 설득력의 부족이 큰 원인이라는 것이다. 이처럼 그는 우리 문학계에서 특히, '비평의 권위'(백철)를 세우려고 앞장선 비평가였다.

조연현은 '애정이 없는 비평은 일종의 폭행'이라고 했다. 이는 작가와 작품에 대한 일종의 폭행이라는 것이다. 지금도 비평은 한 작가와 작품의 생명력을 좌지우지(左之右之)한다. 더구나 지명도 있는, 권위 있는 비평가의 촌평이 칼라 사탕이 되는 작금의 현실에서 보면 그것은 지극히 당연한 것이라 할 수 있다. 또 그는 비평이 시사적, 월평적 성격보다는 본격적인 비평의 자세를 강조했다. 그 본격적 비평의 자세란 '좀더 이론적인 탐구, 좀더 체계적, 학구적인 연구' 등을 말하는데 1970년대까지 비평계는 이에 따르지 못했다는 것이다.

조연현은 한국비평문학사의 한 길목임을 부인할 수 없다. 조연현은 해방 직후 조선문학가동맹의 좌익 문학 운동에 대항하여 김동리, 박목월, 조지훈, 최태응과 함께 한국청년문학가협회를 결성하는데 '어깨에 풀통을 멘 채 스스로 벽보를 붙이는 노력'(김동리)을 했고, 문단의 소용돌이의 한 가운데 선 '군복을 벗을 틈이 없는, 이를테면 최전선의 사단장'(서정주)이었다. 뿐만 아니라 자신의 비평 논리를 펼치는 데는 '칼날처럼 예리한 논리'(박종화)를 펼쳤던 비평가였다. 뿐만 아니라 '비평가의 의식을 최초로 자각한 비평가'(김윤식)였다는 점에서도 그의 비평론은 후대 연구자들의 기본이 된다는 점을 주목하지 않을 수 없다.

그의 추천을 받았던 박철희는 "계급주의 문학 비판과 민족주의 문학론의 수립, 문학의 예술성과 자율성의 강조, 비평의 문학화, 고전과 현대문학의 문장과 수사적 검토, 한국 현대문학의 역사적 체계화 등이 조연현 비평이 거둔 성과"[53]라고 평가했다. 이러한 평가는 그의 비평 문학이 증명하고 있다. 한국현대문학사를 연구하는 논자들은 조연현이라는 한국문학의 철도를 승차하지 않을 수 없다. 여기서 그의 문학사적 공과를 스스로 터득하게 될 것이다.

그러나 해방 전 친일 관련 평문과 고향의 면서기 생활, 1960년대 자유당 정권 하의 '인간 만송족'에 대한 유세 논란 등이 그의 한국비평문학사 평가의 걸림돌이 된다는 점이 아쉽다. 필자는 작가 고백이 모든 진실이 아니라고 믿는다. 하지만 작가들이 살아 온 삶과 문학에 대한 진실만은 믿는다. 필자는 조연현을 자신의 삶과 문학에 대해 진실한 작가라고 평가하고 싶다. 그래서 필자는 송욱을 연구하는 동안 가졌던 행복감과 마찬가지로 조연현을 연구하는 동안 행복한 시간이었다.

(2) '작고문인사신철'의 암시

8 · 15 이후 최초의 순문예지인 ≪문예≫와 1955년 창간한 ≪현대문학≫의 중심에서 조연현의 모습을 볼 수가 있다. 또 그의 모습은 8 · 15 이후 발족한 청년문학가협회와 한국문학가협회를 거쳐 한국문인협회와 같은 문학 단체 및 예술원의 책임자로서 그의 면모를 찾을 수 있다. 그래서 그는 문학과 문단의 흐름을 파악하는 데 중요한 인물이다. 필자는 이 같은 중요성 때문에 그를 찾아 탐구했던 것이다. 필자보다 먼저 서울 정릉 자택에 그를 정리한 문학비가 세워져 있다.

53) 박철희, 앞의 책, 333쪽.

조연현이 만년에 거주했던 서울 정릉 자택 정원에 세워진 '조연현의 상'. 그의 문학적 업적을 새긴 글(사진 오른쪽)이 보인다.

그의 자택에 세워진 문학상 옆에 새겨진 그의 문학적 업적은 영원할 것이다. 조연현의 문학과 삶을 가슴에 품으면서 그의 업적이 새겨진 글을 인용하면 다음과 같다.

> 石齋 趙演鉉 선생의 문학산실
>
> 석재 조연현(石齋 趙演鉉, 1920~1981) 선생은 을유 광복(乙酉 光復) 후 우리문학이 혼미(昏迷)상황에 있을 때 비평문단의 기수(旗手)로서 『한국현대문학사』와 『문학과 사상』 등 20여 권의 평론집을 통하여 창조적 비평을 주창·정립하는 데 공헌한 분이다.
>
> 이 곳은 선생께서 한국문단을 이끌어 오면서 『문학과 인생』을 관조(觀照), 정리하던 만년(晩年)의 문학산실이다.
>
> 문학의 해를 맞아 이 유서 깊은 곳에 선생의 높은 뜻을 기리고자 한국문인협회가 현대문학 표징사업의 일환으로 이 글을 새긴다.
>
> 1996년 4월 30일

조연현의 문학과 삶은 비문에 새겨 보존되지만 그가 정성스럽게 남긴 '작고문인사신철(作故文人私信綴)'은 그가 품고 있었던 현대문학 이면

사이다. 현대문학 이면사는 분명 현대문학사를 새롭게 조망할 수 있는 중요한 증거이다. 그는 말년에 작가들이 직접 쓴 편지들을 모은 '작고문인사신철'을 직접 정리해서 묶어(Scrap-book)두고 1981년 11월 24일 현대문학사를 떠났다. 여기서 그가 묶어놓고 떠났던 작가들의 이름을 찍은 사진 한 장으로 현대문학사에서 그가 품고 있는 가치가 무엇인가를 다시 생각해 볼 수밖에 없다.

조연현이 정리해 두었던 '작고문인사신철'의 목차. 염상섭 · 전영택(소설가)과 유치환 · 오상순 · 박목월(시인), 고석규(평론가), 양주동 · 조윤제(국문학자) 등의 이름이 보인다.

참고문헌

1. 기본 자료

『文學과 思想』, 세계문학사, 1948.
조연현 편, 『작가수업 : 문단인이 걸어 온 길』, 수도문화사, 1951.
『文學槪論』, 고려출판, 1953.
『休日의 意匠』, 인간사, 1957.
(제1부) 『韓國現代文學史』, 현대문학사, 1957.
(제1, 2부) 『韓國現代文學史』, 인간사, 1957.
『文學과 그 周邊』, 인간사, 1958.
『文章的 人生論』, 정음사, 1959.
『餘白의 思想』, 정음사, 1962.
『文章敎範』, 정음사, 1962.
『韓國現代文學史槪觀』, 정음사, 1963.
『文學과 生活』, 탐구당, 1964.
『韓國現代作家論』, 청운출판사, 1964.
『不惑의 感傷』, 어문각, 1964.
『韓國新文學考』, 문화당, 1966.
『내가 살아 온 韓國文壇』, 현대문학사, 1968.
(증보 개정판) 『한국현대문학사』, 성문각, 1969.
『韓國現代文學史』(省文閣－제 1부와 제 2부 합책), 1972.
『文學과 社會』, 어문각, 1972.
『韓國現代作家論』, 정음사－改編, 1974.
『文學과 그 現場』, 관동출판사, 1976.
『조연현문학전집』, 어문각, 1977.
『韓國現代文學槪觀』, 이우출판사, 1978.
『문학강연과 수필』, 어문각, 1980.
『한국현대작가연구』, 새문사, 1981.
『남기고 싶은 이야기들』, 부름사, 1981.

수필집 『文學的 散步』, 문예사, 1952.
수필집 『日常의 思想』, 세종출판사, 1975.
수필집 『손수건의 思想』, 관동출판사, 1975.
수필집 『文學과 人生』, 을유문화사, 1976.
수필집 『이끼의 年輪』, 어문각, 1976.
수필집 『내가 살아가는 인생』, 태창출판사, 1978.

2. 관련도서

강인숙, 『한국현대작가론』, 동화출판사, 1971.
곽종원, 「갈채다방, 명천옥 그 아련한 시절」, 『김동리』, 웅진출판, 1995.
구상 · 정한모 편, 『30년대 모더니즘』, 범양사출판부, 1987.
구중서 외, 『한국문제평론집23인선』, 아세아문화사, 1990.
권일송, 『윤동주평전』, 민예사, 1984.
김건우, 『사상계와 1950년대 문학』, 소명, 2003.
김병걸 · 김규동 편, 『친일문학작품선집』, 실천문학사, 1986.
김윤식, 『한국근대문예비평사연구』, 일지사, 1972.
_____, 『문학사와 비평』, 일지사, 1975.
_____, 『한국근대문학사상연구2－문협정통파의 사상구조』, 아세아문화사, 1994.
김윤식 외, 『한국 현대 비평가 연구』, 강, 1996.
김정숙, 『김동리의 삶과 문학』, 집문당, 1996.
김진송, 『장미와 씨날코』, 푸른역사, 2006.
김춘식, 『미적 근대성과 동인지 문단』, 소명출판, 2003.
김치수 · 김현 편, 『사르트르의 문학적 세계』, 문학과지성사, 1989.
김학동, 『서정주연구』, 새문사, 2005.
김학성 · 최원식 엮음, 『한국근대문학사의 쟁점』, 창작과비평사, 1990.
김현정, 『백철문학연구』, 역락, 2005.
남원진, 『남북한의 비평 연구』, 역락, 2004.
노상래, 『한국 문인의 전향 연구』, 영한, 2000.
서경석, 「전후문단의 재편 과정과 그 의의」, 『한국전후문학의 형성과 전개』, 태학사, 1993.
서정주 편, 『현대작가론』, 형설출판사, 1979.
서정주, 『미당자서전』, 민음사, 1994.
성현자, 『신소설에 미친 만청(晩淸) 소설의 영향』, 정음사, 1985.
손소희, 『한국문단측면사』, 행림출판사, 1980.
신경림, 『작가의 편지』, 어문각, 1982.

신연덕, 「1950년대 종군작가단의 조직 및 그 활동」, ≪문학정신≫, 1991, 12.
신옥주 편, 『요절한 문학의 천재들』, 정음문화사, 1991.
심원섭, 『한일 문학의 관계론적 연구』, 국학자료원, 1996.
유종호, 「안개 속의 길-친일 문제에 대한 소견」, ≪문학과 사회≫, 2005. 11.
이경훈, 『이광수의 친일 문학론 연구』, 태학사, 1998.
이규섭, 「일상적 틀 초월한 들꽃 같은 삶-천상병」, 『별난 사람들』, 인간사랑, 1993.
이대영, 『한국 현대실존주의 소설 연구』, 국학자료원, 1998.
이명원, 『타는 혀』, 새움, 2000.
이명재, 『한국현대민족문학사론』, 한국문화사, 2003.
이선영 외, 『한국문학사 어떻게 쓸 것인가』, 한길사, 2001 / 2003(2쇄).
이어령, 『문학논쟁집』, 기린원, 1986.
이유영, 『문학의 실존주의적 방법론』, 서강대학교출판부, 1981.
이윤택, 『우리 시대의 동인지 문학』, 시로출판사, 1983.
이철호, 「석재 조연현의 수필세계의 문학성」(「석재 조연현 문학 업적 조명 세미나」, 함안군청 3층 대회의실, 2001년 5월 26일, 주최 : 함안문인협회).
임규찬, 『문학사와 비평적 쟁점』, 태학사, 2001 / 2003(2판).
임성윤, 「문학사 기술 방법 연구」, 동국대 박사학위논문, 1990.
임영봉, 『상징투쟁으로서의 한국현대문학비평사』, 보고사, 2005.
장만영 편, 『자작시 해설-이정표』, 신흥출판사, 1959.
전광용 외, 『신문학과 시대의식』, 새문사, 1981.
전기철, 『한국전후문예비평연구』, 서울, 1994.
정규웅, 『글동네에서 생긴 일』, 문학세계사, 1999.
정명환, 「평론가는 이방인인가」(≪사상계≫, 1962. 12).
정목일, 「석재 문학 조명을 통한 기념 사업 방향과 지방 문학의 육성」(「석재 조연현 문학 업적 조명 세미나」, 함안군청 3층 대회의실, 2001년 5월 26일, 주최 : 함안문인협회).
정종진, 『문학사방법론』, 청주대학교 출판부, 1989.
______, 「비평 이전의 이야기」(≪사상계≫, 1963. 2).
______, 『문학을 생각하다』, 문학과지성사, 2003.
정현기, 「문학 제도와 문학 시장」, 『한국현대문학의 제도적 권력과 사회』, 문이당, 2002.
조동일, 『신소설의 문학사적 성격』, 서울대학교출판부, 1973.
조병무, 「석재 조연현의 문단 활동 배경과 성과」(「석재 조연현 문학 업적 조명 세미나」, 함안군청 3층 대회의실, 2001년 5월 26일, 주최 : 함안문인협회).
채수영, 「조연현의 문학비평과 갈등」(「석재 조연현 문학 업적 조명 세미나」, 함안군청 3층 대회의실, 2001년 5월 26일, 주최 : 함안문인협회).

천승세 외, 『천상병을 말한다』, 답게, 2006.
최동호 편역, 『시의 해석』, 새문사, 1985(재판).
최예열, 『1950년대 전후 문학 비평 자료』(1. 2), 월인, 2006.
한길문학, 『남북한문학사연표』(1945~1989), 한길사, 1990.
한수영, 『친일문학의 재인식』, 소명출판, 2005.
홍기돈, 「김동리와 문학 권력」, 『한국 문학 권력의 계보』, 한국출판마케팅연구소, 2004.
홍문표, 『한국현대문학논쟁의 비평사적 연구』, 양문각, 1985.
______, 『한국현대문학논쟁의 비평사적 연구』, 양문각, 1986.
홍신선 편, 『우리 문학의 논쟁사』, 어문각, 1985.
황종연, 「한국 문학의 근대와 반근대」, 동국대 박사학위논문, 1992.
『임시수도천일』, 부산일보 출판국, 1985.
≪현대문학≫ 특집, 『김동리 10주기 추모 특집』(606호), 2005. 6.
고바야시 히데오 / 유은경 옮김, 『문학이란 무엇인가』, 소화, 2003.

3. 각종 자료 및 신문 자료

「제3장-예술」, <함안군지>, 1997. 12, 574~579쪽.
「석재 조연현 선생의 인생과 문학」(≪함안문학≫ 창간호, 1999)
「이원수 타계 20주년 기념 문학 세미나」(창원 성산 아트 홀, 2001. 5. 2, 주최 : 창원문인협회).
「석재 조연현 문학 업적 조명 세미나」(함안군청 3층 대회의실, 2001. 5. 26, 주최 : 함안문인협회)
박태일, 「소설가 김정한 친일 작품 발견-박태일 교수」, ≪중앙일보≫, 2002. 4. 18.
김재용, 「유치환의 친일 행적들」, ≪한겨레≫, 2004. 8. 7.
「조연현 선생 선양 사업 추진」, ≪경남신문≫, 2001. 5. 24.
「조연현 문학 업적 세미나 열려」, ≪경남일보≫, 2001. 5. 27.
「기념 사업 진통 예상」, ≪경남도민일보≫, 2001. 5. 28.
「함안 문학가 조연현 친일 논란」, ≪경남도민일보≫, 2001. 5. 28.
「조연현 친일 행각 짚고 넘어가야」, ≪경남도민일보≫, 2001. 5. 29.
「석재 조연현 친일 행적」, ≪함안 아라 신문≫, 2001. 5. 30.
「미당의 국화는 '국화'가 아니다」, ≪경남도민일보≫, 2001. 5. 30.
「석재 조연현 선생 문학 정신 기린다」, ≪함안신문≫, 2001. 5. 31.
「'고향의 봄' 창원에 꽃대궐 차린다」, ≪경남신문≫, 2001. 7. 14.
「'소설가 김정한 친일 작품 발견' 박태일 교수」, ≪중앙일보≫, 2002. 4. 18.
「생명파 시인 '생명의 탯줄'은 어디……」, ≪대한매일≫, 2003. 3. 24.

부록 I

조연현 연구 연대별 목록

1970년대 연구 목록

김윤식, 「비평이란 무엇인가」, ≪현대문학≫, 1977. 7.

1980년대 연구 목록

김동리, 「자유와 순수 문학에의 신념」, ≪문학사상≫, 1986. 9.
곽종원, 「온화한 성품의 풍운아」, ≪문학사상≫, 1986. 9.
박재삼, 「대범한 삶의 행적」, ≪문학사상≫, 1986. 9.
김초혜, 「성실하고 큰 삶의 스승님」, ≪문학사상≫, 1986. 9.
박철희, 「논리와 생리의 시학-조연현의 비평세계」, ≪문학사상≫, 1986. 9.
김백희, 『조연현 초기 비평 연구』, 국민대 석사학위논문, 1985.
임옥인, 『조연현 비평 연구』, 홍익대 석사학위논문, 1994.
송왕섭, 『조연현 문학비평의 연구』, 성균관대 석사학위논문, 1994.
전용호, 『조연현 문학비평 연구』, 고려대 석사학위논문, 1996.
정명중, 『조연현 문학비평 연구』, 전남대 석사학위논문, 1996.
김명인, 『조연현 연구』, 인하대 박사학위논문, 1998.

1990년대 연구 목록

김 철, 「한국보수우익 문예조직의 형성과 전개」, ≪실천문학≫, 1990 여름.
조연현 10주기 추모특집, ≪현대문학≫, 1991. 11.
김윤식, 「근대성 또는 주인과 노예의 변증법」, ≪현대문학≫, 1991. 11.
류덕제, 「해방 직후 조연현 비평 연구 서설」, 『국어교육연구』, 경북대학교, 1993.
송희복, 「반근대 이념과 구경적 형식」, 『해방기 문학비평 연구』, 문학과지성사, 1993.
김 철, 「순수의 정체-붓과 칼의 일치」, 『청산하지 못한 역사 2』(반민족문제 연구소 편), 청년사, 1994.
최원식, 「민족문학의 근원적 전환-근대문학 기점론을 중심으로」, 『민족문학사상강좌』(하), 창작과비평사, 1995.
김윤식, 『한국근대문학사상연구2-문협정통파의 사상구조』, 아세아문화사, 1994.

2000년대 연구 목록

김 철, 「순수의 정체-붓과 칼의 일치 : 조연현론」, 『국문학을 넘어서』, 국학자료원, 2000.
구모룡, 「분리주의 비평의 한 양상-조연현 비평 연구를 위한 메모」(제2회 경남 작고 문인 문학심포지엄 주제 발표 원고), 2002. 11. 23.
김명인, 『조연현-비극적 세계관과 파시즘 사이』, 소명출판, 2004(김명인, 『조연현 연구』, 인하대 박사학위논문, 1998).
임영봉, 「조연현 비평 연구-평론집 『문학과 사상』」, 국어국문학(제136호), 2004.
김시철, 「김시철의 내가 만난 문인들-18」, ≪시문학≫, 2006. 3.
박종석, 「조연현론」, 『동남어문논집』, 동남어문학회, 2006. 5.

조연현 연보(1)

아래의 '조연현 연보'는 제적부(함안면사무소 복사본), 「함안조씨통판공파보」(조재식 소장), 평소 조연현 집에 자주 출입했던 소설가 조정래의 「石齋 年譜」(≪현대문학≫, 1982년 1월호, 88~89쪽)와 김명인의 「생애 및 비평 연보」(『조연현－비극적 세계관과 파시즘 사이』, 소명출판, 2004, 247~262쪽), 남원진의 「작가 연구 목록－조연현」(『남북한비평연구』, 역락, 2004, 519~521쪽), 『국어국문학자료사전』(한국사전연구사, 1994, 2715~2716쪽), 「내가 고향에서 살 무렵」의 저자 약력(『남기고 싶은 이야기들』, 부름, 1981), 조연현 연보(『조연현 문학 전집』(1), 어문각, 1977, 379~380쪽), 『조연현 박사 회갑 기념 논집』 수록 연보(5~11쪽), 부인 최상남과 자녀들의 증언, 기타 자료 문헌들을 참고하여 작성하였음을 밝힌다.

연. 월. 일 (나이)	생애 및 학력	연구 활동 및 작품(저술)	수상 및 기타
1920. 9. 8 (음력 7월 26일)	경남 함안군 함안면 봉성동 1202번지 1호에서 부 조문태(趙文台)와 모 김복선(金福善)의 1남 2녀 중 장남으로 출생.		
1933(13살)	함안공립보통학교 졸업. 보성고등보통학교 입학(10월에 학업 중단).		
1934(14살)	중동중학교 2년 입학.	담임이었던 시인 김광섭의 영향 받음.	
1935(15살)	중동중학교 자퇴. 배재중학 3년에 편입.	신문, 잡지에 평론, 수필 등을 투고하여 학생란에 발표함.	
1937(17살)		정태용(鄭泰榕) 등과 중학생 신분으로 동인지 「아(芽)」를 냄(3호까지).	
1938(18살)	배재고보를 졸업.	「하나의 享樂」(≪조광≫ 기성 시란에 발표). 동인지 「詩林」(정태용(鄭泰榕), 유동준(兪東濬) 등과 함께).	
1939(19살)	만주 하얼빈에서 1년 정도 거주함.		
1940(20살)	만주에서 귀국. 혜화전문학교(전 동국대학교 전신)	조지훈과 교류함.	
1941(21살)	학생 사건으로 연루되어 중퇴함.		
1942(22살)		「아세아부흥론서설」(≪동양조광≫, 6월－일본어로 발표.	
1944(24살)	절에서 도피 생활함. 고향 면서기(面書記)함.		

1945(25살)	상경.	≪藝術部落≫ 창간.	8 · 15 광복
1946(26살)	최상남(崔祥南)과 결혼.	김동리, 서정주, 조지훈, 박목월, 곽종원, 김윤성 등과 교류. 청년문학가협회, 전국문필가협회, 전국문화단제총연합회 등의 발족에 참여.	※「청록집」 출판 (박목월 · 박두진 · 조지훈 · 조연현 등이 모여 출판기념회)
1947(27살)	장남 조광권(趙匡權) 출생. ≪民主日報≫ ≪民衆日報≫ 기자. ≪民國日報≫ 문화부장 겸 사회부장 역임.	「우리 문학의 성격」(≪경향신문≫, 1. 12 / 1. 16 / 1. 22) 「합리주의의 초극」(≪경향신문≫, 11. 2)	
1948(28살)	강학중, 조진대와 함께 〈탐구〉 동인 활동.	≪文藝≫ 창간과 함께 주간.	
1949(29살)		「개념의 공허와 그 모호성 : 백철 씨의 『조선신문학사조사』를 중심으로」, ≪문예≫ (1949. 8).『文學과 思想』(세계문학사).	※박두진의 『해』 출판.
1950(30살)	90일 동안 서울 지하 생활(9 · 28 수복).		6 · 25 동란.
1951(31살)	1 · 4 후퇴로 부산 동광동 김안과 집에 거주함.	조연현 편, 『작가수업 : 문단인이 걸어온 길』(수도문화사, 1951).	
1952(32살)		수필집 『文學的 散步』(문예사).	
1952(33살)		『文學槪論』(고려출판).	
1953(34살)	피난지 부산에서 장녀 조선영(趙鮮玲) 출생. 수복과 함께 상경. 수복 후 곽종원(국어국문과 전임)과 함께 숙명여대에서 강사로 강의를 시작함.	「무명 나병 작가와의 해후」(≪신태양≫).	
1954(34살)		「실존주의 해의」(≪문예≫, 1954. 3)로 1962년 정명환(「평론가는 이방인인가」, ≪사상계≫, 1962. 12)과 실존주의 논쟁. ≪문예≫(1954. 3) 폐간.	예술원 회원 피선(被選).
1955(35살)		≪現代文學≫ 창간과 함께 주간(主幹).	
1956(36살)		1955년 6월부터 1956년 12월까지 ≪現代文學≫에 연재. ※≪평화일보≫와 동시에 연재함.	
1957(37살)		≪現代文學≫에 「韓國現代文學史」 연재. 『休日의 意匠』(人間社)(제1부) 『韓國現代文學史』(現代文學社).	

1958(38살)	차녀 조혜령(趙惠玲) 출생.	『文學과 그 周邊』(人間社). 수필 「내 고향 사투리」(≪女苑≫).	
1959(39살)		『文學的 人生論』(正音社).	
1961(41살)	동국대, 서울대, 숙명여대, 수도여자사범대, 연세대, 성균관대 출강함. 동국대 전임 교수.		
1962(42살)	일본 〈朝鮮學會〉 초청으로 해외 여행.	『餘白의 思想』(正音社), 『文學敎範』(正音社). 정명환과 실존주의 논쟁(정명환, 「평론가는 이방인인가」, ≪사상계≫, 1962. 12).	
1963(43살)		『文章敎範』(정음사). 『韓國現代文學史槪觀』(정음사). *정명환과 실존주의 논쟁(조연현, 「문학은 암호 이상의 것이다」, ≪현대문학≫, 963. 1).	대한민국 문화포장.
1964(44살)	일본 〈雜誌協會〉 초청으로 해외 여행.	『文學과 生活』(探求堂) 『韓國現代作家論』(靑雲出版社), 『不惑의 感傷』(語文閣).	
1965(45살)		「한국신문학사방법론」(≪문학춘추≫, 1965. 11).	제4회 문교부 문예상 문학본상 수상.
1966(46살)		『韓國現代小說의 理解』(일지사). 『韓國新文學考』(文化堂).	제1회 예술원상.
1967(47살)		1967년 2월부터 1968년 1월까지 ≪現代文學≫에 연재.	
1968(48살)		(1967년 2월부터 1968년 1월까지 ≪現代文學≫에 연재 원고를 수정) 『내가 살아 온 韓國文壇』(現代文學社).	
1969(49살)		(증보 개정판) 『한국현대문학사』(성문각).	
1970(50살)	일본 〈雜誌協會〉 초청으로 해외 여행.	臺北 펜클럽 아시아 작가 대회 한국 대표 참가.	국민훈장 동백장, 한국예술문화윤리위원회 위원장 피선.
1971(51살)		아일랜드 펜클럽 세계 작가 대회 한국 대표 참가.	한국예술문화윤리위원회 위원장 재선, 국민운영위원장 위촉, 한국문인협회 부이사장 피선. 3·15 문화상.

1972(52살)	일본 〈出版記念會〉 부부 동반 일본 여행.	『韓國現代文學史』(省文閣) - 제 1부와 제 2부 합책. 일본역판 『韓國現代文學史』, 『文學과 社會』(語文閣).	
1973(53살)	JAL초청 일본 여행, 충남대 대학원, 성신여대 대학원, 숙명여대 대학원, 연세대 대학원 출강.		한국문인협회 이사장 피선. 한국예술문화윤리위원장(3선).
1974(51살)	이탈리아 밀라노 〈世界雜誌〉 세미나 한국대표 참가.	『韓國現代作家論』(正音社) 改編.	
1975(55살)	자유중국 〈雜誌事業協會〉 초청 대북, 일본 〈創藝社〉 초청 동경 방문.	『日常의 思想』(世宗出版社). 『손수건의 思想』(關東出版社).	
1976(56살)	자유중국, 일본 여행.	『文學과 그 現場』(관동출판사), 『文學과 人生』(乙酉文化社), 『이끼의 年輪』(語文閣). 『조연현전집』(6권, 語文閣).	≪현대문학≫사 사장 취임.
1978(58살)	동국대학교 교수 사임, 한양대학교 문과대학장 취임, 동국대학교 대학 및 대학원 강의, 아세아문화회의 한국대표 참석(아시아 의원 연맹 초청), 예술행정 조사차 아세아 7개국 여행.	『韓國現代文學槪觀』(이우출판사), 『내가 살아가는 인생』(태창출판사).	
1979(59살)	동국대학교 명예 문학박사 학위 수여, 문교부 명예 박사 공적 심사 위원 위촉.		한국문인협회 이사장(3선).
1980(60살)	서울시 한강보존위원회 위원, 도서잡지 윤리위원회 위원, 政府憲法改正審議委員 위촉. 한양대학교 부설 국학연구원장.	『조연현 박사 화갑 기념 논문집』 출판. 『문학 강연과 수필』(語文閣).	
1981(61살)	한국잡지협회 회장. 일본 체류 중 뇌졸중 사망(11월 24일).	『한국현대작가연구』(새문사), 『남기고 싶은 이야기들』(부름사).	한국문인협회 이사장(4선), 한국잡지협회 회장 피선, 한국문학평론가협회장.

조연현 연보(2)

연. 월. 일 (사후)	조연현 관련 추모 글	조연현 연구 및 저술	기타
1982(사후 1년)	「석재의 인간과 문학」, ≪현대문학≫(1월호). 「추모 특집 - 인간과 문학과 영원의 불꽃」, ≪월간문학≫(1월호).	『문학과 사상과 인생』(문학세계사).	
1985(사후 4년)		며느리인 김백희 『조연현의 초기 비평 연구』(국민대 석사학위).	
1986(사후 5년)	「조연현의 인간과 문학」, ≪문학사상≫(9월호). 「석재의 인간과 문학」, ≪현대문학≫(11월호).		
1992(사후 11년)	「조연현 선생의 삶과 문학세계」, ≪현대문학≫(11월호).		
1999(사후 17년)	「석재 조연현 선생의 인생과 문학」(≪함안문학≫ 창간호).		
2001(사후 19년)	「석재 조연현 문학 업적 조명 세미나」(함안군청 3층 대회의실, 5월 26일).		
2002(사후 20년)	구모룡, 「분리주의 비평의 한 양상 - 조연현 비평 연구를 위한 메모」(제2회 경남 작고 문인 문학심포지엄 주제 발표 원고, 경남문학관, 11월 23일).		

부록 Ⅱ

조연현의 평문과 시각

조연현 문학과 관련 보도 자료

조연현의 추억과 유족의 글

조연현, 「개념과 공식-백철과 김동석」

≪평화일보≫, 1948. 2(『문학과 사상』, 211~216쪽).

해방 이후 조선의 비평 문학이 일반 작가들에게 실질적인 아무런 도움도 되지 못하였을 뿐 아니라 평론 그 자체까지도 아무런 진전을 보이지 못해 온 원인은 해방 이후의 조선의 비평문학 개념과 공식의 나열이 아니면 그것의 전단(專斷)이었기 때문일 것이다. 이것은 해방 이후 금일까지의 조선문단의 모든 비평적 문자를 재검토해 볼 것까지도 없이 용이하게 누구에게나 수긍되는 문제이다. 해방 이후 백철 씨와 김동석 씨가 조선의 평단에서 가장 많이 활동해 왔다는 사실도 이 문제와 상관해서 생각해 볼 때 단순히 우연한 부합(符合)이라고는 할 수 없을 것이다. 그것은 개념 비평의 대표적인 인물이 백철 씨였으며 공식비평의 대표적 인물이 김동석 씨였기 때문이다. 개념과 공식이 횡행(橫行)하는 과도기에 있어 이 두 비평가는 참으로 천운(天運)을 만났던 것이다. 작가나 작품에 대한 진정한 이해와 해석과는 아무런 관계도 없이 이 두 비평가의 평론은 무조건으로 '쩌나리즘(저널리즘-필자 주)'에 판매되어 나갔던 것이다. 그러나 문제는 여기에 있는 것이 아니라 중요한 것은 이 두 비평가가 가진 개념과 공식이 어느 정도로 작가와 작품을 이해할 수 있으며 개념이나 공식만으로서는 어떻게도 할 수 없는 문학을 어느 정도 영도(領導)해 나갈 수 있느냐에 달려 있는 것이다. 이것을 알아보기 위하여 잠시 그들의 비평 태도를 살펴보기로 하자.

백철 씨는 그의 수다한 작품평이나 작가론이나 문학론에 있어 자연주의적 낭만주의적 기교주의적 '리알리즘'적 신비주의 등등의 수다한 개념적 용어를 사용하지 않고서는 여하한 비평문의 한 구절도 기록해 낼 수 없다는 것을 우리에게 보여 주고 있는 평론가다. 씨는 한 작가나 한 작품을 대할 때마다 이 작가는 자연주의적 작가요 이 작품은 '리알리즘'적 작품이라고 규정하는 이상의 그 아무 것도 보여 주지 못하고 있는 것이다. 씨는 말하기를 염상섭 씨는 전통적인 자연주의적 작가요 계용묵 씨는 기교주의적 작가요 김동리 씨는 「穴居部族」에 있어서는 사실주의적 작가요 「달」에 있어서는 낭만주의 작가요 「역마」에 있어서는 신비주의적 작가라는 것이다. 그 이상의 아무 것도 씨는 논급할 줄도 모르며 논급할 필요도 없다는 듯이 그렇게만 규정 지워져 버리는 것이다. 간단명료한 누구든지 알 수 있는 지극히 용이한 종별적 규정이다.

만일 한강에서 실연하여 투신 자살한 여인이 있다면 그 여인이 자살하기까지의 일제의 고민이라든지 그 심리의 독특한 추이에 대해서 씨는 함구불언할 것이며 다만 그것은 한 개의 실연적 사건이라고 규정한 후 그 한마디의 규정으로서 모든 것은 해결되었다는 듯이 씨는 태연자약(泰然自若)히 안심해 버릴 것이다. 씨의 일체의 개념적 규정은 이를테면 이러한 실연 사건적이라는 규정과 마찬가지인 것이다. 그러나 문학은 한 여인의 투신 자살을 백철 씨처럼 실연적 사건이라고 규정지음으로써 안심할 수 없는 곳에서 발생하는 것이다. 만일 그렇게 안심해 버릴 수 있다면 일체의 문학 행동은 무의미한 것이 될 것이다. 문학 행동보다도 실연적 사건이니 자연발생적이니 자연주의니 낭만주의니 기교주의니 하는 개념만을 소화해 버리면 만사는 해결되지 않는 것이 없으며 이해되지 않는 것이 없을 것이기 때문이다. 그러나 모든 인간 문제가 그러한 개념만으로서 해결되지 않는다는 것은 소학교 작문 시간에서도 이미 우리들은 배워 온 것이다.

씨가 자연주의니 사실주의니 낭만주의니 하는 것을 가지고 아무리 논급해도 염상섭 씨나 김동리 씨나 계용묵 씨가 파악되지 않은 것도 무리가 아닌가

한다. 그러면 씨의 이러한 문학 의식은 어디에서 원인이 된 것인가, 그것은 무슨 적(的) 무슨 주의적(的)하는 일반적 개념만을 가지고 특수한 존재인 작가나 작품을 이해하려는 무리에서 기인(起因)되었던 것이다. 물론 우리는 씨가 상용하는 무슨 적 무슨 적하는 개념적 규정을 전적으로 부정하는 것이 아니다. 그러한 규정은 그러한 것대로의 의의가 있을 것이다. 그러나 한 여인의 자살을 간단히 그것은 실연적 사건이라고 규정하고 안심할 수 없듯이 무슨 적 무슨 주의적하는 개념적 용어만으로서 문학은 결코 해결되지 않는 것이다.

이와 마찬가지로 문학은 또한 어떠한 일반적인 공식만을 가지고도 해결되지 않는 것이다. 백철 씨가 일반적 개념을 가지고 문학을 이해하려고 하였다면 김동석 씨는 어떤 기성 '이데올로기'의 공식만을 가지고 문학을 이해해 왔다고 볼 수 있을 것이다. 김동석 씨의 일체 비평적 문자는 유물사관이라는 완고(頑固)한 공식으로 일관되어 있는 것이다.

씨는 한 작가나 한 작품을 대할 때 첫째 이것이 유물사관이냐 아니냐하는 것부터 먼저 결정하는 것이다. 그리고 이 유물사관적이냐 아니냐를 결정하는 것은 작자가 어떠한 정당과 정치 세력을 지지하느냐와 작품에 '데모'와 파업과 인민 항쟁이 취급되어 있느냐 아니냐에서 결정되는 것이다. 더욱이 치명적인 것은 좌익이냐 우익이냐 중간이냐하는 지극히 잔박(殘薄)한 세속적 개념으로서 작가나 작품을 취급하고 있다는 것이다. 씨는 좌익, 우익, 중간이라는 개념을 떠나서 한 작가나 작품을 이해하지도 못하며 그것을 떠나서 인생 문제를 해석할 줄도 모르는 것이다. 좌, 우, 중간의 관념은 씨의 유일한 문학 공식이다. 그래서 씨의 눈에는 김광균 씨가 '시의 제 3당'으로 보이는 것이며 김동리 씨가 제 3노선으로 인식되는 것이다. 이렇게 된다면 씨에게 묻고 싶은 것은 '괴테'나 '셰익스피어'는 좌익인가 우익인가. '파우스트'와 같은 것은 또한 어느 노선에 해당하는 작품인가하는 의문이다. 그리고 이 좌, 우, 중의 공식으로서 문학이 되지 못하는 것은 아니다. 우리는 위대한 유물사관적인 작품을 얼마든지 기억할 수 있는 것이다. 그러나 씨처럼 좌, 우, 중의 천박(淺薄)한 세속적 공식으로서 유물사관을 이해하고 문학을 사유한다면 유물사관 문학은 고사(姑捨)하고 어떤 문학도 나올 수 없을 것이다. 그러면 씨의 이러한 어떤 문학도 나올 수 없는 씨의 완전한 문학적 무지는 어디에 기인된 것인가. 그것은 백철 씨가 개념을 문학으로 오인(誤認)한 것처럼 씨는 공식을 문학으로 착각하였기 때문인 것이다. 개념은 어디까지 개념이요 공식 또한 어디까지 공식이었던 것이다. 여기에 있어 우리가 용이하게 알 수 있는 것은 개념이나 공식은 사실에 있어서 문학과는 아무런 관계가 없다는 것이다. 백철 씨가 개념을 가지고 김동석 씨가 공식을 가지고 수다한 평론을 시험해 왔건만 그들의 비평적 문자가 한 작가나 한 작품의 핵심을 조금치도 '터치'하지 못하고 작가나 작품의 외면적 관찰에만 시종(始終)한 것이 그들의 성의나 노력의 부족에서보다도 한 작가나 작품이 내부에 침입할 수 없는 근본적인 이러한 비문학적인 결함을 가졌기 때문이었던 것이다. 개념이나 공식은 일반적 현실을 일반적으로 인식(그것은 조금도 심각해질 수 없는 상식 정도로)할 수 있으나 특수한 현실이나 존재를 완전히 이해하고 해명할 수 있는 무기는 도저히 되지 못하는 것이다. 오히려 저속한 한 개의 상식을 획득하기에는 편리할 수도 있는 것이다. 백철 씨나 김동석 씨가 얼마나 상식적인 비평가냐 하는 것도 결코 우연한 일치가 아닌 것이다. 그러나 오늘 우리가 요구하는 비평이 이러한 상식적인 개념이나 공식이 아니며 더욱이 이러한 상식적인 공식이나 개념에서 문학이 진정하게 이해될 수도 없다면 금후의 조선의 비평문학은 이러한 가두에 횡행(橫行)하는 개념과 공식을 부정하고 문학의 핵심 속에 돌입하는 진정한 비평정신의 발동에서만 새로운 전개와 전진을 기대할 수 있을 것이다.

평문의 가치 조연현의 비평적 시각을 예리하게 보여준 글이다. 좌익문학론에 대한 순수문학론의 직접적인 태도를 밝힌 평문으로 가치가 있다.

조연현, 「실존주의 해의」

≪문예≫, 1954. 3.

실존주의는 제2차 대전 이후에 세계적인 화제가 되어 있는 가장 유력한 유행적인 사조의 하나다. 사람들은 제각기 실존주의를 말한다.

오늘에 와서 실존주의는 그 정확한 개념에서나 그 부정확한 개념에서나 어쨌든 누구의 입에서나 발언되고 있다. 실존주의란 말이 이렇게 누구에게서나 발언되고 있다는 이 사실은 실존주의가 정당히 이해되었던 잘못 해석되었던 이제는 누구도 이 문제에 관해서 무관심할 수 없게 되었다는 것을 의미하는 것이다. 그러므로 오늘에 와서 실존주의를 말한다는 것은 현대인의 어쩔 수 없는 한 숙명이다. 오늘에 와서 실존주의를 말한다는 것이 이 글의 중요한 목적이지만 이것은 실존주의 그 자체를 이야기함으로서만 해명되어질 것이다.

그러나 오늘에 와서 누구도 실존주의를 말하지만 어느 누구도 명료한 언어로서 실존주의의 무엇임을 분명하게 말해준 사람은 거의 그 예가 드물다. 세상에서 실존주의 철학자라고 지목된 사람이나 혹은 그 유능한 해설자라는 사람들까지도 그 개념을 평이하게 말해줄 수 있었던 사람은 없다. 모든 사람들은 거의 예외 없이 독특한 뉘앙스를 가진 전문적인 술어로서 이것을 설명해 주었을 뿐이다.

그러나 그렇게 사용된 그 모든 용어의 하나 하나를 완전히 알았다고 해도 실존주의의 정확하고 확실한 개념에 도달되는 일은 결코 쉬운 일이 아니다. 이것은 실존주의라는 그 자체가 그렇게 설명하기 어려운 난해성을 가진 때문이다. 「싸르트르」의 말처럼 「실존주의는 설명할 수 없는 것」일는지도 모르나 내가 보기에는 실존주의를 완전히 그리고 쉽게 설명할 수 있는 언어가 아직도 충분히 발견되지 않고 있는 데에서 오는 것 같기도 하였다. 그러나 이 말은 결코 실존주의가 오늘 처음 발견된 새로운 사고 내용임을 의미하는 것은 아니다.

실존주의란 말은 우리가 「키에루케콜」이나 「야스바-스」나 「하이덱가」의 이름을 기억하기 시작했을 때부터 이미 우리의 의식의 일부가 되어 있었던 것이다. 그럼에도 불구하고 실존주의를 설명하는 모든 용어가 우리에게 익숙되지 않고 있는 것은 그것에 익숙될 만치 우리의 관심이 그곳에 집중되여 오지 않았던 까닭이다. 만일 우리가 그것에 익숙되어 있었더라면 실존주의는 더 용이하게 우리에게 이해되어질 수 있었을 것이다.

지금 우리가 새삼스럽게 「키에루케콜」이나 「야스바-스」나 「하이덱가」가 사용한 익숙되지 않는 용어의 하나 하나를 분석하고 해명해보는 것은 선각자에 대한 후진의 추종이 아니라 지금 이 시간이야말로 참으로 실존주의를 말할 시간이기 때문이다. 물론 전기한 사람들은 오늘의 이 시간을 위하여 미리 그들의 철학을 준비한 것은 아니다. 그들은 다만 인간의 존재에 대하여 그들 이전 사람들보다 좀더 깊이 사고할 수 있었을 뿐이다.

그리고 그들이 그들의 선인들보다 좀더 깊이 사고할 수 있었던 결과가 인간의 실존에 대한 의식이었을 뿐이다. 지금에 와서 보면 그들은 이미 앞날을 예감한 선각자들이었다고도 볼 수 있으나 정말 실존주의를 말한 시간은 이미 「싸르트르」의 「嘔吐」가 나오고 「까뮈」의 「異邦人」이 나온 오늘의 이 시간이 아닐 수 없다. 왜 그러냐 하는 것을 말하려는 것이 이 글의 목적임을 위에서 말한 바와 같다.

……

지금까지 실존철학자나 혹은 그 해설가들의 「실존」(existenz)이란 말에 대한 개념을 종합하면 그것은 「인간의 특유한 혹은 인간의 본성적인 존재의 방식」을 의미하는 것으로 되어 있다. 그리고 「실존철학」이란 그러한 「실존의 구조를 명백히 하려는」 철학이고, 실존주의란 그러한 「실존을 주제로 하고 나아가서 자기 자신의 존재를 진실로 실존적인 것이 되게 하려는 입장 혹은 주장」이다. 그러나 역시 중요한 것은 「실존」이라는 좀더 분명한 개념이 아닐 수 없다. 「인간의 특유한 혹은 인간의 본성적인 존재의 방식」이란 것만으로서는 우리는 도저히 「실존」이 무엇인지를 알 수 없다. 이에 대해서 실존주의의 깊은 이해자인 「칼・데뵛드」는 그것은 「실존」도 「기능적 존재」도 아닌 「인간 특유의 존재 방식」이라는 다음과 같은 말을 했다.

> 우리가 현재 존재하는 것은 의심할 수 없는 사실임에도 불구하고 우리는 돌과 같이 단순히 현존해 있는 것도 아니요, 망치와 같이 다른 목적을 위해서 결정되어 있는 것도 아니다. 망치는 그것으로서 때리기 위한 것으로서의 망치이지 그것은 하등의 자아도 가지지 않았을 뿐 아니라 자기 자신의 목적을 享受할 수도 없다. 그것을 취급할 수 있는 것은 인간뿐이다.
>
> 이러한 현존과 기능적 존재로부터 구별되어 인간은 자아로서의 자기 자신에게 밀리고 그러면서도 자기 자신의 존재를 소유하고 있는 것과 같이 존재의 특권을 가지고 있다. 그러므로 인간은 자살 혹은 희생으로서 자기의 존재로부터 손을 뗄 수도 있다. 자연적 존재에 소유되어 있는 동물은 그것을 점령하는 것으로서도 그것으로부터 손을 떼는 것으로부터도 그 자연적 존재를 초월할 수가 없다. 인간의 존재에 있어서 특유한 이러한 종류의 존재가 있다는 것

이것이 「인간의 특유한 혹은 인간의 본성적인 존재의 방식」인 실존이라는 것이다. 그러나 이러한 의미에 있어서 실존이란 인간의 자각적인 존재의 식과 크게 구별될 것이 없다. 실존 이외의 개념에 있어서도 「현존」과 「기능적 존재」와는 다른 「인간이 특유한 존재방식」이 있음을 우리는 알고 있다. 그러나 「칼・데뵛드」가 그렇게 설명했을 때에는 거기에는 다른 의미가 포

함되고 있었던 것이다. 그 다른 의미를 명백히 하기 위해서는 「하이덱카」의 말을 직접 인용하는 것이 좋다. 「하이덱카」는 실존을 설명하여 다음과 같이 말했다.

> 자기자신의 존재에 관심하는 인간의 존재는 있지 않으면 아니 된다. 즉 그는 존재해 있지 않을 수 없다. 그는 자기가 현재 존재해 있다는 것을 다른 존재에 인도할 수도 없고, 그것으로부터 벗어날 수도 없다. 오히려 그는 자기 자신에게 위촉(委囑)되고 인도된 것이다. 그러므로 그는 생존하는 한에 있어서는 자기의 현존의 본질적 성격인 실존의 무거운 짐이 야기될 수 있는 것이라면 그 소위 본질이라는 것은 그가 존재해 있지 않을 수 없는 사실 속에 포함되어 있다.

이상의 「칼 · 데뷧드」의 설명과 「하이덱카」의 그것을 좀더 쉽게 요구하면 그것은 실존이란 「누구에게도 인도될 수도 없고 그것으로부터 벗어날 수도 없는 자기의 독특한 존재가 있다는 사실」이다. 이 사실이란 말은 실존의 개념을 이해하는 데 있어서 대단히 중요하다. 그것은 「하이덱카」가 「인간의 생존의 본질은 실존이다」라고 말했을 때 그것은 「본질은 내가 무엇이라는 것을 개념할 수 있는 것에 관계되고 있는 것임에 대해서 실존은 내가 존재해 있고, 또한 존재해 있게 된 사실에 관계된 것」임을 말하는 것이라고 「칼 · 데뷧드」는 설명하고 있기 때문이다.

이것이 실존주의를 이해하는 데 있어서 중요하다는 것은 흔히 실존의식 그 자체와 혼동되고 있는 무목적, 무근거, 부조리, 허무, 고독, 불안 등이 실존 그 자체가 아니라는 것을 알아두지 않으면 아니 되기 때문이다. 그러한 것은 실존의 속성이지 그 본성은 아니다. 그것은 실존이란 누구에게도 인도될 수도 없고 그것으로부터 벗어날 수도 없는 인간의 독특한 존재가 있다는 그 사실성에 있는 것이지 그것의 속성에 있는 것이 아니기 때문이다. 이것을 확인해두는 것은 실존을 이해하는 기본의 하나가 된다.

……

위에서 실존이 「인간의 본성적인 존재방식」 혹은 「인간의 특유한 종류의 존재」 혹은 「인간 독특한 존재」 등이 있다는 「사실」이라고 말했다. 그러면 이런 경우의 인간의 「본성적」, 「특유한」, 「독특한」이란 개념은 무엇인가. 그것이 동물과 인간, 혹은 자연물과 인간을 구별하는 뜻보다는 오히려 모든 개개인 상호간의 관계를 말하는 성질을 가진 것이다.

즉 「자기의 본성적인 존재방식」, 「자기 특유한 종류의 존재」, 「자기의 독특한 존재」 등을 말하는 것이다. 이러한 의미에 있어서의 「본성적」, 「특유한」, 「독특한」 등의 개념은 인간의 개별의식을 말하는 것이 되지 않으면 아니 된다.

그러므로 실존이란 보편적인 인간의 실존을 말함이 아니라 그러한 보편적인 인간 속에 「남에게 인도될 수도 없고 그것으로부터 벗어날 수도 없는」 어쩔 수 없는 특유한, 독특한 자기가 존재하고 있다는 사실을 말하는 것으로서 「개별자로서의 자기」가 혹은 「단독자로서의 자기」가 존재한다는 사실이다. 바꾸어 말하면 실존이란 보편적인 인간과는 아무런 공통성도 아무런 관계도 없는 개별자, 단독자의 존재가 현존이나 기능적 존재로서가 아니라 그 자신의 본성으로서 존재해 있다는 사실이다.

이러한 개별자 내지 단독자가 존재해 있다는 사실로서 구성되는 실존의 개념은 「까뮈」의 「異邦人」을 읽으면 아무런 설명도 없이 그대로 이해될 수 있다. 그의 어머니가 죽은 그 다음날 해수욕을 하고, 여자와 관계를 맺고, 희곡영화를 보고 웃고, 태양빛으로 인하여 살인을 하고, 자기의 살인 동기가 검사에 의하여 실제와는 전혀 다른 이유와 조건으로서 조작되고 구형되어도 그것을 반증할 수도 없고 반증할 의욕도 없이 논고를 받고, 처형의 전야 나는 행복했고 지금도 행복하다고 단정하며 자기를 증오하는 군상들이 단두대에 더 많이 모이기를 원하는 주인공「피르쏘오」는 확실히 보편적인 모든 인간들과는 다른 개별적 단독적인 이방인이다.

이 소설의 제목을 이방인이라고 한 것은 너무나 노골적인 상술이다.「피르쏘오」는 이 세상, 이 사회와는 아무 관계가 없는 이방인이다. 그리고 그러한 이 세계나 이 사회의 어떤 사람과도 합치될 수 없는 이방인이다. 그가 너무나 분명하고도 확실한 이방인이라는 것은 검사의 논고는 그의 살인의 실제와는 아무런 관계도 없고, 그의 살인의 실제는 또한 이 사회와는 아무런 관계가 없다.

사회와 그와의 사이에는 아무런 진정한 혹은 정당한 부류도 있을 수 없다. 서로는 서로 서로 각각이니까「피르쏘오」는 이 사회와의 관계 속에서 사는 인간이 아니라 이 사회와는 아무런 관계도 없는 자기의 본성에 의해서만 살고 있다. 그는 그러한 자기를 누구에게 인도할 수도 없고, 그러한 자기로부터 벗어날 수도 없다. 그러나「피르쏘오」가 존재해 있다는 것은 사실이다. 그는 이것을 알고 있다. 이것이 실존의 정확한 개념이다.

이러한 실존이 실존 그 자체와 혼동되는 무목적, 무근거, 부조리, 허무, 고독, 불안, 권태 등을 그 속성으로 가지게 되는 것은 무엇 때문인가. 우리는 그것을 전기한「피르쏘오」의 경우에서 찾아 볼 수 있다.「피르쏘오」란 한 이방인이 그와 아무런 공통성도 관계도 없는 이 사회에 존재해 있는 것은 전혀 우발적인 것이다.「싸르트르」는 그의 철학논문적인 소설「嘔吐」에서「실존은 설명될 수 없는, 설명으로서 처리되지 않는 구극이며 권태다. 그것은 다만 遭遇될 뿐이다」라고 말한 것처럼「피르쏘오」와 이 사회와의 관계는 전혀 우발적인 조우에 지나지 않는다.

그러므로 그의 실존은 무근거한 것일 수밖에는 없다. 이와 마찬가지로「피르쏘오」는 그가 단순한 현존이 아님은 확실하나 그렇다고 그에게 어떤 목적이 있는 것이 아니다. 기능적 근거와는 달리 그에게는 아무런 목적이 없다. 이것은 그의 실존이 필연적인 것이 아닌 우발적인 것이었다는 것과 관련되는 것이다. 이러한 「피르쏘오」가 그와 아무런 공통성도 관계도 없는 이 사회에 실존해 있다는 그 자체는 심각한 부조리가 아닐 수 없다.

또한 「피르쏘오」에게 있어서는 그와는 아무런 공통성도 관계도 없는 이 사회, 이 세계는 완전한 허무와 같다. 이것은 「피르쏘오」의 외부 세계에 대해서만 그러한 것이 아니라 아무런 필연적인 근거도 목적도 없는 「피르쏘오」 그 자신의 실존 역시 완전한 허무와 같다. 그것은 그의 실존이 아무런 의미를 가지고 있지 않기 때문이다. 그러나 중요한 것은 이러한 허무가 없는 것이 아니라 실제로 존재하고 있다는 사실이다. 「피르쏘오」에게 있어서는 완전한 허무인 검사(사회)의 존재가 있고, 그와 마찬가지로 완전한 허무인 「피르쏘오」 자신도 존재해 있다. 즉 허무가 없는 것이 아니라 무엇으로 존재하고 있다는 것이 된다. 그러므로 중요한 것은 허무 그 자체가 아니라 허무의 실존적인 존재성이다.

「하이덱카」는 이러한 허무의 실존이 「왜 아무 것도 없는 것이 아니라 어쨌든 있는가」라고 반문했다. 그리고 「싸르트르」는 이러한 허무의 실존이 「왜 존재하고 있는가에 대한 어떠한 이유도 원인도 존재하지 않는다. 해답을 구할 수 없는 이 부조리의 중량은 우리를 무서운 고독과 불안과 권태 속에 질식(窒息)케 한다」고 말했다. 실존의 속성인 무목적, 무근거, 부조리, 허무, 고독, 불안과 같은 것이 실존의식의 구체적인 내용이 되는 것은 이 때문이다.

……

위에서 나는 실존의식이 인간의 개별의식 내지 단독의식을 그 핵심으로 하고 형성된 것이라는 의미의 말을 했다. 이 말은 실존주의를 가장 쉽게 이해할 수 있는 그 첫 문호가 된다. 그것은 실존의식의 중요한 속성인 고독과 불안의 역사는 결코 짧은 것이 아니기 때문이다. 「칼・데빗드」는 그의 「빠스칼론」에서 서구 지성의 역사를 개관하면 질서 있는 우주 내의 인간의 본질적 존재라는 근대 이전의 개념으로부터 우발적 존재라는 개념에로의 결정적인 전향점이 명료하게 제시된다.

이 변화는 16세기의 천문학상의 신발견의 결과로서 17세기 초두에 일어났다라고 말했다. 이곳에서 「16세기의 천문학상의 신발견」이라는 것이 「코빼르니코스」의 「지동설」을 의미하는 것이라고 생각한다면 이 말의 뜻은 용이하게 이해될 수 있다. 그것은 16세기 이전의 인간의 전통적인 사고 핵심이 자연의 질서는 신의 섭리에 의해서 운행되는 것이며 그러한 자연의 질서는 그와 마찬가지로 신의 한 피조물인 인간의 질서와 그대로 연결된 것으로서 아침에 해가 동쪽에서 뜨고 저녁에 서쪽으로 지는 것이 모두 인간의 일상생활과 깊은 관계를 가지고 있었다.

즉 고대인이 인간을 자연의 한 부분으로 보고, 그러한 자연적인 법칙에 인간의 모든 생활이 귀일합치된 것을 느끼고 안심입명해 있었다면 「코빼르니코스」의 「지동설」 이후, 인간의 의식 속에 발전되어 온 사고의 근원은 이 우주가 근대자연과학의 실험과 계산에 의해서 확인된 내용임에도 불구하고 그것은 이미 인간의 내용은 아니었기 때문이다. 즉 인간은 우주의 내용을 분석하고 인지했으나 인간은 우주의 한 우발적인 고아에 지나지 않는다는 의식이 그것이다. 인간의 최초의 고독과 불안은 여기에서부터 시작된다.

그러므로 「칼・데뷧드」가 「나의 생애의 짧은 기간이, 그 전후의 영원 속에 파묻혀 버리고, 내가 점령하고 있는 적은 공간이 내가 모르는, 그리고 나를 모르는 공간의 무한한 넓이 속에 던져져 있음을 생각할 때 나는 내가 저곳에 있지 않고, 이곳에 있음을 보고 공포와 경악을 느낀다. 왜냐하면 내가 저곳에 있지 않고 이것에 있으며, 그때에 있지 않고, 지금에 있는가 하는 아무런 이유가 없는 까닭이다.」라고 말한 「빠스칼」의 공포와 경악을 인간의 근대적인 도독과 불안의 그 시초라고 해석한 것은 그의 말대로 그것이 「실존의식의 역사적인 배경」이 아닐 수 없다. 그것은 「빠스칼」이 이러한 경악과 공포가 자연으로부터의 인간의 개별의식 내지 단독의식에서 나온 것이기 때문이다. 이러한 개별의식 내지 단독의식은 「키에루케콜」에 있어서는 「신으로부터의 절연」이라는 불안을 가지게 했으며 「니・체」에게 있어서는 「신은 이미 죽었다」는 절대의 고독을 가지게 한 것이다.

이러한 단독의식 내지 개별의식이 「하이덱카」나 「야스바・스」에 의해서 실존철학으로서 어떻게 구명되고 어떻게 조직되었던 이것이 오늘에 와서 「싸르트르」나 「까뮈」의 작품으로서 결과되지 않을 수 없었다는 것만이 우리에게는 중요한 사실이 된다. 그것은 「누구에게도 인도할 수 없고, 그것으로부터 벗어날 수도 없는 자기가 그러한 자기와는 아무런 관계도 없는 이 사회와 인류의 역사와 그리고 모든 개개인 속에 존재해 있다는 이 사실」이 오늘이 시간의 인류의 내용이기 때문이다.

오늘 이 시간에 있어서 모든 사람들은 모두가 검사와 「피르쏘오」와의 관계와 마찬가지다. 「쪼・지・오웰」의 「1984년」이 인류의 장래의 이야기가 아니고 그것이 이미 우리의 현실이며, 「게을규」의 「25시」가 이미 소설이 아니라 그것이 한 사실인 오늘에 있어서 모든 사람들은 제각기 이방인이다. 그것은 인간 자체가 그 본성이 아닌 「메카니즘」과 조금도 구별할 수 없는 것이 되어 있는 오늘, 「우연한 조우」처럼 자기의 본성을 의식할 때 모든 현대인은 저 「빠스칼」의 경악과 공포와 같은 것을 통하여 누구나 자기의 이방인의식을 느끼지 않을 수 없을 것이기 때문이다. 초두에서 내가 오늘 이 시간이야말로 진정으로 누구나 실존주의를 말할 수 있는 숙명적인 시간이라고 말한 것은 이 때문이었다. 「싸르트르」의 「嘔吐」나 「까뮈」의 「異邦人」이 이 시간에 나왔고, 또한 이 시간의 여러 사람에게 공감되고 있다는 것은 결코 우연한 일이 아닌 것이다.

……

위에서 나는 실존의식 그 자체와 혼동되는 무목적, 무근거, 부조리, 허무, 고독, 불안과 같은 것이 실존의식 그 자체가 아니라 그것의 속성이라고 말했다. 이것은 실존주의의 역사적 배경인 인간의 최초의 고독이나 불안이, 우주의 고아 의식에서 발원되었고, 「빠스칼」의 경악이나 공포가 인간의 우발성에 대한 깊은 통찰에서 유래되었음을 보아도 알 수 있는 것이다. 내가 이 말을 또다시 이곳에 반복하는 것은 실존의식의 속성은 반드시 위에서 열거한 그러한 것만이 아니라는 것을 말하고 싶기 때문이다.

만일 실존의식의 속성이 상기한 그것에만 그친다면 「휴・매니즘」의 「최후의 한 결론」(싸르트르)으로서의 실존주의는 너무나 비극적이며 절망적이기 때문이다. 그러나 우리는 실존의식이 「휴・매니즘」을 그 본질로 하고 있음을 확실히 알고 있는 이상 실존의 속성이 상기한 것으로 고친다고는 생각할 수 없다.

「코빼르니코스」의 「지동설」로부터 발전된 인간사고의 핵심이 「휴・매니즘」의 근원에서 출발되었고, 그러한 근원에서 출발된 근대과학이 또한 「휴・매니즘」에 공헌한 사실을 상도(想到)할 때 상기한 모든 것이 속성으로서의 실존의식의 전부가 아님을 우리는 확신할 수 있고, 또한 확신하지 않으면 아니 된다. 가령 「異邦人」의 주인공 「피르쏘오」가 효수대(效首坮)에 오른 직전에 「나는 지금까지 행복했고 지금도 행복하다」하는 것은 분명히 실존의식의 다른 속성의 어떤 면을 암시해주는 하나의 맹아(萌芽)라고 볼 수 있다.

그러나 그러한 「피르쏘오」 한마디의 독백으로서 진정으로 행복한 사람이었다고는 생각하지 못할 것이다. 그러한 행복으로서 「피르쏘오」의 고독이나 부조리가 해소되거나 해결되는 것은 아니다. 그러한 행복은 사회나 인류의 역사에 대해서는 아무런 힘도 없는 너무나 실존적인 행복밖에는 되지 않는다. 「까뮈」를 「역사에 대한 방관자」라고 맹렬히 공격한 「잔손」의 비평은 실존주의자에 대한 인류의 변치않는 기본적인 요구의 한 표현이다.

우리는 인류의 역사를 오늘까지 이어온 「휴·매니즘」이 상기한 속성을 가진 실존의식에까지 도달되었으나 현대인의 옳은 과제는 그것이 인류의 종점이 아니라 현대의 숙명적인 한 기점임을 잊어서는 아니 된다는 점이다. 현대인이 실존의식에까지 도달되었다는 사실은 누구도 부정할 수는 없다. 그러나 이 사실과 그것으로서 인류가 종점에 도달되었다고 생각하는 것은 별도다. 실존의식은 현대인이 그것으로부터 출발해야 할 숙명적인 기점일 뿐이다. 우리가 그곳까지 도달하지 않으면 아니 될 실존의식이 상기한 것과 같은 절망적이며 비극적인 속성으로서 나타난다면 「하이덱카」의 말처럼 「자살이나 희생으로서」 그것으로부터 초월할 것이 아니라 그 모든 비극적 절망적인 의식으로부터 「휴·매니즘」의 옳은 속성으로 돌아갈 수 있는 길을 찾지 않으면 아니 될 것이다. 「휴·매니즘」의 속성이 상기한 실존의식의 그것과 다름은 누구에게나 명백하다. 만일 실존주의가 「휴·매니즘」의 최후의 한 결론으로서 절망적이며 비극적인 속성으로서만 정지된다면 이것은 「휴·매니즘」의 최후의 오류가 될 것이다. 그러나 「휴·매니즘」이 결코 그러한 오류에 정지될 수 없음은 그것은 「휴·매니즘」의 본질과는 딴 것이기 때문이다.

이와 마찬가지로 실존주의는 그 절망적 비극적인 속성으로부터 다시 발전되지 않으면 아니 된다. 「니·체」가 「신은 죽었다. 신은 나다」라고 했을 때 이것은 그러한 절망과 비극으로부터의 비약적인 한 전신이었다. 현대의 실존주의는 이러한 비약과 전신의 가능성을 실존적으로 설명하는 데 실패하지 말아야 한다. 이것이 실존의식에까지 도달한 현대인이 실존의식에서 출발하지 않으면 아니 될 숙명이다.

평문의 가치 위 평문에 대한 반박글은 정명환의 「평론가는 이방인인가」(≪사상계≫, 1962. 12)를 참고하고, 정명환의 반박글은 다시 부분 수정되어 『문학을 생각하다』(문학과지성사, 2003, 13~30쪽 참고)에 수록되어 있다. 이 두 평문의 비교를 통해 조연현의 비평적 시각을 단적으로 엿볼 수 있다.

조연현, 「문학은 암호 이상의 것이다」

≪현대문학≫, 1963. 1.

이번 「思想界」 文藝特輯臨時增刋號에 발표된 정명환 씨의 「평론가는 이 방인인가」하는 글을 읽었다. 이 글은 지금까지 우리 문단의 평단에 향해서 일반적으로 지녀온 불신임을 퍽 논리정연하게 그리고 퍽 구체적으로 요약한 것으로서 수긍되는 점이 많았다. 수긍되는 점이 많았을 뿐만 아니라 평소에 내가 느끼고 있는 것까지도 표현되어 있었다. 그러면서도 내가 이 글을 쓰게 된 것은 내가 평소에 느끼고 있었고, 이번에 정명환 씨의 그 글에도 표현되어 있는 평단에의 그러한 불만을 이번의 정명환 씨에게서도 내가 또다시 느끼게 된 때문에 지나지 않는다.

정명환 씨는 우리나라 평단 전체에 관한 일종의 불신임을 그 글에서 표명했는데 그것은 아무래도 좋다. 해석하는 사람의 여하에 따라서는 그보다 더 부정적이며, 더 절망적인 결론도 나올 수 있을 테니까. 문제는 그 불신의 원인이나 근거가 무엇이며, 그 원인이나 근거는 또한 얼마만치 신임 받을 수 있는가 하는 데 있다. 나는 위에서도 내가 평소에 느끼고 있는 것까지도 그 글에 표현되어 있다 했으므로 그의 전체적인 불신의 태도나 해석에 대해서는 비록 견해의 차이가 있다 할지라도 그것을 밝혀 볼 흥미는 별로 없다. 내가 말해 두고자 하는 것은 씨가 나에게 대해서 언급한 부분이다. 씨는

> 까뮈를 역사에 대한 방관자라고 맹렬히 공격한 죤슨의 비평은 실존주의에 대한 인류의 변치 않는 기본적인 요구의 한 표현이며, 비극적인 속성으로만 정지된다면 이것은 휴머니즘의 최후의 오류가 될 것이다.

라는 나의 문장을 인용하고 두 가지 점의 나의 무식을 지적하고 있다. 그

하나는 위의 「죤슨」은 「프랑시스 · 쟝송」으로서 그는 맑스주의에 물든 물질주의자인데 그가 정신주의자에게 가하는 비판을 왜 받아들이냐 하는 것이다. 이것은 내가 흑을 백이라 하고, 백을 흑이라 판단했다는 것이다. 그래서 나는 무식하다는 것이다.

전게한 나의 글을 十年 前의 것으로서 그때 나는 여러 가지 서적을 참고로 했다. 그 참고서적 하나에서 「쟝송」의 어떤 글을 읽었는지 전혀 기억이 없지만 발표되었을 당시는 분명히 「장송」으로 되어 있고, 이것이 교정 속에 들어갔을 때에는 「죤슨」으로 나왔다. 내가 교정을 보지 못해서 오식(誤植)의 경위(經緯)는 알 수 없으나 물론 문제는 그것이 아니다. 「까뮈를 역사에 대한 방관자」라고 말한 맑스주의에 물든 사람의 견해를 왜 좇았느냐 하는 데 있는 것 같다. 정씨는 나를 맑스주의자로 몰 작정인지는 모르나 나는 실존주의가 역사에 대해서 방관인 일면(일면이지 물론 그 전부가 그렇다는 것은 아니다)이 있는 것을 알고 있다. 이렇게 말하면 정씨는 또 나를 무식하다고 말할지 모르지만 나는 그렇게 느꼈고, 그렇게 말하는 여러 사람을 나는 알고 있다. 어떤 사상이나 철학이 역사에 대해서 방관할 수 없다는 것은 인류의 기본적인 요구의 하나라는 것은 누구나 그렇게 생각할 것이다(정씨는 이것도 나의 독단이나 오해나 무식이라고 할지 모르겠다). 나의 이러한 태도가 「장송」이 그 말을 인용하게 될 것이다. 이것이 흑을 백이라 한 것이 될까. 우리는 흔히 맑스와는 다른 성질(이 말에 주의할 필요가 있다)로 「종교는 아편이다」라는 말을 사용하기도 한다. 종교의 신앙적 특성을 「아편」으로서 비유한다고 해서 반드시 맑스처럼 유물론자가 되는 것일까. 그런 태도가 반드시 종교를 부정한다고만 단정될 수 있을까. 더욱이 정씨가 예를 든 나의 그 글은 그 전체가 물질주의 위에 서 있는가. 그와 반대인가 하는 것은 아무리 서투른 해석자나 오독자라 할지라도 분명한 것이 아니던가. 내가 글을 서툴게 써서 혹시 오독될 요소가 있었는지는 모르지만 문장의 일국면을 떼서 그것으로서 문장 전체의 의미를 결정하는 것은 「유식한 번역자」의 특권에 속하는 것일까. 횡포(橫暴)에 속하는 것일까. 오해에 속하는 것일까.

그 또 하나는 「실존주의가 절망적이며, 비극적인 속성으로서 정지된다는 말은 실존주의에 대한 근본적인 무식을 폭로한 것」이라고 씨는 말했는데 도대체 실존주의라고 하면 그것이 일부 불어학자나 불문학자가나 또는 정씨 자신의 무슨 전매특허나 맡은 것처럼 딴사람이 이에 대해서 발언하면 그것은 다 오해요 무식이 된다고 착란(錯亂)하고 있는 것 같다. 실존주의에 대해서 물론 나는 잘 안다고 말할 수는 없다. 오히려 그와 반대다. 그러나 실존주의에 대해서 나대로 해석하는 것은 있다. 이것은 정씨의 말대로 내가 아무리 무식할지라도 무식한 놈은 무식한 대로 어떤 사물에 대한 감응능력은 있을 것이 아닌가. 그리고 실상인즉 그 감응능력이라는 것이 정씨류의 유식과는 성질이 다를는지는 모르지만 어쨌든 잘 알든 잘 모르든 어떤 사물에 대한 감응능력은 누구나 가지고 있는 법이다.

실존주의가 절망적 비극적 속성(속성이라고 나는 분명히 말했다)을 가지고 있다는 것은 나 혼자만의 착란이나 해석은 아니다. 더욱이 씨는 전기한 나의 말이 「근본적 무식」이라는 것을 증명하기 위해서 「조씨가 이 글에서 논하고 있는 까뮈를 포함해서 1940년대의 불문학에 실존적이라는 렛텔을 붙여보더라도 그것은 바로 절망적이며 비극적인 여건을 극복하려는 노력이었기 때문」이라고 말하고 있다. 이쯤되면 사람이 기절을 할 지경이 된다. 그것은 씨가 독단적으로 결정한 것처럼 「1940년대의 불문학에 실존적이라는 렛텔」을 내가 함부로 갖다 붙인 일도 없거니와 그의 이 글을 보면 1940년대의 불문학을 흡사 내가 비극적이며, 절망적인 여건을 극복하려고 노력한 것이 아니다라는 의미의 글을 쓴 것처럼 되어 있다. 이것은 참 이상한 일이 아닐 수 없다. 나의 그 문장의 주제는 실존주의가가 그 속성으로서 지니는 절망적 허무적인 것을 극복하는 방향을 강조한 데 있는 것이다. 한 문장의 주제를 이와 같이 엉뚱하게 자의대로 창작할 수 있는 것일까. 씨가 나의 무식을 보이기 위하여 인용한 「만일 실존주의가 휴머니즘의 최후의 한 결론으로서 절망적이며, 비극적인 속성으로만 정지된다면 이것은 휴머니즘의 최후의 오류(誤謬)가 될 것이다」한 이 말과 나의 무식을 증명하기 위해서 씨가 쓴 「실존주의가 이 글에서 논하고 있는 까뮈를 포함해서 1940년대의 불문학에 실존적이라는 렛텔을 붙여 보더라도 그것은 바로 절망적이며, 비극적인 여건을 극복하려는 노력이었기 때문이다」라는 이 말 사이에 얼마만한 의미의 차이가 있는 것일까. 나의 전게(前揭)한 글이 절망적이며 비극적인 것이 되지 말기를 희구한 것이 아닌가. 정씨의 말대로 그것을 극복하기 위한 노력이었다 한대도 그 의미가 얼마나 달라지는 것일까. 나처럼 말하면 「근본적 무식」이 되고, 정씨처럼 말하면 「근본적 유식」이 되는 것일까.

●

「문학적 인생론」이라는 나의 조그만 저서 속에 「오해의 사상」이란 것이 있다. 사람들은 자기에게 오해가 있는 것을 알면 그것을 곧 해소시키려고 한다. 오해한 사람을 만나서 오해의 사유를 설명하면 그 오해는 풀어질 수도 있다. 그러나 한 가지 오해를 풀고 나면 또 다른 오해가 생긴다. 이런 뜻이 그 문장의 내용으로 되어 있다. 내가 왜 그런 글을 썼는가 하면 인생이란 어떤 의미에 있어서는 오해 속에서 사는 것이라고 생각할 수밖에 없는 일면이 있기 때문이다. 정씨는 한국의 대표적인 몇몇 평론가가 모두 무식하고 오해의 천재라고만 보고 있다. 그렇게 보는 정씨의 오해도 정씨가 즐겨 사용하는 용례에 의하면 무식이 되기도 한다. 그러나 중요한 것은 오해와 무식은 그 개념적 성질이 상당히 다른 데 있다. 무식은 공부하고 배우면 해결이 될 수도 있다. 그것은 지식에 관한 문제이기 때문이다. 나는 내가 별로 유식하다고 생각하고 있지 않으므로 나의 무식은 어느 때는 고쳐질 수 있을지 모른다. 그러나 정씨처럼 다른 사람이 자꾸 무식하게 보일만치 자신만은 유식하다고 생각되면 이러한 유식한 무식은 난치(難治)의 병이 될지 모른다. 그러나 더욱이 더 중요한 것은 오해라는 괴물이다. 조금도 오해가 없는, 오해가 조금치도 섞여 있지 않은 어떠한 해석이 있는가. 쉐스톱의 「도스토엡스키론」을 읽고 「도스토엡스키」에 대한 그의 오해가 이 세상에 가장 독자적인 「도스토엡스키론」을 만들어 낸 것임을 알았을 때, 나는 오해를 그다지 두려워하지 않게 되었다. 나는 내가 가장 사랑하는 사람에게 오해되고 있는 것을 알았다. 나는 아무리해도 그 오해를 풀 수 없다고 생각했을 때 오해라는 괴물에 대해서 체념(諦念)해 버리기로 했다. 그것은 어떤 해석이란 암호의 해독 이상의 것이라고 믿어졌기 때문이다. 인생이라는 것이 암호의 해독처럼 해석되어진다면 인류의 고민이나 고독은 얼마나 가벼워질 수 있을 것인가. 정씨는 비평을 암호의 해독에 비유했다. 순진한 희망일 수는 있다. 암호란 이미 약속된 한정된 의미를 가지고 있으니까. 그러나 인생에 이미 약속된 한정된 의미가 있을까. 마찬가지로 문학도 한정된 의미가 처음부터 부여되어 있는 것은 아니다. 지이드는 작자가 자기 작품에 대해서 작품 이외의 설명을 가하지 말라는 의미의 말을 한 일이 있다. 자기가 설명한 그 이외의 어떠한 의미가 그 작품 속에 있을지도 모른다는 뜻에서였다. 이 말은 자기가 창작한 작품에 대해서도 작자 자신이 완전히 해결할 수는 없다는 의미다. 문학이 암호 이상의 것임을 말해 주는 것이다. 실제의 인생이 그러한 것처럼 문학은 암호 이상의 것이기 때문에 각칭(各稱)의 해석이 생겨나는 것이다. 어떠한 비평일지라도 작자 자신도 완전히 설명할 수 없는 작품에 대해서 무슨 형식의 오해라도 완전히 없다 할 수는 없는 것이 될 것이다. 그러므로 정씨의 오독(誤讀)이나 오해(誤解)를 특별히 어떻다고 나는 말하는 것은 아니다. 다만 문학을 암호의 해득(解得)처럼 생각하는 정씨의 그 천진성을 부러워할 뿐이다. 암호 해득의 정부(正否)는 약속된 부호를 가진 사람이면 누구나 판정할 수 있다. 그러나 인생을 해석하는 데 그러한 편리한 척도나 기계가 있는 것일까. 문학에도 마찬가지다. 이 세상에는 무수한 오해가 있고 그 때문에 모든 인간들은 제가끔 고독한 것이 아닐까. 이 고독이 심화되면 인간은 제가끔 이방인(異邦人)이 되는 것이 아닐까. 이러한 불행을 극복하는 길은 무엇일까.

평문의 가치 위 평문에 대한 반박글은 정명환의 「비평 이전의 이야기」(≪사상계≫, 1963. 2)를 참고.

김동리, 「책 뒤에 부치는 말」

『문학과 사상』, 세계문학사, 1949.

조연현 씨는 해방 후부터 우리 문단에서 평론으로 가장 활약한 문인의 한 사람이다. 해방 전부터 시와 감상문 같은 것을 가끔 발표한 일이 있었지만 해방 후의 그의 맹활동에 비하면 해방 전의 것은 한 개 준비운동에 불과했던 것이다. 해방 후에도 처음엔 물론 「혼자 가는 길」 같은 우수한 서정시를 발표한 적이 없는 바는 아니나, 그는 엄연히 평필에만 전력을 경주하기 시작했던 것이다. 그리하야 이즘 와서는 거진 시작을 하지도 않는 모양이며, 외부에서도 이제 그만 그를 평론가로서만 보게끔 되어 버렸다.

조연현 씨의 평론가로서의 사유의 기조는 주체파(主體派)에 속한다. 따라서 그의 논공(論功)의 대상은 처음부터 합리주의(合理主義) 기계주의(機械主義) 비평에 향해져 있었다.

이러한 그의 사상적 기조가 정치주의(政治主義)와 공리주의(功利主義)를 논적(論敵)으로 삼을 수밖에 없었고, 따라서 이러한 정치주의와 공리주의 문학의 문단적 총본영(總本營)인 문학가동맹을 격파(擊破)하려는 것이 그에게 있어 언제나 현실적인 결론이 되지 않을 수 없었다는 것도 이해하기에 힘들지 않을 것이다. 이러한 의미에 있어 그는 해방 후 이론을 통하여는 그 누구보다도 가장 과감하게 싸베트주의 문학과 싸워 온 평론가라고 해도 과언이 아닐 것이다. 그렇다고 해서 그는 시사적(時事的)이요 문단적인, 따라서 문학의 표면적인 문제만을 논급(論及)하려 하지는 않았다. 근본적으로 사유의 기조가 주체파에 속해 있더라더니만치 그는 모든 표면적인 문제에 대해서도 언제나 보편적 인간성이란 본질적인 각도에서 분석하여 비판할 것을 잊지 않았다. 그러므로 해서 그의 평론의 대부분이 시사적이요, 표면적인 과제보다도 근본적이요, 본질적인 관점에서 작가나 작품을 대하게 된 것도 당연한 노릇이라 하지 않을 수 없다.

문예평론을 가리켜 문학이냐 과학이냐 또는 철학이냐 하고 떠드는 사람들이 있는가 하면 일부에서는 또 평론도 훌륭한 창작문학이 될 수 있다고 주장하는 사람들도 있다. 이미 한 세기나 낡은 화제면서 아즉 그다지 또렷한 결론이 난 것도 아니지만 조연현 씨의 평론을 읽으면서 언제나 뇌리(腦裏)에 연상되는 것이 이 문제다. 그만치 그의 평론은 직관적(直觀的)이요 감성적(感性的)인 요소를 풍부히 가졌다. 이것은 물론 위에서도 말한 바와 같이 그의 사상 기조가 주체파인데 그 주요한 이유가 있겠지만 일면 또 그가 시인 출신의 평론가란 데도 원인이 없는 것은 아니다. '미'란 것은 우리가 분석할 수 있는 부분은 백분지일(百分之一)도 안 된다는 볼튼의 말과 같이 한 개 유기체로서의 작품을 해부 비평함에 있어 그 기계주의적 방법에 크나큰 의혹과 불만을 가진 현대인에게 있어 그와 같이 예리한 감성과 풍부한 직관력을 가진 평론가야말로 환호를 받아 마땅하다하지 않을 수 없을 것이다.

끝으로 거는 이제 입년(入年) 전후의 젊은 평론가이나, 좀더 정중한 태도와 체계적인 논거를 닦아 앞날 평론가로서의 대성을 기하기 바라며 붓을 놓는다.

乙丑年 十日月 樹南庄에서 金東里 志之.

평문의 가치 조연현의 첫 비평서인 『문학과 사상』의 주요 골격인 좌익문학론에 대한 순수문학론, 주체 사상 논의, 직관의 비평 태도 등을 밝힌 글로 가치가 있다.

「기념 사업 진통」

≪경남도민일보≫, 2001. 5. 28. 조재영 기자

한국 비평 문학의 태두로 불리는 석재 조연현의 친일 행적이 고향 함안에서 논란이 되고 있다.

26일 함안군청 대회의실에서 함안군 주최 함안 문인 협회 주관으로 열린 '석재 조연현 업적 재조명 세미나' 자리에서 한 시민 단체 관계자가 석재의 친일 행적에 대해 주제 발표자들에게 견해를 물은 데서 논란은 시작됐다.

이날 세미나에는 석재의 제자인 채수영 신흥대학 교수, 조병무 동덕여대 교수, 이철호 월간 ≪한국문인≫ 발행인과 석재의 추천으로 등단한 정목일 경남문협 회장이 주제 발표자로 나섰다.

이날 채수영, 조병무, 이철호 씨 등은 "석재 조연현은 한국현대문학의 초석을 다졌으며 문인협회를 맡아 당당하게 문단의 질서를 구축했고 국내 최대의 문인수를 가진 동국대 국어국문학과 교수로서 중심을 잡았던 문인"이라고 높이 평가했다.

또 정목일 회장은 "함안 출신의 대문인 석재 조연현 선생의 문학적 업적 재조명이 다른 고장의 문인들에 견줘 뒤늦은 것은 참으로 안타까운 일"이라며 석재문학관, 문학비 건립, 석재문학상, 백일장 제정 등으로 석재 문학 선양 사업을 전개해야 한다고 강조했다.

그러나 발표자들의 견해와 달리 아라가야향토사연구회 이순일 부회장은 세미나 자리에서 "석재의 공적을 논한다면 반드시 과오도 함께 짚어야 한다."며 석재의 친일 행적에 대해 문제를 제기했다. 이 부회장은 대표적인 보기로 석재가 1942년 6월 ≪동양조광≫지에 일본어로 발표한 「아세아부흥론서설」 등 몇 가지 사실을 친일 행적으로 제기했다. 이 「아세아부흥론서설」에는 "그렇게 함으로써 비로소 우리는 동아공영권을 가능케 할 수도 있고 아세아는 하나다라는 이상도 실현될 수 있을 것입니다. 전국의 청년학도 제군! 자각과 복수의 마음으로 불타며 아세아 공영권의 건설에 매진합시다."라는 구절이 포함돼 있다.

이 같은 문제제기에 대해 채수영 교수는 석재에게 친일 행위가 있었음은 인정되지만 문제될 것이 없다는 반응을 보였다. "독일의 문호 괴테가 정복자 나폴레옹 아래 일찌감치 무릎을 꿇었지만 세계적인 문호에 대한 독일인의 인식은 달라지지 않는다."는 사실과 마찬가지라는 논리를 펼쳐 보였다. 반면 이철호 씨는 "석재에게는 그러한 과(過)가 결코 없었다."고 잘라 말했다. 예정에도 없었던 세미나의 질문 자리는 서둘러 마쳐졌으며 자신들의 문제 제기가 제대로 받아들여지지 않았다고 판단한 이 부회장 등은 준비해 온 자료를 급히 복사해 행사장에서 나오는 사람들에게 나누어 주기도 했다.

이 부회장은 "석재의 공과에 대해 제대로 밝히지도 않은 채 무작정 선양사업을 벌여서는 곤란하다."고 말해 함안군이 이대로 석재선양사업을 진전시킬 경우 공식으로 문제를 제기하고 사업 진행을 저지할 뜻을 밝혔다. 따라서 함안군이 이번 세미나를 토대로 석재선양사업을 구체화시켜 나가게 된다면 함안군과 시민 단체 사이에 마산의 노산 이은상 기념 사업에 대한 찬반 논란과 같은 큰 진통이 뒤따를 것으로 보인다.

기사의 가치 조연현의 문학성과 삶의 궤적을 놓고 논쟁이 벌어졌다. 지난 2001년 조연현 기념 사업으로 마련한 「석재 조연현 업적 재조명 세미나」를 보도한 한 지방 신문의 기사를 인용글이다. 결국 논의는 있었지만 기념관 건립과 선양 사업은 무산되었다. 이와 관련한 자료는 다음 쪽에 정리해 두었다.

조연현 기념 사업 관련 보도자료 목록

「제3장 - 예술」, 〈함안군지〉, 1997. 12, 574~579쪽.
「석재 조연현 선생의 인생과 문학」(≪함안문학≫ 창간호, 1999)
「이원수 타계 20주년 기념 문학 세미나」(창원 성산 아트 홀, 2001. 5. 2, 주최 : 창원문인협회).
「조연현 선생 선양 사업 추진」, ≪경남신문≫, 2001. 5. 24.
「석재 조연현 문학 업적 조명 세미나」(함안군청 3층 대회의실, 2001. 5. 26, 주최 : 함안문인협회)
「조연현 문학 업적 세미나 열려」, ≪경남일보≫, 2001. 5. 27.
「기념 사업 진통 예상」, ≪경남도민일보≫, 2001. 5. 28.
「함안 문학가 조연현 친일 논란」, ≪경남도민일보≫, 2001. 5. 28.
「조연현 친일 행각 짚고 넘어가야」, ≪경남도민일보≫, 2001. 5. 29.
「석재 조연현 친일 행적」, ≪함안 아라 신문≫, 2001. 5. 30.
「미당의 국화는 '국화'가 아니다」, ≪경남도민일보≫, 2001. 5. 30.
「석재 조연현 선생 문학 정신 기린다」, ≪함안신문≫, 2001. 5. 31.
「'고향의 봄' 창원에 꽃대궐 차린다」, ≪경남신문≫, 2001. 7. 14.
「'소설가 김정한 친일 작품 발견' 박태일 교수」, ≪중앙일보≫, 2002. 4. 18.
박태일, 「소설가 김정한 친일 작품 발견 - 박태일 교수」, ≪중앙일보≫, 2002. 4. 18.
「생명파 시인 '생명의 탯줄'은 어디……」, ≪대한매일≫, 2003. 3. 24.
김재용, 「유치환의 친일 행적들」, ≪한겨레≫, 2004. 8. 7.

백철, 「질서(秩序)와 대의명분(大義名分)을 존중하였다」

≪문학사상≫, 1982. 1.

1981년 11월 24일 저녁때의 일이다. 저녁을 끝내고 앉았을 때에 옆에서 석간을 읽고 있던 내 아들 인수가 놀란 목소리로 "아버지, 조연현 선생이 돌어가셨대요!" 하고 신문을 내 앞에 내밀었다. "아니…… 그게 웬 소리냐. 그이는 지금 여기 있지 않을 터인데! 외국에 나가 여행중인 것으로 아는데!" 하고 믿어지지 않는다는 어리둥절한 표정을 했더니 "글쎄 그렇군요. 일본 도꾜오에서 돌아가셨는데요." 하고 신문을 내게 건네주었다. '그럼 정말이란 말인가. 혹시 …'하는 미련의 마음으로 신문을 받아들고 확인하려는 듯이, 기사를 들여다보았다. 착잡한 심정을 금할 길이 없었다. 이날 밤 나는 잠자리에 누워서도 쉽게 잠이 들 수 없어 오랫동안 친구의 급작스러운 죽음의 충격과 함께 사람의 죽음에 대한 생각에 잠겼다. 냉정하게 생각하면 사람에 있어서 죽음이란 하나의 이론 같아서, 또는 철학자의 말들과 같이 생이란 죽음의 도상에 있는 것인데, 누구나 한번은 피할 수 없는 것으로 되어 있지만 그러나 동시에 그것이 생(生)의 모순점, 그 당연한 일에 대해 자신해서 각오를 하고 있기가 힘들어서 이렇게 가까이 있던 벗의 죽음을 당할 때 크게 놀라고 새삼스럽게 고독하고 허무한 것을 느끼게 된다. 더구나 현대와 같이 사람의 수명이 연장되었다 할까, 인간 70년은 이미 고래희(古來稀)가 아니고 사람의 생을 향유(享有)하는 당연한 권리같이 되어 있는 때인데, 우리가 그 특권을 누리지 못하고 죽음이란 악의 습격을 당할 때 그 악에 대한 분노와 뒤이어 오는 한스러운 슬픔 앞에 서게 되는 것이다. 고인의 나이 이제 겨우 60을 넘어선 그의 인간 생애로서 창창한 하늘이 눈앞에 떠올라온다. 바로 1주일밖에 되지 않는다. 마침 학위논문의 심사가 있어서 회의장소를 대학의 본장소로 하지 않고 시내의 편리한 데서 모이느라고 현대문학사로 하였다. 그 시간이 내가 고인을 생생하게 대한 마지막 기회가 될 줄이야! 석재는 그날 심사회를 끝내지 못하고 중간에 일어났다. 그날이 토요일, 다음 월요일에 여행을 떠나게 되어 오후의 시간이 좀 바쁘다면서 총총히 일어섰다. 대만·일본 등 좀 가까운 데서 며칠간 다녀온다고 했다. 무슨 특별한 케이스라도 있어서 가느냐고 물었더니 "아닙니다. 그저 사적인 여행이지요" 했다. 퍽 명랑해 보였다. 건강도 좋아 보였다. 그렇게 보면 근래에 와서 그의 건강이 많이 좋아진 것 같았다. 오래 고생하던 신경통도 회복이 되고 그의 바쁜 문단의 지도적인 일에도 활기(活氣)를 띠었다. 바쁜 중의 긴장을 풀고 망중한의 여행을 하는 줄 알고 우리들은 모처럼의 여행을 즐기고 오라고 작별인사를 나눈 것이다.

그런데 바로 며칠 뒤에 이 돌연한 소식이 웬일이랴. 죽음이란 이렇게 생(生)의 긴장 뒤의 허점을 노린 것 같은 생각이 들어 원망스럽기만 한 것이다.

유해가 고인의 정릉 자택으로 돌아와 안치되었다는 소식을 전해 듣고 나는 내 눈수술 뒤에 경과가 그리 좋지 않은 채 한 눈을 안대로 가리고 그의 자택을 찾아 문전에 줄 이은 많은 화환을 헤치고 문을 들어섰다. 며칠 동안에 유명을 달리한 그의 영상 앞에 절하고 서니 다시금 착잡한 마음이 앞을 가린다. 무엇인가 잘못된 것 같은 그리고 무엇보다도 큰 아쉬움은 그의 나이였다. 이제부터 정말 문학의 일을 본격적으로 해 줄 나이인데 가다니… 이건 분명히 잘못된 일이라는 우리 문학의 한 같은 것이 나를 더 마음 아프게 했다. 석재는 나와도 달라서 문단의 중진 현역이었으며 현대문학사의 주간을 위시하여 문인협회의 이사장, 예술원의 분과위원장 등, 맡은 일이 이렇게 많은데… 문단의 일각이 와르르 허물어지는 소리가 들렸다. 그뿐이랴, 나는 옆에서 있는 상주(喪主)를 바라보면서 일가(一家)의 기둥을 빼앗긴 그들의 놀라운 슬픔을 형용할 길이 없었다.

나는 2층으로 올라가 앉아 문학계의 사람들과 다시금 고인의 생존 때의 이야기를 많이 듣다가 얼마 뒤 내 건강의 문제도 있고 해서 아래층으로 내려와 이제 그와 마지막 고별의 마음으로 문을 나서려는 데 상주가 내 뒤를 따라 나와 인사를 하였다. "몸도 편치 않는데 멀리까지 와주셔서 고맙습니다……"고 울먹였다. 내가 그에게 무슨 말을 할 수 있었으랴. "마음을 단단히 먹고 살아가야 한다." 이것이 "인사(人事)의 현실인데…" 하고 계단을 내려오노라니 와락 눈물이 나와 소춘(小春)의 맑은 하늘을 흐리게 하였다. 아마 상주(喪主)의 마음에는 생전에 아버지와 그리 친한 사이도 아니었는데 건강치 못한 몸으로 와준 것을 고맙게 생각했던지 모른다. 그런 마음이 내게 와닿는 감정을 겸하여 울 수밖에 없었다.

누구나 짐작하다시피 나는 생전에 석재와 특별히 친하게 지낸 사이는 아니었다. 그 대신 서로 문학을 하는 데 있어서 대의명분을 존중하여 서로 인정을 하고 경의를 표하면서 살아왔다고 할 수 있다.

석재는 인간으로서 날카롭게 모진 데가 있고 일하는 데 솔선해서 일을 주장하고 일에 대한 판단이 빠르고 처리하는 민첩한 결론을 내리고 해서 그때마다 나는 그의 지적인 능력에 쾌히 인정을 하게 되었다. 그리고 먼저 말했다시피 상호간의 우의에 대하여도 단정한 질서의 예의를 결하지 않았다. 더구나 석재와 나는 문학 중에서 같은 비평 분야를 담당한 것도 큰 인연이었다. 그는 우리 문학계에서 특히 비평의 권위를 세우는 데 관심을 높이 한 주역이다. 언젠가 '비평문학가협회'를 창설하는 자리에 참석을 해보았는데 일의 순서로 보아서도 당연히 석재가 회장이 되었지만 동시에 나를 명예회장으로 앉히는 질서를 잊지 않았다. 이런 일은 한두 가지가 아니다.

말하자면 문단의 일을 행하는 데 있어서 전체의 질서를 앞에 세운 것이다. 이를테면 석재와 나의 문단교의란 것은 그런 일의 관계를 존중하는 속에 맺어진 것이라 할 수 있다.

나와 석재는 같은 평론 분야를 담당하면서 결코 우연이 아니게 한국의 신문학과 현대문학사를 전후해서 출간을 했다는 사실이다. 내가 『한국신문학사조사』, 그가 『한국현대문학사』. 이 저서는 우리 현대문학에 있어서 큰 공적을 남긴 문학사적인 업적이라고 할 수 있다. 요즈음이야 젊은 이론가들이 많이 나와서 문학사적인 저서도 여러 권 나왔지만 우리 두 사람의 문학사는 해방 후 우리 문학이 새출발을 하는 때 최초의 업적으로 젊은 문학도들이 공부하는 데 있어서 유력한 텍스트가 된 것이 분명하다. 이런 초기의 일을 함께했다는 사실 하나만 해도 두 사람의 문단 위치나 거기 따르는 문단적인 교의관계가 허술하다고 볼 수 없는 것이다.

석재가 간 이 자리에서 한스럽게 생각하는 것은 그저 감상이 아니고 이런 문단 관계의 일을 존중하는 데 있어서 진실로 그의 서거(逝去)를 슬퍼하고 아깝게 생각하는 것이다.

김동리, 「자유와 순수에의 신념」

≪문학사상≫, 1986. 9.

하동으로 가던 길에 들른 청년

내가 조연현 씨를 처음 만난 것은 1941년 봉계리(鳳溪里)에서였다. 그 무렵 나는 내가 몸바쳐 일해 오던 광명학원을 당국에 의하여 문닫게 되고 한창 실의에 빠져 있을 때였다. 내가 살던 봉계리는 광명학원이 있던 원전(院田)에서 한 오백 미터 상거였는데 원전에서는 보통 안마을이라 불렀다. 그만큼 원전은 길가 동네였다. 본디는 삼거리 역마을(마을)이었다고 한다. 동으로 한 오십 리 상거에 진주(晋州)가 있었고, 서쪽으로 약 사오십 리 가면 하동(河東)이 있고, 이십 리 남쪽은 곤양(昆陽)이 있다.

본디 이 원전의 뒷산-언덕-에 약 오륙십 평 가량의 단층 건물을 세우자고 봉계리 원전 사람들에게 제의했던 것은 약 십리 밖에 있는 다솔사(多率寺) 주지 효당(曉堂) 스님이었다. 건축 자재는 절에서 대기로 하고, 대지(언덕)와 인력(人力)은 마을에서 부담한다는 조건에서 포교당을 세우기로 했었다고 했다. 그것이 여의찮아 이태 가량 비워두고 있다가, 다시 절과 마을 측과의 협의에 의하여 학원(사설학술강습소)을 열기로 하고, 내가 강사(학원 선생)로 초빙되었던 것이다.

낮에는 어린이들, 밤에는 머슴과 처녀들로, 학원의 인기는 이웃 고을에까지 들릴 정도였다. 나중은 같은 면내 국민학교보다 이쪽을 지망하려는 아이들이 생길 정도가 되어 문제는 복잡하게 얽혔다. 그쪽 국민교측(일인교장)이 도(道) 학무과에 보고인가 밀고인가를 했을 뿐 아니라 경찰 쪽 보고서가 올라가고 해서 드디어 광명학원은 패쇄되고, 그 대신 공립 간이학교를 그 자리에 열기로 결정되었다.

이와 동시 나에게는 징집장이 나온다는 정보가 들어왔다.

이와 같이 심각하고 착잡한 속에 허덕이고 있던 어느날 저녁 때 얼굴이 샛노랗고 몸이 바짝 마른 청년 한 사람이 나를 찾아왔던 것이다. 스무 살가량 되어 보였다. 걸어서 하동으로 가는 길이라 했다. 집은 함안이라 했다. 술은 못한다고 했다. 병은 없다고 했다. 하동엔 친구가 있다고 했다.

반찬 없는 저녁을 함께 들었다. 자고가야겠다고 했다. 물론 그러자고 했다.

스스로 벽보를 붙이던 그

그 즈음의 나의 집은 방이 두 칸에 부엌이 따로 달려 있었는데 수위 큰방에서 거처를 하고, 작은방은 서재로 되어 있었다. 우리는 함께 서재방에서 자게 되었다. 불을 끄고 누었다. 그러나 쉬이 잠이 들 리 없었다. 우리는 다같이 천장을 향해 가만히 누워 있었다.

그는 불쑥, 니체 어떻게 생각하느냐고 물었다. 좋아하는 편이라고 했다. 니체를 전공했느냐고, 이번에는 내가 물었다. 그냥 좋아한다고 했다. 혜화전문(지금의 동국대)의 국문과에 갔다가 집어치웠다고 했다. 시를 쓴다고 했다. 나의 소설 「무녀도」와 「바위」 그리고 시에서 「거미」를 특히 좋아한다고 했다…… 그날밤의 이야기를 다 털어놓으면 끝이 없을 것이다.

이튿날 아침을 먹자 이내 그는 하동으로 떠났다. 그런지 오 년이 지난 뒤, 1946년 겨울에 그를 서울서 만났고, 이듬해인 47년 봄부터 조선문학가동맹의 공산주의 노선에 대항하여 자유세계를 지키려는 몇몇 동지들과 함께 한국청년문학가협회를 결성하는 일에 그와 나는 열렬한 동지로 함께 헌신하게 되었다. 그때의 멤버가 유치환, 김달진, 박목월, 박두진, 조지훈, 곽종원, 최태웅, 최인욱, 그리고 그와 나였다. 그는 이 단체의 결성을 위하여 어깨에 풀통을 멘 채 스스로 벽보를 붙이며 돌아다니곤 했다.

6·25가 지나고 60년대에 들어서면서 언론에서 반공계 문인들이 소외되기 시작하자 동지들 가운데는 변조자가 많이 생겼다. 변조자까지는 아니더라도 칼라를 뭉개려는 사람들이 더러 생겼다. 그러나 끝까지 자유체제에 대한 신념을 그대로 밀고 나온 사람이라면 일단 나는 그를 꼽을 수밖에 없다.

그는 불행히 나보다 먼저 세상을 떠났다. 인류의 불행을 원치 않는 천지신령께서는 그의 영혼을 위로해 주시고 편안한 곳으로 인도해 주시리라 믿는다.

서정주, 趙 演鉉兄 回甲讚

『조연현 박사 화갑 기념 논문집』, 1980. 6. 28.

'不必多言'이라는 漢字語를 우리말로 고쳐 쓰자면 물론 '여러 말 할 것 없이'가 되겠는데, 이제 우리 演鉉兄의 回甲을 문득 맞이하게 되어 그를 두고 이일 저일 곰곰이 생각하고 느끼고 있노라니, 그 무엇보다도 먼저 이 말이 세차게 내 마음 속에서 떠오르고 있다.

그렇게 그는 個人相對의 경우나, 會議에서나 어느 執務에 있어서나, 그 文學經營에서까지도 수다스런 말들을 늘어 놓기를 싫어하고, 그 要旨만을 잡아 골몰하여 밀고 살아 온 사람으로 보인다. 가령 어느 會議에건 그와 함께 參席해 보고 듣고 있노라면, 딴 사람들은 거의가 다 무슨 일의 枝端末葉만 가지고 興奮하여 曰可曰否하고 있고, 그가 홀로 그 話題의 要衝을 집어 短刀直入的으로 모든 입을 다물게 하며 解決의 結論을 몇 마디로 내놓고 있는 것을 늘 보여 오고 있는 것 같은 것은 그 例이다. 그렇기 때문에 지루하고 하품나는 會議에 그가 끼어서 그 "구만 閉會합시다."까지로 재빨리 몰고 가는 걸 보는 것은 참으로 이빨 좋게 이쁜 사내가 연한 배를 시원스레 먹어내는 것 같았다.

一九四五年 八月의 解放 以後, 내 詩에 對해서 評論다운 評論을 해준 最初의 사람은 그이지만, 그가 내 詩를 두고 말한 그 '原罪'라는 것도 말하자면 그 '不必多言'의 그의 그 短刀直入的인 結論이겠는데 이것도 나는 지금도 어느 會議에서처럼 잘 承認한다. 내가 가진 여러 가지 딱한 것들에게 이 '原罪'라는 理解의 判決을 주어 나를 形而上下學 限界 內에서 좀 더 넓게 살 수 있게 하는데 그는 擧手해 편 들고 있기 때문이다.

그의 이런 理解의 健康이 늘 如一하기만을 바랄 따름이다.

박재삼, 「대범한 삶의 행적」

≪문학사상≫, 1986. 9.

문예지 편집에 일관한 생애

55년 1월 창간의 ≪현대문학≫지에서부터 그만 둔 64년 3월까지 근 10년 동안, 나는 조 선생을 모시고 있었다. 그분은 주간(主幹)이요 나는 새파란 기자로 있었다. 내 나이 스물 세 살부터 서른 두 살까지니까, 나는 한창 때의 청춘을 거기에 바친 셈이다.

그러나 따지고 보면 조 선생은 나의 경력 전부터 ≪문예≫지의 편집장을 했고, 세상을 하직할 때까지 줄곧 ≪현대문학≫에 몸을 바쳤으니까 아마 근 삼십 년을 헤아리는 것이 된다. 순문학지의 편집에 일관한 것은 문단을 통틀어봐도 조 선생만한 사람은 아무도 없는 것으로 안다. 더구나 문단이란 곳이 성쇠(盛衰)가 잦고 바람을 많이 타는 곳이란 것을 생각하면 이 일은 놀랍기까지 하다.

굉장한 강심장과 튼튼한 줏대가 없이는 안 된다. 자칫하다가는 개인적인 친소관계에 빠지기 쉽고, 그것이 나아가서는 문학의 대의에 벗어나기 십상인 것을 조 선생은 용케도 버티어 냈다. 언젠가 미당 선생이 말씀하셨다. 연현은 늘 군복을 벗을 틈이 없는, 이를테면 최전선의 사단장이야.

아닌 게 아니라 조 선생은 늘 문단의 바람막이 구실을 했다. 그래서 이제와 보면 어느새 푸르른 방풍림이 되어 있곤 했다. 체구도 빈약한 터수에 어떻게 그런 바람 속에 서 있을 수가 있었는지 모른다. 조 선생이 쓴 어느 글에선가는 바람이 센 날은 날려 갈까봐 바깥에도 잘 못나왔다는 실토가 있었는데, 그 반대였으니 참 희한한 일이다. 몸은 왜소했지만 마음은 대인을 지향하고 있었다고 할까. 그 적은 사십 몇 킬로의 체중이었으면서, 언제나 목소리는 걸걸하고 둔중한 톤이었다.

목소리만 그런 것이 아니라, 글씨도 크고 시원시원하게 썼다. 꼼꼼하고 세심한 편이 아니라 유치하면서 남이 너끈히 알아보는 편이었다. 글씨가 성격을 알려준다고 볼 때, 어딘지 모르게 모가 나 있는 듯했고 활달한 구석이 있었다.

거기에서는 쾌도난마(快刀亂麻)를 느낄 수 있었다. 그것은 체중을 훑어내리는 후련함을 보였다. 조 선생이 쓴 평론을 보면 언제나 논리가 정연하고, 애매모호한 표현은 아무 데고 없었다. 그러면서 평론도 여느 창작과 같이 창의성이 있어야 함을 역설했다. ≪현대문학≫사에 나오면서 한편으로 동국대학교에 나갔다. 사(社)에 나오면 가다가는 바둑도 두고 사람들을 만나는 것이 일이었다. 주로 편집에는 큰 줄기만 대충 잡아놓고 잔가지를 치거나 가다듬는 일은 내 몫이었다. 예나 이제나 마찬가지지만 잡지사 일은 나타나는 일보다 묻히는 일이 많았다. 조 선생은 그 묻히는 일까지 친다면 참으로 많은 일을 했다. 학교에 나가고, 무슨 회의에 참석하고, 잡지 일에 매달리고, 글을 쓰고, 노상 일에 묻혀 지내는 인상이었다.

당신의 외투를 벗어 주던 일……

조 선생은 늘 다리를 포개고 앉았다. 그리고 일에 시달려서 그런지 멍청히 있는 때가 많았다. 그럴 때 조 선생의 버릇은 그 주름살이 진 넓은 이마를 손가락으로 문지르는 일을 자주 했다.

조 선생은 언뜻 보기로는 쌀쌀하고 차가워 보였다. 그래서 웬만한 사람은 범접(犯接)을 못했다. 그러나 내가 보기로는 조 선생이 믿는 사람에게만은 따뜻하고 인정이 많은 측면도 있었다. ≪현대문학≫의 초창기 때 나는 가난하여 외투가 없었다. 그것을 안쓰럽게 보았던지 당신이 입던 외투를 내게 물려주셨다. 기장이나 폭이 맞을 리가 없고, 마치 반코트같이 짤막하게 된 것을 한동안 입고 다녔었다.

조 선생이 꼭 한번 사(社)에 나와서 눈물을 흘리는 것을 보았다. 막내 딸이던가가 어른들의 실수로 뜨거운 물인가 불에 데었다는 것을 나중에야 알았고, 그때 말없는 상심을 한 것이었다. 그때 ≪현대문학≫사는 효제동의 대서방(代書房)이었고 댁은 그 근처 연건동에 있을 때였다.

한때 혁신정당(革新政黨)의 조직 부장인가 뭔가로 조 선생의 춘부장이 곤경에 처한 일이 있고 그 구제를 위해선지 국회에서 보안법 통과 때 찬조연설을 했고, 또 자유당의 유세에 이은상, 김말봉 씨와 함께 찬조 연사로 지목되었으나 그것은 안 했던 것으로 안다.

어쨌든 조 선생을 생각할 때, 풍운의 한때를 살다 간 것만은 확실하다. 그러나 나에게는 잊을 수 없는 직장의 상사였다.

최상남, 「당신은 그렇게 혼자 계시고」

≪현대문학≫, 1982. 1.

당신은 떠나시고 저는 남았습니다.

살아 있을 수 있는 최저한의 피와 살만을 지니고 계셨던 당신은 그 가벼운 육신마저 훌훌히 벗어버리시고 이제는 또 다른 삶에의 길로 나서시었습니다.

지금은 새벽 4시.

우리들이 잠을 깨던 시각입니다. 빈소에 불을 밝히고 영정을 뵈오니 마치 경쾌한 출발을 시도나 하시듯 밝은 모습으로 당신은 거기 그렇게 혼자 계시었습니다. 우리가 모두 잠들은 시각도 외롭게 혼자.

평생에 그토록 성급하시던 당신, 당신은 또 그렇게 하셔서 몇 세상이나 우리들보다 더 앞서셨기에 그처럼 초탈할 수 있었단 말입니까. 하루가 바로 삶의 결산이었던 당신, 미맹에 젖은 저 같은 인생은 앞으로 또 몇 세상이나 더 살아야 당신과 같은 경지에 이를 수 있단 말입니까. 당신의 변신은 어리석은 저로서도 무언가 눈을 뜨게 하는 느낌입니다. 죽음이란 몸을 바꾸어 우리들 마음속에 영원한 자리를 차지하는 것이라고.

한 사람의 죽음이 다른 사람의 가슴속에 어떤 자리를 차지할 수 있나 하는 것을 당신은 몸소 일깨워 주셨습니다. 이것은 바로 남은 저희들이 어떻게 살아가야 하나 하는 것을 일깨워주시는 일이 되었습니다.

당신과의 온 생애를 통해서 일찍이 지금처럼 당신의 사랑이 제 마음을 가득 채운 적은 없었습니다. 그러므로 당신의 죽음은 저에게는 재앙으로서 닥쳐온 것이 아니라 새로운 삶에의 눈뜸이 되어질 것 같습니다. 어리석은 몸으로 당신의 짝이 되어 당신을 외롭게 하고, 당신을 슬프게 하고, 당신을 성나게 했던 일들에 대한 뉘우침이 천 갈래 만 갈래 채찍이 되어 저를 아프게 한다 해도 당신 앞에서는 값싼 자기 연민의 눈물 따위는 흘릴 수 없을 것 같습니다.

앞으로 저의 모든 속죄가 끝나는 날이 오게 될지, 그것이 또 몇 생이나 걸려야 될지 저로서는 기약할 수 없는 일이지만, 그때 만일 당신이 허락하신다면 당신 곁으로 가고 싶습니다. 나의 생은 오로지 그것만을 영원할 것입니다.

당신이 그토록 아끼시던 자식들과 제자 친지 여러분들이 보여주신 당신에게 향한 뜨거운 사랑은 커다란 힘이 되어 남은 우리를 지켜줄 뿐 아니라 당신이 가시는 길을 밝혀주는 빛이 되고, 당신이 또 다른 생을 사시는 원동력이 되어 당신의 생을 보다 풍요롭게 해줄 것이라 생각됩니다.

당신의 자식들, 당신의 제자들이 당신의 떠나심을 피맺히게 아쉬워하지만 그들은 어떻게 살아가야 당신이 기뻐하실까 하는 것을 마음의 지표로 삼고 앞으로 살아갈 것입니다. 먼 이국땅에서 갑자기 일을 당했는데도 여러분들의 따뜻한 보살핌 아래 빠른 시일 안에 무사히 운구를 할 수 있었던 일, 추운 날씨에도 불구하시고 여러 어른들께서 영결식에 참석해주신 일, 당신의 마지막 가시는 길을 빛내드리기 위해 침식을 잊고 일사불란하게 애쓰신 여러분, 어려운 사정들을 물리치시고 불원천리 지방에서까지 올라와 찾아주신 일가친지 여러분, 그리고 이 모든 일들이 순조롭게 치러질 수 있도록 주관하시고, 특히 어려운 여건 속에서 경제적인 부담까지 져주신 장례위원장님, 이런 일들이 당신에게는 따뜻한 전별로, 용량이 작은 저에게는 무거운 빚으로 느껴집니다. 앞으로 이 빚이 빚으로만 느껴지지 않고 또 다른 무엇으로 제게 다가올 때 저의 성장은 이루어질 것입니다. 하루빨리 그날이 올 수 있도록 도와주시고 제게 힘을 주소서.

아들 조광권의 편지

조광권, 「아버님께」, ≪현대문학≫, 1982. 1.

아버님.

처음이자 마지막으로 광권이가 아버님께 편지를 띄웁니다. 곁에서 보고 있는 노마 말대로 받아보실 수도 없는 편지를 말입니다. 아버님은 특별한 대화가 필요없이 그저 잠시 얼굴만 대하면 저의 마음을 모두 읽으셨고, 저 또한 그러함에 익숙해져 이러한 글월이 필요 없었습니다. 그러나 이제 아버님께 보이기도 부끄러운 글월로 문안을 올리게 되었습니다.

아버님!

모두들 아버님이 돌아가셨다 합니다. 신문과 TV에서 아버님을 추모하는 방송과 글이 실리고, 드라이아이스 때문에 싸늘하게 굳은 아버님의 손을 잡고 수의도 입혀 드렸습니다. 일가친지들 앞에서 발인제도 하였고, 많은 조문객을 모시고 영결식도 하였습니다. 그러나 저에게는 우리 가족에게는 아버님은 돌아가시지 않으셨고, 또 슬프지도 않습니다. 오히려 체중 38킬로그램이라는 그 초라한 육신을 훌쩍 벗어버리시고, 영원의 세계로 가시는 것을 놀라운 빛으로 바라보고 있습니다.

아버님.

아버님과 가까이 지내시던 분, 늘 함께 바둑 두시던 분들, 또 아버님이 아끼시던 제자들을 만나뵈오면 순간순간 뜨거운 것이 눈시울을 적시지만 그것은 잠시일 뿐 저의 일상생활에서 아버님은 여행을 떠나시기 전과 다름없이 저와 함께 살아 계십니다.

아버님.

정말 돌아가셨습니까?

한마디 유언도 없으시구요.

아버님. 정말 돌아가셨습니까?

당부의 눈짓도 없으시구요.

그러나 저는 알고 있습니다. 아버님 저에게 무엇을 남기시었고, 무엇을 당부하셨는지를요. 아버님은 항상 자기 일은 자기가 알아서 하라는 주의셨고, 누구에게나 믿음을 보이셨습니다. 아버님은 과거에 대해서는 체념이 빠르셨고, 미래에 대해서는 운명론자이었으나, 운명을 그대로 받아들이는 것이 아니라 자신의 신명을 다한 후 그 결과에 대해서는 항시 불평이 없으신 낙관론자이시었으며, 현재를 무엇보다 중시하여 적극적으로 긍정적으로 사시었습니다. 또한 아버님의 판단은 항상 저희들을 앞서 가시었고 따라서 대화는 결론을 먼저 이야기하시었으며, 모든 일은 미리 준비하시었으며, 기다리는 것을 싫어하셨습니다. 특히 남을 기다리게 하는 것을 싫어하셨습니다.

아버님. 당신은 삶의 마지막인 죽음조차도 기다리는 것이 싫어서 미리 맞이하셨습니까?—이제 그 몸으로 그만큼 일하셨으면 여생을 가족들과 즐기며 보내실 수도 있지 않으셨습니까—여생은 덤입니까. 덤은 아버님 생리에 맞지 않으셔서 덤의 생을 거부하시고 표연히 떠나셨습니까. 아버님.

저는 아버님이 하신 바깥일에 대해서 그 공과를 잘 모릅니다. 그러나 한 가지, 모든 일을 정직하게 사심없이 하시는 것만은 알고 있습니다. 아버님, 저는 아버님이 가정에서 저희에게 얼마나 많은 것을 베풀어주셨는지 알지 못합니다. 그러나 한 가지, 가족 한사람 한사람을 이해하신 것만은 알고 있습니다.

아버님.

저나 우리 가족이 아버님의 죽음을 얼마나 꿋꿋이 맞이한 줄 아십니까. 아버님의 죽음을 그토록 애통해하며 눈물 흘리는 많은 분들을 도리어 위로하기에 바빴습니다.

아버님.

이 모든 것이 아버님이 평소에 몸소 생활로 보여주신 인인성사(因人成事)의 가훈 그대로가 아니겠습니까.

아버님.

이제 아버님을 다시는 뵈올 수 없다는 회한을 이기고, 아버님이 안 계신 빈 공간을 제가 채울 수 있도록 노력하겠습니다.

먼 길을 부디 편안히 가십시옵소서.

딸 조혜령의 편지

2005. 12. 12.

아버지에 대한 기억이 다 사라지기 전에 누군가 아버지에 대한 연구를 하신다는 것에 감사드립니다. 아버지만큼 극과 극으로 평가되시는 분도 쉽지 않으리라 생각합니다.

너무나 소탈하고 직선적인 성품으로 오해도 많이 받을 수밖에 없었고 타협도 없었던 분이라 세상이 생각한 것보다 외로운 분이었을 수도 있습니다. 바라건대 아버지를 어떤 미화나 과장도 없이 인간 '조연현' 그대로 냉철하게 평가해 주시기 바랍니다. 아버지 세대가 가졌던 고민도 함께 소상히 연구해주시리라 믿습니다. 도와드릴 수 있는 일은 힘닿는 대로 도와드릴 생각입니다. 안타까운 것은 말이나 글이 주는 한계입니다. 제가 기억하는 아버지를 어떻게 잘 전달할 수 있을지 걱정이 됩니다. 어쨌든 좋은 연구가 되시길 바랍니다.

용어 찾아보기

ㅍ

ㅎ

작품 찾아보기

ㄱ

ㄴ

ㄷ

ㅁ

ㅎ

인명 찾아보기

ㄱ

ㄴ

ㄷ

ㅁ